T0278708

LUCILA

LUCILA

Patricia Cerda

Penguin
Random House
Grupo Editorial

Primera edición: junio de 2024

© 2024, Patricia Cerda
© 2024, Penguin Random House Grupo Editorial, S. A.
Av. Andrés Bello 2299, of. 801, Providencia, Santiago de Chile
© 2024, Penguin Random House Grupo Editorial, S. A. U.
Travessera de Gràcia, 47-49. 08021 Barcelona

Printed in Spain – Impreso en España

ISBN: 978-84-666-7766-0
Depósito legal: B-7.937-2024

Compuesto en Llibresimes

Impreso en Black Print CPI Ibérica
Sant Andreu de la Barca (Barcelona)

BS 7 7 6 6 0

Para mis hijas Carla y Lara

No somos seres humanos viviendo una experiencia espiritual, somos seres espirituales atravesando una experiencia humana.

PIERRE TEILHARD DE CHARDIN

1

Doctor *honoris causa*

9 de septiembre de 1954

Nadie la esperaba en Coquimbo cuando el vapor Santa
María ancló en el puerto. Había pedido de forma expre-
sa que no se realizaran ceremonias de bienvenida, porque ella volvería más tarde, después de su visita a Santiago. Entonces habría tiempo suficiente para agasajos y
reencuentros. Pensaba pasar al menos diez días entre La
Serena, Coquimbo y su Valle de Elqui. Ahora quería
tranquilidad. Pero algunos pescadores se enteraron de la
llegada del vapor norteamericano y adornaron sus barca-
zas con banderas y flores, como había hecho la gente de
mar en Arica, Antofagasta y Chañaral. Cuando Gabriela
Mistral bajó a tierra acompañada de su secretaria, Gilda
Péndola, y de su compañera de vida, Doris Dana, los pescadores se ordenaron en fila a la salida del muelle para
presentar, con sus gorras en la mano, sus respetos a *misiá*
Gabrielita.

—Yo me sé sus versos de memoria —le aseguró un hombre joven, emocionado.

La poeta se detuvo junto a él. Nervioso, el pescador intentó recordar algo que habría aprendido en sus pocos años de escuela: «*Piececitos de niños, azulosos de frío*»..., eh...

—¡Se le olvidó! —bromeó otro pescador, despertando la risa de todo el grupo, pero Gabriela se apuró en salir al rescate del joven.

—Ustedes son tan buenas personas como mis alumnos campesinos del Valle de Elqui, a quienes tanto les debo.

Doris, que portaba un ramo de rosas y lirios blancos adquirido en Arica, la tomó del brazo para que siguieran. Más adelante las esperaba el alcalde de La Serena, un tal Alcayaga. Por su apellido debía de ser un pariente lejano de la madre de la escritora. Todos los Alcayaga del valle provenían de un tronco común. Después de cortos saludos formales, las tres mujeres se subieron a un auto y se dirigieron al cementerio de La Serena, ubicado en la parte alta de la ciudad. La misma autoridad las guio al mausoleo de la familia de Gabriela Mistral. La poeta se persignó al ver la foto de su madre Petita. Doris le entregó el ramo de flores y la dejó sola con sus recuerdos. Volvió a ser la hija agradecida. Nunca olvidó sus palabras premonitorias cuando la directora de la escuela de primaria de Vicuña la trató de retrasada mental: «Mi hija llegará lejos». Se vio cobijada en su regazo sintiendo un cálido sosiego infantil. Al lado estaba la tumba de Emelina, su querida hermana. Nunca dejaron de escribirse. Sabía, por cartas de sus conocidas y recortes de periódicos, que a su entierro asistieron las autoridades de La Serena y Coquimbo.

Cuando se reunió con sus acompañantes tenía los ojos

llorosos. Encendió un cigarrillo y se lo fumó en silencio. Luego, en el auto provocó una leve sonrisa liberadora en sus acompañantes al comentar que Emelina siempre le informaba de todo. Cuando leía en la prensa algún comentario sobre ella que le molestaba, lo recortaba y se lo enviaba.

En el muelle las esperaba un hombre sencillo de unos sesenta y cinco años y su nieta Francisca de unos doce. La joven portaba un ramo de flores que enviaban los escolares de Coquimbo. Mistral se lo pasó a Gilda y la tomó de la mano para guiarla al barco. Durante el almuerzo le preguntó cuál era su asignatura favorita. Francisca iba a responder, pero el abuelo la interrumpió. Aseguró con una voz gastada y baja que su nieta era quien más poemas podía recitar de memoria en toda la escuela. Era la razón por que la habían elegido para ir saludar a la premio nobel. La joven agregó con timidez:

—Mi asignatura favorita es Castellano.

—Muy bien —dijo Mistral acariciándole la mano.

Hildarino, así se llamaba el abuelo, contó que había nacido en Montegrande y había sido alumno de la maestra Emelina. Era empleado de la oficina de Correos de Coquimbo desde la época del Frente Popular. Gabriela hurgó en su memoria tratando de identificarlo y constató que era el hijo mayor de Cleofa, una amiga de Petita, costurera y cantora como ella. Recordó conversaciones en torno al brasero en las que las mujeres renegaban de la llegada de la modernidad al valle: el tren, el periódico, el telégrafo. Las innovaciones aterrizaban primero en Vicuña. Emelina la llevó una vez a conocer las bujías eléctricas y a espiar cómo llegaban los telegramas. Cada vez se hizo más nítida la imagen del niño Hildarino. La mirada retraída era la misma. Los dos eran los tímidos de la clase. Creyó recordar que durante un tiempo compartieron el mismo banco. Cuando terminó el postre, unas papayas al jugo, prendió un cigarrillo y lo fumó con los ojos semicerrados.

Después de la siesta, cuando el barco ya había reiniciado su travesía a Valparaíso, se reunió con el periodista de la revista *Vea*, Jorge Inostrosa, que había subido en Arica para entrevistarla. Había quedado pendiente una pregunta sobre su relación con Chile, uno de los asuntos no resueltos de su vida. Encendió el cigarrillo número veinte del día y manifestó en tono enigmático y algo evasivo:

—Lamento no haber caminado mi país, zancada a zancada. Eso hace que tenga muchas lagunas. Uno de los propósitos de este viaje es buscar información para un libro que estoy escribiendo que será un tránsito imaginario por Chile.

—¿Qué le parece lo que escribió Ricardo Latcham, eso de que usted se habría inventado la sangre indígena?

Mistral botó con rabia la ceniza y comentó:

—¡Absurdo! Los chilenos no tenemos que inventarnos la sangre india.

—¿Simpatiza con algún partido político?

La poeta dirigió su mirada hacia el mar y se tomó su tiempo para contestar:

—Yo soy en esencia apolítica. Soy socialista, pero no al estilo soviético, sino como en el Imperio inca o en las misiones de Paraguay o como en cualquier buen convento italiano. Soy una socialista cristiana. Los partidos que quieren alejar a las masas del cristianismo me parecen peligrosos.

—¿Se siente cercana a la Falange Nacional?

—Sí, pero solo porque tengo buenos amigos, como Radomiro Tomic. En Santiago me alojaré en la casa de su suegra, Carmela Echeñique, a quien conozco desde hace tres décadas, cuando viví en Italia. Eso fue en tiempos de Mussolini.

—Tengo entendido que don Radomiro es su abogado.

—Así es. Bueno, también es mi editor. Le entregué mi último libro, *Lagar*, para su Editorial del Pacífico. Está a punto de salir.

—O sea que goza de toda su confianza.

Gabriela asintió.

—Me ayudó en la venta de mi casa en La Serena después de la muerte de Emelina. Pero no ponga eso. Cuente mejor que repartió los regalos que envié a los niños de Montegrande para Navidad.

—¿Es cierto que gastó en regalos para los niños la mitad del importe del Premio Nacional de Literatura?

—Muy cierto.

—¿Y qué le parece la demora de los chilenos en darle ese premio? ¡Le llegó seis años después del Nobel!

—Si le respondo esa pregunta, me voy a hacer más enemigos en Chile. Ya tengo suficientes.

—Y de su relación con Pablo Neruda, ¿me podría decir algo?

La poeta negó con la cabeza.

—No..., dejemos ese tema. Pablo Neruda me odia, pero no lo ponga en su revista.

—En ningún caso. Pero ¿me podría decir por qué?

—Porque no creo en las ideologías. Son muletas que no

necesito. Ellas solo sirven para camuflar el arribismo y la envidia.

—Interesante.

—Es la razón por que carezco de padrinos que me financien. Aunque los soviéticos me han ofrecido dinero...

—¿Cómo? ¿Cuándo? ¿Quién?

Gabriela se arrepintió de inmediato de lo dicho.

—Sabe, una de las razones por las que vengo poco a Chile es porque hay que medir y pesar las palabras. Mis enemigos están esperando que me vaya de lengua para lanzarme los mastines.

—¿Qué espera para Chile?

—Lo que yo espero para Chile..., a ver... Un Estado benefactor sin filiación soviética ni trampas ladinas contra la Iglesia.

No fue fácil darle la mano al presidente Carlos Ibáñez del Campo. Durante décadas lo había odiado y no había hecho ningún secreto de ello. Pero ahora lo encontró hasta buen mozo. La iniciativa de esa invitación había venido de la Universidad de Chile, pero Ibáñez la apoyó de inmediato. Era el mismo Ibáñez que, en 1927, cuando llegó por primera vez al poder por medio de un golpe de Estado, le había suspendido el pago de su jubilación de profesora. Durante cuatro largos años había vivido de los artículos, columnas y recados que publicaba en diversos periódicos latinoamericanos y de las clases que daba en universidades de Estados Unidos y Puerto Rico. Temió que al volver al poder, le quitara su puesto de cónsul vitalicio, pero no, ahí estaban: él presentándola ante la multitud en la plaza de la Intendencia de Valparaíso y ella deponiendo su resentimiento. No solo la había invitado a Chile, además había decretado ese jueves 9 de septiembre feriado nacional excepcional para que sus compatriotas pudieran ir a recibirla. La plaza estaba llena de personas de todos los estratos sociales. Había muchos niños flameando banderitas chilenas. Los desvalidos veían en ella a una protectora, una aliada, una mujer sencilla del pueblo en la que podían confiar. Mistral subió al estrado y saludó, haciendo un gran esfuerzo para que su voz no sonara débil:

—He venido a abrazar esta, mi tierra chilena, después de dieciséis años de ausencia.

La acallaron los aplausos. Hizo una pausa y prosiguió:

—Si yo viviera aquí en Valparaíso, y esto puede pasar algún día, no necesitaría para ser feliz más que su aire y su mar. Desde aquí podría subir a mi Valle de Elqui y bajar hasta mi Punta Arenas...

Las autoridades y el público, incluso los que estaban más lejos de ella, percibieron en su lentitud y sus gestos un aire de despedida. Gabriela Mistral estaba enferma. La muerte ya se asomaba en ella. Cualquier día podía morir en un país extraño, como ella misma lo había anunciado en un verso. La temperatura del cariño era alta.

Tres horas más tarde la despedían en la estación. Gabriela pidió al crítico literario Alone que se sentara a su lado en el tren presidencial. El sesentón autodidacta era uno de los pocos aliados incondicionales que le quedaban en Chile. Otros se habían muerto o habían dejado de ser leales. Alone se alegró de ese reencuentro. Esperaba que Mistral hiciera algún comentario sobre su último poemario. Él iba a ser el primero en reseñarlo en su columna semanal de *El Mercurio* cuando saliera de la imprenta. Tratando de sonsacarle alguna información alabó el poema «Una palabra» en que la poeta confesaba: «*Yo tengo una palabra en la garganta / y no la suelto, y no me libro de ella / aunque me empuja su empellón de sangre. / Si la soltase, quema el pasto vivo, / sangra al cordero, hace caer al pájaro*». Le hubiera encantado dilucidar el misterio aludido, pero Mistral no lo siguió. Solo subrayó que todos los versos de ese libro los había escrito con el ritmo de su corazón. Enseguida sacó un cigarrillo de su cartera y lo hizo rodar en sus dedos mirando el paisaje.

—¿Por qué el título *Lagar*? —preguntó Alone.

—¿Sabe cuál es la sangre del lagar chileno?

—¿El vino?

Mistral asintió.

—El vino. La sangre de Cristo.

No siguió interrogándola, aunque le hubiera gustado preguntar tantas cosas: ¿A qué se refería con eso de que «*mi culpa fue la palabra*»? ¿Quién era doña Venenos, la mujer que inspiró el título de uno de los poemas? ¿Su antigua secretaria puertorriqueña? El tren se detuvo unos minutos en una estación donde había cientos de personas esperando solo para verla pasar. Mistral bajó la ventana y se apoyó en ella para saludar durante quince minutos y sintió alivio cuando el tren volvió a ponerse en marcha. Pasando por una geografía sembrada de angosturas y palmeras silvestres, el crítico alabó un ensayo en que Mistral dividió a los poetas en yoístas y projimistas. El resto del viaje la puso al día sobre las intrigas entre los literatos chilenos. Pablo Neruda se había instalado como el Porfirio Díaz de las letras nacionales. Manejaba becas e invitaciones al extranjero. Últimamente formaba también parte de los jurados de los premios de poesía. Con ello se había ganado la sumisión de muchos intelectuales. El poeta Pablo de Rokha era uno de los pocos que se atrevía a contradecirlo. No solo eso, entre Neruda y él había surgido una guerrilla venenosa en la que tenía todas las de perder. El viaje se les hizo corto.

En Santiago las esperaba la alcaldesa con un automóvil descapotado al que subieron Gabriela y Doris. Gilda se montó en el vehículo techado del presidente. Hicieron el trayecto al Palacio de la Moneda escoltadas por carabineros y campesinos a caballo. Las calles estaban todas abarrotadas de gente batiendo banderitas chilenas para ella. Gabriela saludaba sonriente, como nunca. Doris estaba sorprendida. Sabía que su amiga era apreciada en su país, pero no imaginó ese nivel de popularidad. En el palacio de Gobierno la llevaron al Salón Blanco porque necesitaba descansar un momento antes de presentarse ante el público. Gilda advirtió al presidente, en nombre de Doris, cuyo dominio del español era deficiente, que Gabriela no se quedaría mucho rato en la recepción de bienvenida. Le explicó que antes de subir al barco en Nueva York había sufrido un desmayo que la mantuvo débil durante tres horas y que navegando frente a Iquique sufrió otra pérdida de fuerzas. Debía cuidarse.

Veinte minutos después, la poeta salía al balcón a saludar a sus pacientes admiradores. «Es una honra, una alegría viva, que mi querido pueblo sienta que corren vínculos entre ustedes y esta vieja maestra, esta chilena ausente, pero no ausentista...», dijo. La alcaldesa, que también salió al balcón, alzó la llave dorada de la ciudad para que todos la vieran y se la entregó a Mistral, declarándola Hija Ilustre de Santiago. Ella se la acercó al corazón y luego abrió los brazos como queriendo abrazarlos a todos. La masa aplaudiente le hinchó su pecho como una ráfaga de viento hincha una vela.

«Quiero contarles que soy una vieja agrarista porque fui una niña del campo y vi el egoísmo de unos y la falta de tierras de otros. La suerte del aldeano y de las mujeres rurales me toca y me sacude. —Se produjo un silencio. La gente la seguía—. Nunca fui tan feliz como cuando supe que los campesinos tenían un pedazo de tierra propia...». Ibáñez, que en ese momento salió al balcón, se puso nervioso. ¿Cuál tierra propia? ¿De qué estaba hablando?

Volvió al salón exaltada. Gilda conversaba con dos periodistas, y Doris, con el embajador de Estados Unidos. Gabriela se sentó en un sillón azul con la caja de madera que contenía la llave de la ciudad en la mano. Evocó a su madre. ¡Qué diría ella! ¡Qué cara hubiera puesto al verla! La tímida y retraída Lucila dirigiéndose así a las multitudes. Sintió alivio cuando notó que Doris comenzaba a despedirse.

La mujer que entró al Salón de Honor de la Universidad de Chile a las siete de la tarde del 10 de septiembre de 1954 para recibir el grado de doctor *honoris causa* había dado un salto excepcional en su vida: de maestra rural en un apartado valle nortino había mutado a poeta reconocida mundialmente, embajadora cultural y agente civilizadora de todo un continente. Después de saludar al rector Juan Gómez Millas y al decano de la facultad de Bellas Artes, Mistral tomó asiento entre ellos. Sus dos compañeras de viaje se ubicaron en la segunda fila. Eran las únicas mujeres en el auditorio y, por lo mismo, su presencia era rara, exótica, casi intimidante por los atuendos de primer mundo que lucían. Gilda llevaba un vestido italiano rojo, y Doris, un traje de dos piezas color verde agua. Ella misma se había encargado de que Gabriela vistiera a la altura de las circunstancias, con un dos piezas gris perla. El coro universitario, compuesto también en su mayoría por hombres, abrió la ceremonia. Cantaron rondas infantiles mistralianas dando en todo momento con el tono tierno de las composiciones. Gabriela pensó de manera irremediable en su hijo Yin Yin. Algunas de esas rondas las había escrito en Francia para él...

Cuando yo te estoy cantando
en la tierra acaba el mal...

Trató de encauzar sus pensamientos, para no dejar que se fueran por derroteros tristes, lo cual no era fácil. El suicidio de Yin Yin era el capítulo más oscuro de su vida. Se alegró cuando tomó la palabra el decano Luis Oyarzún, de quien tenía una buena opinión. Lo había conocido en Petrópolis a principios de 1945, cuando la visitó junto a un grupo de estudiantes de la Escuela de Artes Gráficas de la Universidad de Chile. Oyarzún contó en un tono coloquial que Mistral había sido generosa con ellos en Petrópolis y que para todos había sido una gran experiencia conocerla. Otra vez los recuerdos. En ese tiempo su vida estaba envuelta en un manto lúgubre de mala conciencia y letargia. Después del suicidio de Yin Yin, en agosto de 1943, la parte tierna de su personalidad había quedado enterrada. La llegada de esos jóvenes fue un paréntesis y un descanso; marcó el inicio de una recuperación que, sabía, nunca sería total. Su vida tenía un antes y un después de esa muerte. Oyarzún expresó, mirando a Mistral a los ojos, que por épocas enteras el mundo latinoamericano parecía deshabitado de espíritu: «Los europeos pensaban que nada importante podría nacer de allí, hasta que llegó usted. Usted, que ha sentido en toda su crudeza la fuerza dura de nuestra geografía y de nuestra historia. Su pasión por elevar la vida y por servir la ha puesto en comunicación apasionada como de madre al hijo con la tierra americana». Gabriela agradeció sus palabras con una sonrisa. Aquella vez, en Petrópolis, Oyarzún le dejó de regalo unos poemas, que ella leyó, pero no se acordaba de ninguno. No era un buen poeta, aunque sí un humanista generoso. La iniciativa de que la Universidad de Chile le otorgara ese grado académico provino de él. De eso no le cabía ninguna duda. Y era la primera vez que el plantel otorgaba esa distinción.

Después tomó la palabra el rector. Destacó el hecho de que la galardonada hubiera dejado bien puesto el nombre de Chile en el exterior. «Es nuestra representante de lujo», aseguró, y esperó aplausos, que no se dieron. Gabriela entrecerró los ojos y se mordió el labio inferior. Sabía que era una persona incómoda en los círculos intelectuales chilenos por su escaso talento para la hipocresía. Siempre había sido así. Los conservadores la miraban con recelo por su defensa de los indígenas. La izquierda no la quería por su actitud crítica hacia el comunismo soviético. Que una mujer sacara sus propias conclusiones e hiciera su propia síntesis en el campo de las ideas disgustaba a quienes seguían a las mayorías y carecían de ideas propias. El rector la sacó de esos pensamientos al pedirle que subiera al podio a recibir su diploma. No era el primer grado de doctor *honoris causa* que recibía, ni sería el último. A su regreso a Estados Unidos lo recibiría en la Universidad de Columbia. Pero esta vez se lo otorgaba la más prestigiosa universidad chilena. Se puso los lentes y comenzó a leer un discurso sobre la misión del intelectual y del maestro en la sociedad. Ellos debían acercarse al pueblo y gastar en él las horas en vez de despilfarrarlas en una vida mundana que a nada conducía. Hizo una pausa y echó una mirada a los oyentes. Descubrió a escritores que estimaba, como José Santos González Vera. A continuación, abordó de nuevo el tema del latifundio. Alabó la reforma agraria que, según ella, estaba teniendo lugar en Chile. Ella contenía errores parciales, pero era salvadora para la nación. El indio dejará de ayudar a las revoluciones cuando tenga tierra propia y la propiedad numerosa salvará a Chile del comunismo tártaro. Volvió a mirar a los asistentes esperando un aplauso. Bebió un sorbo de agua y continuó celebrando que en Chile se estuvieran implementando por fin cambios en el agro. Los catedráticos se miraban asombrados. Aquellos avances en la reforma agraria a la que Mistral se refería no existían. ¿Era ironía? ¿Había confundido Chile con México? ¿O venía del futuro? Pero nadie se atrevió a interrumpirla. Quienes la conocían sabían lo importante que era para ella todo lo relacionado con la tierra. En sus poemas y recados aparecían muchas palabras relativas a ella: cultura, cultivar, sembrar, cosechar, regar, florecer, madurar, pudrirse... De pronto, otra pausa. La homenajeada se dio cuenta de que había olvidado las últimas páginas de su discurso. Decidió improvisar. Explicó que el campesino francés, cuando hablaba de su país, no era una metáfora. No, porque efectivamente poseía su pedazo de colina, de llanura o de quebrada. Nombraba, al decir Francia, una red de riqueza en la que la suya era uno de los nudos. Miró a Doris y ella le mostró el reloj: era hora de terminar. Los médicos le habían prohibido hacer esfuerzos innecesarios.

—Ya, chiquita —expresó, y continuó hablando hasta que su amiga se acercó al podio para dar por terminada la charla.

En el cóctel posterior comentó al grupo que se formó en torno a ella su actual proyecto, un viaje imaginario por la geografía de Chile, para el cual necesitaba información. Había olvidado muchos nombres de la fauna y la flora del país. Alone ofreció acompañarla a las librerías de Santiago. Poco a poco se fue quedando en silencio y sus acompañantes dispersándose. La sala se le hizo un solo murmullo de voces. Detectó unos ojos que la miraban con curiosidad y se vio en ellos como una mujer rara. Tomó una copa de vino blanco de las bandejas que circulaban pensando que era la primera vez que los intelectuales chilenos se mostraban mansos con ella. Pasó revista a la lista de adjetivos que habían utilizado en el pasado para describirla: pedante, impúdica, exigente, pedigüeña, mandona, vehemente, intolerante, juzgona... Ibáñez, que no asistió a la ceremonia, seguramente la encontraba dura. Todos sospechaban en ella una región ultrasecreta, un potencial para intrigas y escándalos que, con gusto, querrían desvelar... ¿De dónde salió ese sobrino misterioso que se suicidó? ¿Qué papel juegan en su vida esas amigas y secretarias? ¿Serán todas lesbianas? Un periodista joven, al que ella nunca había visto, se acercó a preguntarle por qué no había asistido al Congreso Continental de la Cultura organizado por Pablo Neruda en Santiago en abril del año anterior.

—Porque ese congreso buscaba promover el compromiso político de los intelectuales latinoamericanos con la izquierda internacional. Usted debe saber que yo no asumo tales compromisos.

—Tengo entendido que Neruda quería que usted inaugurara y presidiera ese congreso.

Ella asintió con la cabeza y comentó:

—Imagínese.

—¿Por qué rechazó el Premio Stalin?

—¡Qué bien informado está!

—Era mucho dinero —prosiguió el periodista.

Hizo un gesto a Gilda para que se acercara y la salvara de la incómoda conversación y ella reaccionó de inmediato. Gilda y Gabriela se habían conocido en Rapallo, dos años antes. La chilena con raíces italianas la había ayudado a armar su consulado. Oyarzún también se acercó y preguntó si todo estaba bien.

—Dígale, por favor, a Doris que quiero marcharme. Necesito descansar.

—Se lo digo ahora mismo —obedeció Oyarzún.

Se quedó mirándolo. Irradiaba esa electricidad o vibración que los cristianos llamaban «gracia». Doris también la tenía. La gracia era el efluvio que, según los místicos, emanaba del bien. Alone vino a contarle lo que acababa de escuchar al ministro de Educación:

—El gobierno de Chile quiere regalarle una casa y un automóvil para que se quede en el país. ¿Lo sabía?

Mistral se sonrió y negó con la cabeza.

—No pienso hacerlo.

—¿Y si le ofrecen el Ministerio de Educación?

—Qué bromista, amigo. Usted sabe que no aspiro a cargos políticos.

Bebió de un sorbo el resto del vino y le pasó su copa

vacía. Alone se alejó para dejarla en una mesa. Sintió impaciencia. Tenía que irse de allí lo antes posible. Caminó con lentitud hacia la puerta, sin despedirse de nadie. Doris y Gilda la siguieron. Tomic se unió a ellas en el pasillo.

En la cena en la casa de su anfitriona, Carmela Echeñique, contó que en el poema que estaba escribiendo sobre Chile no pensaba mencionar Santiago porque la consideraba una ciudad dura, fría y vanidosa. Sobre todo, vanidosa. Aclaró a Doris que solo Santiago era así; la provincia chilena, en cambio, era cálida y acogedora. Recordó que la primera vez que llegó a la capital en enero de 1910, a rendir un examen en la Escuela Normal para titularse de profesora, se sintió tan apabullada que hubiera regresado de inmediato a La Serena si su acompañante no la hubiera persuadido de seguir adelante. Tenía miedo de esa prueba. Tantas veces le habían cerrado las puertas en las narices cuando quiso ser profesora normalista. Pero esta vez no. Le permitieron escribir sus respuestas en forma de poemas. Once años después llegó a vivir a la capital porque la nombraron directora de un recién creado liceo de niñas. Estuvo casi dos años allí, dos años duros, aseguró, porque sus colegas le hicieron la vida imposible. Le mandaban cartas anónimas acusándo-la de «apitutada».

—¿De qué? —preguntó Doris.

—De a-pi-tu-ta-da. Radomiro, ¿podría explicar a Doris ese neologismo nacional?

—A ver. Tener un pituto significa tener un buen contacto, una persona con poder que la apoye.

—¿Corrupción? —preguntó Dana.

Todos se rieron.

—Los pitutos son personas que favorecen a conocidos con cargos públicos, independientemente de los méritos del beneficiado —precisó Gabriela—. No es mi caso. Mis contactos no han sido nunca pitutos, sino aliados que han reconocido mi trabajo.

—Lo sabemos —acotó Tomic.

—La Sociedad Nacional de Profesores no era mi aliada en ese tiempo. Organizó una sesión especial para censurarme porque, según ellos, yo no estaba capacitada para trabajar en la educación superior al tener solo un título de profesora normalista. No dejaron intriga por hacer. Escribieron artículos en periódicos diciendo que yo era, en primera línea, escritora y no maestra, y que una directora debía tener un título universitario. Mi más activa opositora era Amanda Labarca. —Movió la cabeza reviviendo malestares antiguos.

—No la vi en el Salón de Honor —comentó Tomic, y agregó—: Seguramente ya se dio por vencida. Entendió que no podría frenar ni destruir a Gabriela Mistral.

Doris opinó que era tiempo de descansar. Le preparó su guatero. En los países fríos Gabriela nunca se iba a la cama sin su bolsa de agua caliente.

Aquella vez soportó los ataques meditando y diseñando autorrecomendaciones que seguía con una férrea disciplina. Eran parte de su rutina diaria de meditación:

- Visualizarme siempre como una criatura calma, imperturbable, llena de confianza, serena y dueña de mí misma.

- No buscar poderes. Esperar que el Cielo me los dé, si soy digna de ellos.
- Traer a mi mente tres veces al día la decisión de eliminar defectos que me hacen inferior.

Estaba convencida de que el cargo de directora del Liceo de Niñas de Barrancas le correspondía por mérito propio. Era cierto que se lo había otorgado su amigo, el entonces ministro de Educación Pedro Aguirre Cerda, pero no se lo dio por simpatía, sino porque apreció su desempeño anterior en los liceos de Punta Arenas y Temuco. Se propuso quedarse en el cargo el tiempo necesario para demostrar a sus enemigos que podía organizar el nuevo establecimiento educacional y darle el mejor nivel, como había hecho antes con los otros liceos. Después vería lo que hacía. Santiago era horrible, pero era la capital del país. Compró una casita modesta de cuatro habitaciones con una palmera en el patio en la calle Waldo Silva, no lejos de su liceo, en la recién creada población Huemul. Era una población modelo para obreros, comerciantes y empleados fiscales, con una biblioteca pública y un teatro; un buen lugar para vivir tranquila y escribir.

A pesar de las amonestaciones de la Sociedad Nacional de Profesores se ganó pronto el cariño de sus colegas y alumnas. Su horario de trabajo era de ocho de la mañana a seis de la tarde. Cuando podía, hacía sus clases al aire libre o llevaba a sus alumnas al zoológico en la cercana Quinta Normal. De lunes a viernes vivía al son de la campanilla y los fines de semana iba a la Biblioteca Nacional, al teatro o asistía a la tertulia literaria de María Luisa Fernández en su mansión en la esquina de las calles Alameda y San Martín. Valoraba la tradición del salón en que tenían lugar esas tertulias, con jarrones de porcelana, cuadros valiosos y repisas de libros viejos empastados en cuero. Uno de ellos era *La esclavitud de la mujer*, de John Stuart Mill, traducido al español por la escritora Martina Barros, un ejemplar muy difícil de conseguir en Chile. Era un libro semiprohibido. Pero su anfitriona, generosa, de buenos modales, a ratos amanerada, le prestaba ese y otros libros. María Luisa escribía unos poemas que firmaba con el seudónimo Mona Lisa, que a Gabriela le parecían bastante malos, pero no lo confesaba. Los poemas eran malos, pero el hecho de escribir era loable y no era descartable que Mona Lisa evolucionara y sus poemas mejoraran, porque escribir, de eso estaba segura, era evolucionar.

En su casa conoció a otros letrados de apellidos de raigambre colonial. A veces, le pedían que leyera sus poemas y ella accedía a regañadientes, porque no le agradaba leer en público. No le gustaba su voz. La encontraba monótona, no apta para resaltar las emociones transportadas por los versos. En ese tiempo escribía poemas autoauscultantes. No le importaba si la audiencia no los entendía o si le parecían herméticos. Sentía que su sustrato elquino campesino le daba cierta superioridad moral sobre ellos. Su horizonte era más amplio y su capacidad de empatía, más profunda. Pero jamás se lo hizo sentir. Sus poemas hablaban por ella. Los contertulios admiraban a Rubén Darío y a Amado Nervo. Los hombres más bien a Darío y las mujeres más bien a Nervo. En el salón también se leían poemas de Vicente Huidobro, el hijo de María Luisa, que vivía en París y conocía bien a los poetas vanguardistas franceses. Según algunos contertulios, Huidobro escribía mejor que cualquier poeta europeo. Gabriela no sabía si lo decían para quedar bien con la anfitriona o porque así lo sentían.

No eran círculos sinceros, pero la entretenían y la hacían soñar con conocer el Viejo Continente. O mejor aún: irse un día de Chile, seguir su camino autodidacta en otras latitudes, dejar atrás la cursilería criolla. No imaginaba, no podía adivinar, que ese sueño se cumpliría dentro de poco tiempo... o tal vez sí lo intuía.

La certeza llegó cuando la visitó en su liceo el poeta Enrique González Martínez, un cincuentón cálido que era ministro plenipotenciario de México en Chile y director de la revista *México Moderno*. Fue una suerte de enviado del destino. Le llevó de regalo un ejemplar de su poemario *Los senderos ocultos* y le pidió una colaboración para su revista. Ella le entregó su «Decálogo del artista», escrito un poco en Punta Arenas y un poco en Temuco. Fue su primera publicación en el país del norte. Eso motivó a otra revista mexicana llamada *Universidad* a pedirle colaboraciones. Gabriela les envió el poema de inspiración teosófica «Himno al aire». Estos aportes impresionaron al filósofo mexicano José Vasconcelos, que estaba a cargo de la Secretaría de Educación Pública de su país.

En 1921, las cartas entre Barrancas y México iban y venían. En una de ellas Vasconcelos le envió el primer número de la revista *El Maestro*. Mistral lo comentó ampliamente. Expresó lo que pensaba sobre la educación en su continente, reflexiones que en Chile habrían sido imposibles de publicar porque hubieran despertado aún más animadversiones. A los maestros, decía, no les faltaba preparación científica, sino ideales y sensibilidad. Eran recitadores ordenados, pero sin alma, de textos y fórmulas frías.

La carta fue publicada en el segundo número de la nueva revista. En ediciones posteriores Vasconcelos le publicó los poemas «Piececitos», «Poema a la madre» y «Yo no tengo soledad». A principios de 1922 llegó a Chile Antonio Caso a conocer a la autora de los versos tan leídos y comentados en el país del norte y a invitarla a apoyar la cruzada alfabetizante que estaba en pleno apogeo en el México posrevolucionario. Mistral le pidió que diera una conferencia sobre cultura mexicana en su liceo y, mientras lo escuchaba, visualizaba una nueva etapa de su vida. Repitió en silencio una de sus autorrecomendaciones: «No buscar poderes. Esperar que el Cielo me los dé, si soy digna de ellos».

Al día siguiente, su anfitriona le tenía sobre la mesa del desayuno un ejemplar de *El Mercurio* con el titular: «La divina Gabriela reina en el corazón del pueblo». Leyó solo esa frase, no el resto de la nota. Doris pidió quedarse con el periódico para su archivo personal. Repitió mirando a su amiga con una sonrisa cómplice:

—Divina Gabriela.

Dedicó los días siguientes a comprar libros y a reencontrarse con su pequeño círculo de aliados santiaguinos. Doris sugirió no tener más que una reunión diaria, pero eso no siempre era posible. El primero de la lista era Eduardo Frei Montalva. La invitó a almorzar el domingo en su casa en el barrio de Providencia, donde vivía con su esposa y sus siete hijos. Lo había conocido en Madrid en 1935, cuando él la visitó en el consulado siendo un estudiante de derecho y se habían vuelto a ver varias veces en Europa. Gabriela había prologado su libro *La política y el espíritu* y escrito recados sobre él, y Frei la había apoyado en temas legales. La foto autografiada de Jacques Maritain que colgaba en el escritorio del senador de la República se la había enviado Gabriela desde Italia.

Fue una buena oportunidad para enterarse de los enredos de la política chilena. Comiendo una cazuela bien sazonada, como a ella le gustaba y como ninguna ayudante se la preparaba nunca, Frei le contó que aspiraba a formar un partido político en cuyo programa estarían los cambios que Chile necesitaba y que la reforma agraria sería su primera prioridad. Gabriela volvió a aquello que le había expresado en otros encuentros, que el latifundio era la Colonia, vale decir, un impedimento para que Chile llegase a ser un país moderno. Aseguró a su anfitrión, con aire y gesto de pitonisa, que él estaba destinado a iniciar esa reforma y que tarde o temprano llegaría a ser presidente de la República.

—Ese día yo me daré vueltas en mi tumba para aplaudirlo.

La próxima de la lista era Juanita Aguirre, la viuda de Pedro Aguirre Cerda, el hombre a quien tanto le debía. Vivía al norte de Santiago, en la hacienda vitivinícola Conchalí, que había heredado de su padre. Gabriela ya había estado allí en su viaje anterior en 1938, cuando Aguirre Cerda era candidato a la presidencia y habían brindado juntos por el futuro primer mandatario. Fue la última vez que compartió con él. Se encontró con una mujer de setenta y siete años con mucha vitalidad. Se sentaron en el corredor exterior de la casa colonial a cebar un mate. No tenían mucho que contarse, porque los momentos sobresalientes de la vida de ambas eran de conocimiento general. Juanita Aguirre fue una primera dama muy popular. Su marido murió de tuberculosis siendo presidente y su funeral fue multitudinario, el más concurrido en toda la historia del Chile republicano. Desde entonces vivía en sus tierras, retirada de la política. En cuanto a Gabriela, había ganado el Nobel de Literatura gracias al apoyo de Pedro Aguirre, el resto era personal y triste, cosas de las que ella prefería no hablar.

Después de vaciar dos veces el mate dieron un paseo por los viñedos de la hacienda. Gabriela confesó que desde que salió de su valle había sido una peregrina que buscaba su lugar en el mundo, sin haberlo encontrado nunca. Lo único verdaderamente suyo, aseguró, sería la fosa en la que quería ser enterrada. No especificó dónde, porque esto se sobrentendía.

Otros reencuentros tuvieron lugar en la casa en que se alojaba en el barrio El Golf. La escultora Laura Rodig llegó a pedirle hacer un molde en yeso de su mano y ella accedió, aunque los recuerdos con ella no eran buenos. Cuatro décadas antes, siendo su alumna en el Liceo de Los Andes, ya había modelado su mano. Laura sobresalía en ese medio adormecido por su talento artístico y quiso apoyarla. Se la llevó como profesora de Artes Plásticas a Punta Arenas, a Temuco y luego a México. En el país del norte su relación se enfrió por varias razones. Laura entró en el círculo del muralista Diego Rivera y se acercó al Partido Comunista. Comenzó a trazar su camino de artista sola, mientras Gabriela se acercaba a la entrañable Palma Guillén.

En cambio, le causó alegría volver a ver a Matilde Ladrón de Guevara. Se habían conocido algunos años atrás en Santa Bárbara, cuando Matilde llegó a su casa a pedirle una entrevista para la revista *Ecran*. No se la concedió, pero se hicieron amigas. Después, Matilde la visitó en Italia.

Esa tarde en Santiago le llevó fotos de una ceremonia de entrega de regalos a los niños de Montegrande. Fumaron, tomaron mate y saltaron de un tema a otro, celebrando la simpatía mutua que sentían. Matilde era una mujer elegante y atractiva que en su juventud había sido miss Chile y Gabriela era una admiradora de la belleza humana. Lo único complicado era que últimamente se había arriesgado a escribir poemas y cuentos y buscaba con ahínco la opinión de Gabriela.

Se volvieron a ver dos días más tarde en el Teatro Municipal de Santiago, en el homenaje que organizó la Sociedad de Escritores de Chile. Fue una ceremonia solemne con la presencia del presidente Ibáñez, sus ministros y el embajador de México. Gabriela llegó con Doris, Gilda y Matilde. Se puso un traje de dos piezas de una fina tela azul que había comprado en un pueblito italiano llamado Zoagli. Después de agradecer los aplausos, pasó la mayor parte del tiempo con los ojos entrecerrados, mordiéndose el labio inferior e imaginando las ideas erradas que los asistentes tenían de ella. Comentó a Matilde al oído:

—El arte es un refrigerio en la calentura del mundo, pero cuando se hace, no cuando se reciben los homenajes.

Matilde le acarició la mano. Era una mano suave, casi sin arrugas, con dos dedos amarillos por el tabaco. Minutos más tarde otra ocurrencia:

—Los homenajes son para que se encuentren ellos, el agotamiento es para mí. Recordó el poema «La otra», de su último libro. Lo recitó cuando le pidieron que subiera al escenario...

Una en mí maté:
yo no la amaba.
Era la flor llameando
del cactus de montaña;
era aridez y fuego;
nunca se refrescaba [...].
Yo la maté. ¡Vosotras
también matadla!

Dos días después, Tomic la llevó en su auto al Estadio Nacional, donde se reunieron unos cuarenta y cinco mil asistentes, la mayoría escolares, llevados desde las escuelas de Santiago y sus inmediaciones. Había pancartas de saludos de los alumnos de la Escuela Gabriela Mistral de Limache, jóvenes de Los Andes, de San Felipe, de Rancagua... La poeta comenzó su arenga diciendo: «Soy una simple maestra rural».

Cada vez que se enfrentaba a multitudes recordaba las preocupaciones de su madre respecto de su timidez. Pensaba que no tenía remedio. Pero no era así. Ella misma la fue podando, extirpando los miedos con autodisciplina, siguiendo el método de la hortelana que describió ese día en su discurso:

Madre, planta con tu hijo el pequeño jardín. Enséñale tú el almanaque floral: el mes de las rosas, el de los jacintos, el de las cinerarias. Hazle derramar suavemente las semillas. Cuando el tallito haya salido, haz que su misma mano le ponga el sostén de caña firme, el pequeño puntal. Cuando el arbusto esté próspero, llévalo a podar y muéstrale en cada rama dónde la tijera hiere para bien. Hazle simplificar a él mismo la fronda del rosal y entenderá de las otras buenas podas que tú le haces en el alma. Enseña a sus ojos a distinguir las especies selectas; fórmale así en tu jardín la capacidad de selección que va a necesitar tanto como adulto al vivir entre los hombres.

El huerto era una de sus metáforas más recurrentes, especialmente cuando se dirigía a los profesores, a las familias, a los jóvenes y a los niños. Después, se sentó con los ojos entrecerrados y cedió la palabra a los otros. Apareció la imagen de Yin Yin, pero logró frenar la tristeza, controlando la respiración y dándole órdenes a sus pensamientos.

2

Elquina

Salieron de Santiago de madrugada en un automóvil con chofer que puso a su disposición el Ministerio de Educación, una máquina grande y cómoda en la que cupieron cajas y maletas. Gabriela se alegró de dejar la ciudad vanidosa. En el trayecto, iba comentando que la vanidad había traído algunos innegables beneficios a la humanidad, como la industria, las artes, la cortesía, el buen gusto, pero a Chile había llegado poco de eso. Allí primaban las consecuencias negativas de esa constante antropológica. Por otra parte, la envidia inmanente a la raza humana no había tenido en Chile los efectos que tuvo en Europa. Allí, la doctrina igualitaria de la democracia y el socialismo habría ampliado la esfera de la envidia y transformado en una fuerza modernizadora. En Europa reinaba la doctrina de que las desigualdades sociales eran injustas cuando no se basaban en algún mérito superior y esta constatación despertaba el deseo de eliminarlas.

Hicieron una pausa para fumar en un pueblo llamado

Llay Llay, que consistía en una sola calle larga con casas de adobe de un piso y ventanas pequeñas. Una mujer joven y de una pobreza evidente se les acercó a ofrecerles pan amasado con chicharrones. Doris le compró cuatro y le dio una buena propina. La aldeana se quedó mirando a Gabriela como pensando que la había visto en alguna parte. Cuando volvieron al auto Doris comentó que lo que más le llamaba la atención en Chile eran las diferencias abismales entre las clases sociales. Gilda le explicó que la clase alta se sentía extraña al pueblo, por sus costumbres; y la clase media lo sentía lejano, por su escasa educación.

—Eso me recuerda una parábola que leí en un texto de Tagore —comentó Gabriela.

Sus acompañantes la miraron expectantes.

—Una lámpara de arcilla declaró a la lámpara de cristal: «Eres mi prima». La de cristal ni siquiera quiso responderle. Pero en ese momento subía por el cielo la luna llena y le gritó: «¡Hermana mía!».

Todos se rieron, también don Pancho, el chofer. Tenía unos treinta años y tez morena. Gilda le sonsacó que era de Temuco. Se atrevió a pedir a su pasajera ilustre que le donara un libro autografiado para dárselo a su madre.

—Ella es lectora, yo no tanto —confesó algo avergonzado.

El resto del viaje lo hicieron en silencio y con pausas para fumar cada dos horas. No se detuvieron en Coquimbo ni en La Serena. Siguieron directo hacia el Valle de Elqui, porque así habían planeado el itinerario. A La Serena irían al final. Allí tendría lugar la clausura de ese, su último viaje en vida a Chile. El camino se fue poniendo cada vez más angosto y peligroso. Cuando aparecieron los primeros cerros amarillos en el horizonte, Gabriela comentó risueña:

—Estoy salvada. Los cerros son mis guardaespaldas.

Conforme avanzaban, iba repasando sus recuerdos.

—Cuando niña trotaba entre ellos persiguiendo conejos. No para hacerles daño, ¿eh?, sino para detectar dónde se escondían.

—Como *Alicia en el país de las maravillas* —comentó Gilda.

Gabriela asintió.

—Descubría en cada desfiladero poderes mágicos, genios y prodigios.

Doris le aconsejó que no dejara que la absorbieran tanto las personas. Debía darse tiempo para descansar. Decir que no a veces. Gabriela escuchaba y asentía mirando por la ventana. Había escrito tanto sobre «el paisaje hebreo de montañas tajeadas y purpúreas». Relató a sus acompañantes que una vez, en un tiempo lejano, unos judíos conversos de apellido Rojas se instalaron en el valle, cerca de un villorrio que después llevaría el nombre de San Isidro de Vicuña. Eran los antepasados de su madre. Antes o después de ellos, quizá durante la Colonia, llegaron otros conversos, de apellido Villanueva, gente emparentada con la madre de Montaigne, que era una judía conversa de Zaragoza llamada Ana López Villanueva. En su rostro se dibujó una sonrisa casi infantil al contar que, cuando visitó el castillo de Montaigne en Burdeos, le llevó saludos de sus lejanos familiares chilenos. Pasado el pueblo El Molle indicó unos olivares en la falda de un cerro.

—¿Verdad que parecen bíblicos?

En los huertos cercanos se veían duraznos en flor. Gabriela quiso hacer una pausa. Recordó las juntas de mujeres para la pela y el deshuesado de la fruta. Visualizó las acumulaciones de duraznos que Petita y sus conocidas despellejaban comentando las novedades. Emelina y ella también participaban. Pelar era, para las mujeres, el equivalente a contar historias, anécdotas o cuentos extraordinarios. Los duraznos eran luego secados y transformados en huesillos y enviados al sur del país. Continuaron.

Llegaron a Vicuña pasado el mediodía. El auto cruzó el puente sobre el río Elqui y entró por la avenida Las Delicias, para doblar luego a la calle San Martín y llegar por ella a la plaza principal. Todas las calles estaban adornadas con banderitas chilenas. A la entrada de la plaza, que estaba atiborrada de curiosos, había un arco de flores. El primer abrazo fue para su amiga Isolina Barraza, que había cuidado a Emelina hasta su muerte. Petita y Emelina la consideraban parte de la familia. Era, además, la persona que recibía y ayudaba a repartir las donaciones de zapatos y libros para los niños de Montegrande que ella mandaba todos los años en Navidad. El alcalde esperó a que las dos mujeres verbalizaran su alegría antes de dar el saludo oficial a la Hija Ilustre de la Ciudad. Ese título se lo habían otorgado en 1925, cuando regresó por primera vez al valle después de su estadía en México. Ahora solo le entregó la medalla de oro que lo corroboraba. Gabriela se la colgó al cuello, orgullosa.

Fue el inicio de una ceremonia de bienvenida para la cual los pobladores se habían preparado durante meses. Una profesora de la escuela de El Tambo recitó «La oración de la maestra»: «Dame sencillez y dame profundidad; líbrame de ser complicada o banal en mi lección cotidiana...». Gabriela la escuchó con la imagen de Emelina en la mente. Había escrito ese poema durante su residencia en Punta Arenas. Terminada la declamación hubo un silencio expectante. Pasaron varios segundos antes de que el alcalde iniciara los aplausos. A continuación, ocuparon el espacio un grupo de escolares tomados de la mano, algunos iban descalzos. Bailaron tres rondas de Mistral, una de ellas decía: «*Dame la mano y danzaremos; / dame la mano y me amarás. / Como una sola flor seremos, / como una flor, y nada más. / El mismo verso cantaremos, / al mismo paso bailarás. / Como una espiga ondularemos, / como una espiga, y nada más*». No se acordaba exactamente cuándo había creado esas rondas, si en México o antes, siendo maestra en La Compañía Baja. Las incluyó en su libro *Ternura*, de eso sí se acordaba, y del efecto que quería lograr con ellas: niños tomados de las manos invocando las fuerzas constructivas del universo. Luego se presentó un dúo folklórico. Un elquino sacó a bailar cueca a Gilda y ella hizo lo que pudo. Gabriela agradeció el homenaje con palabras cálidas: «Todo el mundo andado y sabido por mis ojos y mis pies parece no haberme removido la luz y el polvo de Elqui, mi valle, mi patria chica».

Mientras Gabriela hablaba, Gilda y un ayudante del alcalde bajaban del auto una caja con zapatos para niños y otra con cuadernos y dulces. La directora de la escuela básica de Vicuña formó una fila de alumnos ordenándolos según su estatura. Ella y el alcalde se encargaron de la repartición. Para muchos niños esos eran los primeros zapatos de su vida. Aunque les quedaran grandes, se los ponían igual y agradecían sonrientes. Doris, por su parte, cuidaba que la gente no se acercara demasiado a su amiga y que no la agobiaran con comentarios o preguntas.

Terminada la ceremonia, caminando por las calles de tierra al Club Social de Vicuña, Gabriela reconoció un cinamomo. Cuando estudiaba en la escuela del pueblo siempre se detenía a olerlo. Contó a Doris que tuvo uno en su jardín en Petrópolis. Allá lo llamaban «árbol del paraíso», por su fragancia. El Club Social funcionaba en una casona estilo colonial con un amplio patio interior. En el salón en que almorzaron colgaban cuadros de personajes elquinos ilustres. Gabriela pidió empanadas de horno, cabrito al jugo y ensalada de berros. El cabrito le supo a infancia. Habría engullido su tierra entera en ese almuerzo si Doris no le hubiera impuesto límites. Solo un vaso de vino. Solo una papaya de postre. Su diabetes no le permitía excesos. Después de comer leyó en voz alta el poema inédito «Salvia elquina», que incluiría en su libro sobre Chile, y respondió preguntas sobre su salud. Aseguró que era estable, lo cual no era cierto. Su corazón estaba cada día más débil y la diabetes le había malogrado la vista. Antes de retirarse escribió en el Libro de Visitas del Club Social:

He encontrado por sorpresa un pueblo que era el mío, pero que no supe vivir en tiempos pasados. Perdón por haber tardado tanto. Espero volver a verlos todavía una vez más... para adorar y contar nuestras montañas casi divinas.

Descansaron en la hostería del pueblo, otra casa colonial con tejas chilenas y corredores circundantes. A Gabriela le asignaron una habitación con vistas al huerto. Gilda se encargó de cuidar que nadie perturbara su siesta.

Por la tarde visitaron el Centro Cultural Gabriela Mistral, un acto entre protocolar y amistoso, porque su directora era Isolina Barraza, una antigua amiga de la familia.

Las escuelas y centros culturales que llevaban su nombre no aumentaban en absoluto su vanidad. Al contrario, a veces la incomodaban, pero los veía como un aporte: prestar su nombre para aumentar la cultura. Por eso cuidaba tanto su reputación de mujer políticamente independiente. En realidad, esa no era su casa natal, porque esta se había caído a principios del siglo xx en una salida del río Elqui, pero los árboles eran un recuerdo familiar. Los había plantado su padre cuando ella nació. Entretanto la había comprado el Ministerio de la Cultura a instancias de Isolina y con el apoyo legal de Eduardo Frei. Lo primero que vio al entrar fue su fotografía en el Palacio de los Conciertos de Estocolmo recibiendo el Premio Nobel de Literatura. Pasó de largo, porque era un recuerdo agridulce. Otra foto mostraba al fundador del centro, el español Pedro Moral. Cuando Moral la visitó en Madrid en 1935, siendo ella cónsul, no solo estuvo de acuerdo, sino que además le consiguió cientos de libros para la biblioteca, entre ellos, toda la colección de la Biblioteca Popular Cervantes, pensando en lo mucho que le habían faltado a ella los libros cuando era niña. Quiso verla, pero antes echó un vistazo a una vitrina en la que se exhibían las portadas de las revistas y periódicos chilenos que celebraron su premio. La dejó indiferente. Otra vitrina mostraba la primera edición de sus poemarios, fotografías y postales que ella le enviaba a Emelina desde los países que visitaba. Esbozó una sonrisa para esconder su impasibilidad. Esos recuerdos no le decían nada. Revisó la biblioteca con detención. Algunos ejemplares fueron enviados desde el consulado de Madrid a petición suya después de que tuviera que salir huyendo a causa de una intriga. Preguntó a Isolina si llegaban lectores a consultar los libros.

—A veces vienen algunos autodidactas.

Su amiga sacó un poemario de Mistral y lo abrió en una página que contenía una dedicatoria a ella. Al despedirse escribió unas palabras en el cuaderno de visitas:

> Gracias, muchas gracias a quienes cultivan en Vicuña y mi valle elquino el recuerdo de una hija de estas tierras montañosas. Siempre les mando en mi pensamiento el deseo vivo de que nuestro valle siga recibiendo la bendición de sus flores y sus frutos.

Había algo inconcreto y nebuloso en torno a la dueña de la hostería que le molestaba. Estaba segura de que no era la primera vez que se veían. Pero la mujer no daba muestras de conocerla personalmente. La trataba con respeto y distancia. Adivinó que era algo mayor, tendría dos o tres años más que ella. No quiso dejar que esa intuición la irritara, que opacara el momento de felicidad que vivía; el gusto de volver a beber leche de cabra después de doce años y el hecho general de estar allí amparada por sus cerros tutelares en compañía de Doris, tener la oportunidad de mostrárselos a la mujer con quien compartía su vida desde 1948.

Doris propuso dar un paseo por el pueblo después del desayuno. Las tres amigas salieron por la puerta trasera, contentas de no tener un séquito de curiosos detrás de ellas. Caminando hasta la plaza de Armas Gabriela confesó que no tenía tan buenos recuerdos de Vicuña. Cuando hablaba de su valle se refería a Montegrande y La Unión,* donde había sido feliz. En Vicuña, en cambio, había vivido

---

* El pueblo que el presidente Gabriel González Videla rebautizó como Pisco Elqui.

momentos desagradables. Por eso, no había aceptado que Laura Rodig esculpiera una imagen suya para instalarla en la plaza. Isolina hubiera juntado el monto exuberante que pedía la escultora, pero ella no quiso. Además, el boceto no le gustó. En ese momento saltó una chispa en su mente..., la dueña de la hostería, claro... Constató que su anfitriona era una antigua compañera de escuela. La visualizó frente a ella, liderando a un grupo de niñas con los delantales llenos de piedras. Se sentaron en un banco de la plaza bajo la sombra de un algarrobo. Gabriela prendió un cigarrillo, el primero del día, y comenzó a relatar que después de cursar la escuela básica en Montegrande con su maestra Emelina, Petita la matriculó en la escuela de Vicuña, donde conocía a la directora porque había sido la maestra de Emelina. Era su madrina de confirmación.

—¿Qué edad tenías? —preguntó Gilda.

—Diez u once años. No me acuerdo bien.

—¿Viniste sola?

—Una tía me acogió. En realidad, era mi tía abuela, se llamaba Angelita Rojas.

Movió la cabeza.

—Nunca me voy a olvidar de la directora. Tenía unos sesenta años y estaba casi ciega. Desde que llegué a la escuela me convirtió en su lazarillo. La acompañaba a su casa y le iba diciendo dónde había una piedra o una grada para que no tropezara. Algunas tardes me pedía que le leyera pasajes de la Biblia. Un día me pasó las llaves del mueble en que guardaba los cuadernos que le entregaba el Ministerio de Educación y me pidió que los repartiera a las alumnas que los necesitaran. Yo, con mi timidez de siempre, entregaba el papel con generosidad. A mediados de año no quedaban más cuadernos.

Gilda y Doris se rieron. Gabriela botó la ceniza al suelo.

—Pero la directora no me creyó. Pensó que los había robado. Yo, asustada, no dije nada. No supe defenderme cuando reunió al alumnado y al profesorado en el patio de la escuela y me llevó allí a empujones. Me acusó ante todos de ladrona. Figúrense, la humillación y la injusticia.

—Mala mujer —comentó Gilda.

—¡Ladrona, ladrona!, gritaron todas a coro. Corrí a esconderme en una sala de clases. Allí me encontró horas después la muchacha que hacía el aseo y tuve que salir, esperando que mis compañeras se hubieron ido a sus casas, pero no, me estaban esperando en la plaza con sus delantales cargados de proyectiles rabiosos. Crucé corriendo por aquí mismo, tratando de hacerle el quite a las piedras.

—¡Qué fuerte! —comentó Doris—. ¿Nadie te ayudó?

—Nadie.

—¿Qué pasó después? ¿Seguiste asistiendo a esa escuela? —quiso saber Doris.

—No. Mi tía mandó a buscar a mi madre. Ella vivía en ese tiempo en Diaguitas, que está a ocho kilómetros de aquí. Se vino de inmediato.

Gabriela apagó el cigarrillo en el suelo y cerró los ojos para recordar mejor.

—Petita se quejó ante la directora por esa injusticia y la obligó a escuchar mi versión. Le expliqué que solo había seguido sus instrucciones. Las niñas pedían y pedían cuadernos y yo se los entregaba. La ciega aseguró que yo no estaba dotada para tareas intelectuales, que era una retrasada mental. Me expulsó de su escuela.

—¿Qué dijo tu madre? —preguntó Doris.

—Ah, Petita... le aseguró que estaba equivocada, que algún día yo llegaría lejos y ella se iba a arrepentir de esa injusticia.

Una niña de unos diez años que pasaba por allí con su madre se les acercó para mostrar sus zapatos nuevos. Eran rojos de charol.

—Muchas gracias, señorita Gabriela.

Ella la abrazó. La niña volvió saltando junto a su madre. Las mujeres se hicieron señas.

—¿Dónde estaba la escuela? —preguntó Doris.

—Aquí cerca. ¿Queréis verla?

Volvieron a pasar junto al cinamomo. Gabriela se detuvo y lo acarició. Una cuadra más adelante estaba la casa de adobe en que se leía en un rótulo: ESCUELA PRIMARIA SUPERIOR.

—Está igual que antes —constató Gabriela.

Doris empujó la puerta y entraron a una sala de clases vacía. Era domingo.

—Yo me sentaba aquí —relató la poeta acercándose a la ventana—. Siempre sola.

—La directora se debe haber enterado de que no eras una retrasada mental —conjeturó Gilda.

Gabriela asintió y esbozó una sonrisa.

—Me envió a Madrid una mermelada de manzana con Pedro Moral.

Caminando de regreso a la hostería siguió rememorando. En 1938 asistió a su funeral. Su enemiga murió cuando ella estaba de visita en el pueblo. Durante el almuerzo no le hizo ningún comentario a su antigua compañera de escuela. Tampoco le contó a sus amigas lo que había descubierto. Lo dejó pasar. Pero la imagen de la niña con delantal frente a ella gritándole ladrona aparecía cada vez que le servía los platos. Gilda quiso saber si Gabriela había perdonado a doña Adelaida y ella dijo que sí y no. Aquellos que la tildaban de rencorosa no dejaban de tener razón. Doris volvió sobre el tema de la escultura. Consideró que era una buena idea. Gabriela aclaró que no le gustaba que la retrataran en piedra. Cuando un artista mexicano hizo una escultura suya de cuatro metros y la instaló sin su autorización en la escuela que llevaba su nombre ni siquiera asistió a la ceremonia de inauguración.

Al día siguiente continuaron en ruta a Montegrande por un camino de ripio curvoso y a ratos peligroso. El asfalto se acabó saliendo de Vicuña. El paisaje era un espectáculo natural en azul, diversos tonos azafrán y verde. Los cerros se superponían. Su tamaño engañaba cercanía. Abajo, bordeando el lechoso río Elqui, la vegetación era tupida. Conforme avanzaban hacia la cordillera se veían cada vez más viñas en las quebradas y en las lomas de los cerros. Doris reflexionó:

—¿Qué somos para Gea? ¿Un virus? ¿Huéspedes? ¿Un experimento? Algún día desapareceremos. Algún día Gea se cansará de ser nuestro pabellón psiquiátrico.

Don Pancho, el chofer, soltó una carcajada. Doris continuó:

—Y después de haberse liberado de nosotros, se recuperará durante millones de años... y quizá, por curiosidad, se atreva de nuevo con la vida inteligente. Esta vez, con más experiencia, tendrá más cuidado de no cometer tantos errores de construcción.

Gabriela la escuchaba medio asintiendo con los ojos semicerrados. No los abrió hasta que el conductor anunció que estaban llegando a Montegrande. Antes de entrar al pueblo pasaron cerca del lugar en que estuvo la finca Las Palmas. Gabriela quiso detenerse un momento. Prendió un cigarrillo y explicó a sus amigas que en ese lugar hubo antes un parque botánico con plantas y árboles exóticos y un zoológico en el que había ciervos, gacelas, pavos reales y faisanes. Sus amigas lo sabían. Lo había relatado en su libro *Tala*. Esperaron a que Gabriela terminara de fumar y siguieron.

La recepción de bienvenida estaba programada para el día siguiente. Don Pancho las llevó directo a la finca El Ajial, de la familia Hernández, donde iban a alojarse. Descendieron del automóvil frente a una casa patronal rodeada de corredores con un huerto semitropical entre montañas. Luis y Nelly, los dueños de casa, salieron a recibirlas. Ambos cuarentones. Nelly era una profesora normalista, rubia, atractiva y acogedora, y Luis, de baja estatura y ojos chispeantes, provenía de una familia de terratenientes de Paihuano. En el comedor estaba todo dispuesto para almorzar. Los tres hijos del matrimonio les mostraron orgullosos sus juguetes. Gabriela pidió un vaso de agua fresca y tuvo la sorpresa de que se lo sirviera Genara Gómez. Se abrazaron. Se habían conocido en 1925, cuando Gabriela pensaba crear una escuela agrícola en La Serena, emulando los establecimientos que había visto en México.

—¡Lucilita! Te preparé una cazuela como a ti te gusta.

Le sacó una sonrisa honesta, casi infantil.

Mientras la comían, el dueño de casa comentó cómo habían recibido la noticia del Premio Nobel en Montegrande. Se enteraron por la radio y de inmediato bajaron a celebrarlo a Vicuña. Isolina Barraza puso una bandera de Chile e iluminación especial en el Centro Cultural. Se juntó mucha gente.

—En algún momento alguien comenzó a cantar el himno nacional —terció Genara desde la puerta de la cocina—. Me emocioné.

Gabriela comentó que ella también se había enterado por la radio y que lo primero que hizo fue caer de rodillas frente al crucifijo que siempre la acompañaba para pedir ser merecedora de ese premio.

—Te lo mereces, Lucilita —aseguró Genara.

Luis contó que el gobierno no hizo celebraciones oficiales ni declaraciones públicas porque el entonces presidente de la República, Juan Antonio Ríos, estaba muy enfermo, de hecho, murió pocos meses después, pero en el Senado hubo una sesión especial. Gabriela lo sabía. Emelina le había enviado el recorte de la noticia.

—Fue la primera vez que los políticos de todos los partidos estaban de acuerdo en algo —redondeó el dueño de casa.

En la siesta soñó con Yin Yin. Lloraba y le pedía ayuda, como en la noche tan larga de su agonía. Despertó con el corazón acelerado. Se sentó en la cama y le costó orientarse. Descorrió las cortinas para que el cerro de enfrente la tranquilizara, la mole que ahora llevaba su nombre. Abrió la ventana e inspiró aire fresco... Ningún reconocimiento logró quitarle la pena que sintió por la muerte de su hijo. Falleció después de haber ingerido una fuerte dosis de arsénico. Esa noche también murió una parte de ella, como expresó en el poema «Luto»: «*En lo que dura una noche / cayó mi sol, se fue mi día*». Pasó nueve días en estado de postración. Los médicos temieron por su vida. Desde entonces, nunca dejaba de comunicarse con él por medio de la meditación. Le pedía perdón por todo lo que hizo mal como madre. Perdón por no haberle ofrecido un lugar donde echar raíces. Perdón por haber callado la verdad sobre su nacimiento. Pero ¿qué hacer, si no?

Cuando se quedó embarazada, a mediados de 1926, ella

vivía en París. Representaba a América Latina en el Instituto de Cooperación Internacional vinculado a la Liga de las Naciones. Sus enemigos chilenos hubieran tenido el argumento que estaban esperando para aplastarla. ¿Por qué contárselo? ¿Qué les importaba a ellos? Palma Guillén, la aliada que le regaló México, la ayudó a esconder el embarazo y la acompañó a la clínica en Fontainebleau, donde fue a parir. Muchas veces se preguntaba qué hubiera sido de ella sin todas las amigas que la apoyaron en diversas etapas de su vida. Se sentó en un escritorio preparado para ella y comenzó a escribir una carta para Palma, contándole sobre su estadía en Santiago y su llegada al valle.

Luego invitó a Doris a dar un paseo por la huerta. El verde siempre la calmaba. Había parrones, higueras, duraznos y muchas hierbas medicinales. Se detuvo a oler una planta de toronjil y sacó unas hojas. Después, en la cocina, le pidió a Genara que le preparara una infusión. Quería saber qué había pasado en su vida desde que se dejaron de ver.

Se conocieron en La Unión cuando Gabriela regresó al valle después de una estadía en México y Europa. Gabriela pensaba que había regresado para siempre a vivir en Chile. Por eso le pidió que la apoyara en su proyecto de fundar una escuela granja y ella aceptó encantada. Se la llevó a vivir con ella en la nueva casa que compró en La Serena. Genara le recordó su entusiasmo de entonces. Quería cuidar a su madre, escribir poesía y abrir esa escuela. No se trataba de cultivar frutos, sino también almas. Sembrar semillas en los espíritus. Le recordó que la escuela debía albergar primero unos siete alumnos. Esos niños, siendo adultos, deberían abrir sus propias escuelas granjas e iniciar así una tradición.

—¡Qué buena memoria tienes! —comentó Gabriela.

—Es que la idea me encantaba. ¿Por qué no se pudo realizar? Si a ti te resulta todo.

—Porque me vinieron a buscar.

Miró por la ventana.

—¿Qué te parece aquel algarrobo? ¿Ves que tiene el aspecto de un cacique echado?

Genara trató de imaginar lo que veía Lucila, pero no fue posible. Volvió sobre el tema de la escuela.

—Fue tu amiga mexicana la que te convenció de irte, ¿cierto?

—Puede ser.

—¿Te arrepentiste alguna vez de haberte marchado?

—Es que nosotras no decidimos nada, Genara. El destino viene solo. Cae sobre nosotros como una orden.

Genara le contó que regresó a La Unión y se casó un año después, pero su matrimonio no fue bueno. Su marido, ya muerto, era aficionado al alcohol. Tuvo tres hijos que crio prácticamente sola. Dos vivían en Vicuña y uno en Santiago. La familia Hernández la trataba bien. Su patrona Nelly le había comprado un vestido nuevo para que se presentara linda ante Gabriela.

—El azul te queda bien —comentó la poeta.

—Es mi color preferido.

—También el mío.

En los últimos cien metros antes de llegar a la iglesia de Montegrande el automóvil pasó en medio de una fila de niños y niñas, la mayoría descalzos. Ellas, con delantales blancos y canastos con pétalos de flores, y los niños, vestidos con petos y flameando banderitas chilenas. Esos rostros, Gabriela sentía que los conocía directa o indirectamente. Eran hijos y nietos de sus amigos de la infancia. Había dicho en reiteradas ocasiones que nació en Vicuña por casualidad. Su verdadera *patriecita*, en la que ella se formó, fueron diez kilómetros cuadrados entre Montegrande y La Unión. En la plaza, junto a la iglesia, la esperaban las autoridades: el alcalde, Guillermo Reyes, un cuarentón cuya madre perteneció al círculo de amigas de Petita; la directora de la escuela de Montegrande, Rosa Elena Rojas, una monja que ayudaba a Isolina a repartir los regalos que la poeta enviaba cada Navidad; y el gobernador de la provincia.

Después de saludarlos, Gabriela se acercó a la puerta de la iglesia, donde la esperaban sus antiguas compañeras de escuela: Artemenia Rodríguez, Auristela Iglesias, Nazaria Macuada, Amelia Jiménez y Amelia Rojas. Se abrazaron, se tomaron de las manos, se rieron y caminaron juntas a la escuela de Montegrande, en cuyo patio iba a tener lugar la ceremonia de bienvenida. Esa escuela había sido el hogar de la niña Lucila, de los tres a los diez años.

El patio era un espacio amplio que llegaba hasta la ribera del río. Todo Montegrande estaba reunido allí para saludar a Lucilita, la que partió del valle siendo solo un brote y había regresado dos veces, en 1925 y 1938, siempre de paso, por algunas semanas. Se fue niña y volvió diosa, una diosa elegante, con un abrigo gris de tela suave. Tomó asiento junto a las autoridades a la sombra de una encina que ya estaba allí cuando la maestra Emelina se hizo cargo de la escuela.

Las alumnas le entregaron un mantel celeste bordado por ellas mismas con el diseño de las calles del pueblo. Gabriela abrazó a la directora por tan buena idea. A continuación, tres jóvenes recitaron las estrofas del poema «Todas íbamos a ser reinas». Entre el público la escuchaba otra compañera de colegio, Rosalía, a la que ella nombraba en esos versos. Salió de la multitud y se acercó al podio cuando las alumnas terminaron de declamar. Gabriela se alzó y le pidió que se acercara. La abrazó y luego se acercó al micrófono a enderezar un discurso espontáneo: «Los niños que salimos de aquí al extranjero sabemos muy bien qué linda vida emocional tuvimos en medio de nuestras montañas salvajes, qué ojo bebedor de luces y de formas y qué oído recogedor de vientos y agua sacamos de esta aldea». Hubo sonrisas nerviosas. Lucilita era la única que había hecho ese camino.

La Hija Ilustre continuó asegurando que siempre había mantenido con Montegrande una relación telepática, intuitiva y adivinatoria. «Se me han quedado los gestos de aquí. La forma de partir el pan y de comer los higos y las uvas». Luego instó a los jóvenes a ser autodidactas como lo había sido ella. «Las bibliotecas que yo más quiero son las de provincia, porque siendo niña me faltaron los libros». Doris le llevó un vaso de agua. Lo bebió y continuó vaciando su corazón. «Tengo deuda con los lugares que nutrieron mi capacidad de asombro, es decir, mi poesía». Miró a Rosa Elena, la directora, y le agradeció todo lo que hacía por los niños de Montegrande. Ella la corrigió.

—La que más hace por nuestros niños es usted, Gabriela.

La directora anunció una ronda que las niñas de Montegrande habían preparado para ella. Apretó la mano de Rosalía y se sintió serena, mientras escuchaba los versos de su poema:

Los astros son rondas de niños,
jugando a la tierra a espiar...
Los trigos son talles de niñas
jugando a ondular..., a ondular...

Los ríos son rondas de niños
jugando a encontrarse en el mar...
Las olas son rondas de niñas
jugando la tierra a abrazar...

Luego tomó la palabra el alcalde para comentar que estaba muy contento de que el camino entre La Serena y Vicuña hubiera sido asfaltado. Ahora faltaba pavimentar el trazo entre Vicuña y Montegrande. Informó que había escrito una carta al presidente de la República y esperaba que Gabriela Mistral la firmara. Ella movió la cabeza indicando que lo haría mientras Gilda y don Pancho bajaban las cajas del auto para preparar la repartición de los regalos. Era un momento festivo. Los niños se ponían en la fila, saltando alegres.

Al cabo de un rato se acercó al podio un hombre de unos veinticinco años y le informó que él había pintado un retrato de Petita que Isolina le había enviado a Santa Bárbara meses antes. Mistral le tomó las dos manos y dijo que le había encantado. Doris le contó que lo habían colgado en el estudio de su casa en Roslyn Harbor. El artista la invitó a visitarlo en su taller, y Mistral iba a decir que sí, pero Doris la frenó. Se excusó con su fuerte acento norteamericano.

—En otra ocasión. Ahora Gabriela debe descansar.

Tras el almuerzo y la siesta Gabriela quiso volver a la escuela para verla sin gente. Fue con Doris y Gilda caminando. Parecía que no había pasado el tiempo. El suelo de tierra, las paredes de adobe blanqueado, los pupitres..., todo seguía igual. Contó a sus amigas que Emelina era la única profesora de la escuela. Era quince años mayor que ella. Se hizo cargo del sustento de la familia cuando el padre las abandonó.

—Las tres formaban una trinidad incorruptible —recordó Rosalía.

Gabriela la llamó a su lado.

—Las vi subir por el camino y las seguí.

—Rosalía era uno de mis planetas cuando niña. Siempre andábamos juntas —explicó Gabriela a sus acompañantes.

—La diferencia entre nosotras y tú, Lucilita, es que tú estudiaste.

—Yo no estudié. No tuve otra maestra que mi hermana. Asistí a sus clases hasta cuarto básico, eso fue todo. Después pasé unos meses por la escuela de Vicuña, pero eso no cuenta. No me acuerdo de haber aprendido nada bueno allí. Lo que no alimenta el espíritu no sirve.

—¿Qué hiciste, entonces? —preguntó la amiga.

—Me transformé en autodidacta. En La Serena traté de entrar a la Escuela Normal, pero me rechazaron.

Rosalía quiso saber cuándo había descubierto su talento de poeta y Gabriela comentó que no sabía lo que era eso.

—Me acuerdo de una Lucilita tímida y observadora, siempre seria.

—Pero era feliz, como no lo he sido más en mi vida —aseguró y respiró profundo.

Salieron a un corredor exterior y entraron a una estancia que antes fue el dormitorio. Divisó a Petita canturreando una canción y haciéndose un moño frente al espejo. Los recuerdos se siguieron encendiendo cuando visitaron otra habitación que servía de cocina. Se vio sentada en las rodillas de su protectora. Esas rodillas eran el lugar en que el universo la acogía con la mayor calidez. En el patio se paró en el lugar exacto en que Emelina solía poner una silla de mimbre y llamaba a sus alumnas, una por una, para que le mostraran la tarea. Siguió hacia unos matorrales para oler la flor de una planta de jazmín que ya estaba allí cuando ella era niña. Era su escondite cuando salía de clase. Se agachó para echar una mirada. Cuando aprendió a leer se llevaba una Biblia para niños que el Estado entregaba a los colegios. Las ilustraciones del Antiguo Testamento le fascinaban. Rosalía quiso ver lo que atrapaba la atención de Lucila. Metió su cabeza por debajo del arbusto y le preguntó cuándo había escrito su primer poema.

—Fíjate que lo escribí en este escondite, fascinada por la monotonía rítmica de los ejes de una carreta. Pero a Emelina no le gustó. Botó las hojas porque, según ella, me distraían del estudio.

—Mis patrones dicen que soy ignorante porque solo tengo cuarto básico —comentó Rosalía.

—Pero sabes obrar conforme a tu corazón y al saber eterno. Doy fe de ello.

Siguió caminando como sonámbula, escuchando la voz de Petita defendiéndola: «Déjala, no ves que escribir le gusta y la entretiene».

—Este mundo es tan mío, tan sangre de mi sangre, tan entreverado a mí. Es mi *ka*.

—No sé lo que es el *ka* —confesó Rosalía.

—Era una fuerza mágica que asistía a los muertos del Egipto antiguo en su viaje al Nilo celestial.

Se sintió débil y se sujetó de su excompañera. Doris corrió hacia ella, asustada.

—¿Estás bien?

Gabriela observó el cerro grande que ahora llevaba su nombre.

—Nada de qué preocuparse.

—Volvamos —ordenó Doris.

En la casa pidió a su amiga que sus restos fueran enterrados frente a la iglesia, mirando al pueblo y al cerro grande.

—¿Te encargarás?

—Te lo prometo.

—Que el monte hable por mí. ¿Entiendes por qué preferí que bautizaran un cerro con mi nombre a encargar una costosa estatua de piedra?

—Entiendo. Fue una buena idea.

Durante la merienda, comiendo pan amasado con mermelada de durazno, Gabriela y Nelly recordaron que cuando eran niñas ayudaban en la cosecha y pela de la fruta. Gabriela comentó que antes de los feminismos de asambleas, las mujeres del valle ya manejaban sus vidas solas. Escucharon voces que venían de la terraza. Voces de gente extraña que había entrado sin permiso a El Ajial. Se dieron cuenta de que tenían la casa rodeada. Alguien tocó la puerta con fuerza. Gilda cerró las cortinas y los postigos del cuarto de Gabriela. Esa noche tuvo que dormir así y eso la puso de mal humor. No pudo oír los sonidos de la naturaleza. Al día siguiente, por la mañana, las amigas fueron juntas a hablar con el alcalde para pedirle que les pusiera protección policial. Gabriela aprovechó a firmar la petición al presidente para que asfaltara el camino.

El Ajial le encantaba. Por la tarde manifestó a su anfitrión su deseo de vivir allí los últimos años de su vida. Fue una idea que surgió en el momento, mientras bebían un vino blanco.

—Esta será su casa, cuando quiera —respondió Luis Hernández.

—Me gustaría ocuparme del huerto y cuidar unas cabras.

—Yo se las consigo —aseguró él.

Doris comentó que cuidar plantas era el único trabajo que Gabriela hacía con pasión, además de escribir poesía. Sabía de plantas tanto como de versos. Conocía la virtud medicinal de muchas hierbas y el lugar donde crecían. En las cinco casas en que habían vivido en Santa Bárbara, Veracruz, Rapallo, Nápoles y, desde hace un año, en Roslyn Harbor, Gabriela había hecho maravillas en las huertas. Lo que a ella más le gustaba en el mundo era meter las manos en la tierra.

—Después de haber crecido aquí —apuntó Nelly.

Gabriela contó que Petita la había iniciado en el trabajo de hortelana. Le explicaba las cualidades de cada planta. Muchas veces, mientras su hermana enseñaba en la escuela, ella recogía menta y yerbabuena en la ribera. Si su madre la llamaba, no acudía. El huerto era demasiado interesante. Petita se preocupaba por su tendencia a la soledad y al retraimiento, pero la dejaba ser.

La próxima estación fue Paihuano, un pueblo ubicado a veinticinco kilómetros de Vicuña. Fueron a petición de Nelly, que era profesora en la única escuela del lugar. Décadas antes, Emelina había trabajado allí como ayudante de maestra. Fue su primer puesto de trabajo, que Petita encontró para ella cuando quedaron solas. La futura poeta tenía apenas tres años. No se acordaba de nada. Pero en el pueblo sí se acordaban de ella. La ceremonia de bienvenida tuvo lugar en la plaza, frente a la municipalidad. El alcalde expresó lo mismo que sus colegas de los otros municipios y Gabriela lo escuchó, como de costumbre, con los ojos semicerrados y mordiéndose el labio inferior. En cuanto pudo, prendió un cigarrillo.

Almorzaron en la única posada de Paihuano, un negocio familiar, en compañía del alcalde y la directora de la escuela en que trabajaba Nelly. Gabriela se dedicó a observar a la mujer que las atendió y comentó lo que veía con Doris.

—Ella hace todo. Su marido solo atiende la caja.

—¿Cómo sabes que es el marido?

—Lo es.

Bebió un sorbo del agua recién servida. Luego continuó:

—La pareja hispanoamericana rara vez falla a causa de la mujer. El hombre tiene toda la libertad para hacer y deshacer y casi siempre hace uso y abuso de esta. La mujer resiste heroicamente las injurias para evitar un escándalo social. Puede ocurrir que tal sacrificio obtenga, después de décadas de mala vida, la mudanza del hombre y la paz de la pareja.

—El macho viejo necesita a su esposa para que lo cuide —comentó la norteamericana.

Miró al hombre junto a la máquina registradora. Se veía aburrido.

—Así es. Necesita que la esposa lo perdone. La esposa que ha aceptado en silencio su desventura y ocultado a sus hijos la realidad de su vida.

—El patriarcado exige de la mujer un espíritu de sacrificio sin discusión —concluyó Doris en sordina—. Ha surgido para la felicidad de ellos y la infelicidad nuestra.

—He sabido de hombres que fueron infieles, maltratadores de esposas y abusadores de hijas en su juventud, además de prohibidores de cualquier atisbo de libertad femenina, que con los años lograron limpiar su imagen, haciéndose pasar por abuelos protectores.

Doris continuó la reflexión:

—Imagino que sus hijos hombres estarán más dispuestos a perdonarles todo, pero sus hijas no. Ellas no dejarán de despreciar al que en su juventud maltrató a su madre y a ellas les prohibió cuanto pudo prohibirles.

—No. Ellas no los perdonan, pero eso no les importa. Tienen la complicidad de toda la sociedad.

En ese momento, la mujer les sirvió sus cazuelas. Las amigas le sonrieron con un gesto de empatía.

—Muchas gracias —dijeron al unísono.

Cuando volvió a El Ajial, Gabriela se encerró a tomar notas y a meditar. Se sentó en un cojín con la cabeza dirigida a su cerro tutelar para rememorar a los hombres que habían dejado una huella en su vida. Evocó sus rostros. Apareció la sombra de su padre, una figura nebulosa que le cantaba canciones de cuna. Lo vio en la puerta de su casa en Diaguitas el día en que regresó después de una larga ausencia. Ella tenía siete años. Su llegada trajo inestabilidad al hogar. Sus padres se peleaban. Hasta que volvió a desaparecer, esta vez para siempre. Inspiró profundo y contuvo el aire. Visualizó los ojos claros y la sonrisa fresca de Alfredo Videla, el hacendado cuarentón del que se enamoró a los diecisiete años. Espiró. Nunca le dio confianza, por eso no quiso tener intimidad con él, aunque él trató e insistió hasta que se cansó. Recordó unas manos que tocaban los *Preludios* de Chopin en el piano de cola que tenía en la sala de su casa. Una música lejana la tranquilizó. Era veinte años mayor que ella. Por alguna razón fue cuidadosa con él, no así con su otro amor de juventud, Romelio Ureta. Inspiró con una sonrisa semidibujada en sus labios. Recordó la ansiedad con que lo esperaba en su habitación en La Compañía Baja. Sus besos eran tan desordenados como él. Sintió sus manos pegajosas después de acariciar su pelo engominado y el desconcierto de su suicidio. Habían pensado hasta en rimar sus destinos. Espiró. La vida se lo había dado, la vida se lo había quitado. Se divisó escribiendo *Los sonetos de la muerte* bajo un sauce junto al río Aconcagua, los poemas que cambiaron su vida. Inspiró y espiró, y al hacerlo apareció Manuel Magallanes Moure, el poeta buenmozo que la hechizó. Su atractivo personal la deslumbró más que sus versos. Recordó su ataque de timidez cuando la visitó inesperadamente en su casa en Santiago después de siete años de correspondencia ciega. Nunca pensó que él haría eso. Lo comprendió inspirando. Magallanes quiso conocer personalmente a la mujer que le escribía esas cartas tan apasionadas. Volvió la vergüenza de sentirse fea. No verlo nunca personalmente era para ella la condición de tanta honestidad. Espiró y con la próxima inspiración apareció la imagen de Giovanni, el italiano con quien pasó una noche de locura en París. Era un buen recuerdo. Con él no quiso frenarse. Siempre había aspirado a tener un hijo. Fue un regalo. Se sonrió por el espacio de un segundo. Apareció Yin Yin jugando en el jardín de Bédarrides. Espiró una bocanada larga y triste. Su muerte era lo único que tenía que reprocharles a las fuerzas misteriosas que regían su vida. Le faltó darle tantos abrazos y, sobre todo, le faltó decirle la verdad. Inspiró evocando el eco de la montaña en su alma. Sintió la complicidad de la roca firme e incólume y eso la tranquilizó. Su nueva espiración la trasladó a Pocuro, a la casa de Pedro Aguirre, su mayor aliado. Escuchó los pasos de Doris acercándose a su habitación. Inspiró agradecida. Ella era su presente, su protectora, su ángel de la guarda. La persona que había cautivado su corazón. La necesitaba. Al espirar sintió su cuerpo en la forma de un dolor a la altura del corazón y lo aceptó sin inmutarse. Era un cuerpo enfermo, pero su mente seguía fuerte. Había regresado de las tinieblas y ahí estaba, absorbiendo la luz y el aire de su valle. Pasó de la meditación al rezo y volvió lentamente al aquí y al ahora.

A Pisco Elqui, antigua La Unión, las acompañó Genara, nacida allí. Gabriela seguía llamando al pueblo con el nombre que tenía antes de su partida. En su momento trató de evitar ese cambio, pero su influencia no llegó a tanto. Fue una idea del presidente Gabriel González Videla, que era oriundo de La Serena. Lo había conocido en Brasil, cuando él era embajador de Chile en ese país y nunca congeniaron. Exudaba arribismo y ambición. Ella no tenía nada en contra de la ambición, si esta iba acompañada de cultura, del conocimiento del ser humano y de un deseo de servir.

En el auto iba contando a sus amigas que la primera vez que se sintió desamparada en su vida fue cuando tenía unos cinco años y jugaba con una compañera de curso. Ella le anunció que debía irse a casa porque pronto llegaría su padre y él siempre le llevaba frutas o dulces. Lucila le pidió que no se fuera, que jugaran un rato más, y la amiga le reprochó que ella no podía entenderla porque no tenía papá. Preguntó a Petita por qué ella no tenía padre como las demás niñas. «Sí tienes padre, pero está lejos», respondió. «¿Por qué no viene?, insistió Lucila. «Estará enfermo», especuló Petita encogiéndose de hombros. A partir de entonces, vivió esperando que su padre sanara para que regresara.

Pisco Elqui era otro pueblo entre cerros. El recibimiento allí fue más sencillo. Estaban los directores de los liceos y escuelas y el alcalde. Hubo un acto de bienvenida en la plaza en el que Gabriela se mostró bastante ausente. Medio escuchaba y medio escribía en su mente un recado sobre la mujer elquina, pensando, sobre todo, en Genara. Gilda conversó con un lugareño, un hombre joven vestido de manera sencilla. Sus pantalones y chaqueta eran casi harapos. Contó a la afuerina una historia que había ocurrido en el pueblo un mes antes, en la intersección de unas calles cercanas. Por la noche, él y otros vecinos escucharon el llanto de una mujer que pedía auxilio mientras era arrastrada por un jinete. Muchos la escucharon y salieron a ayudarla, pero no vieron nada. Aseguró que era la Llorona. Todos en el pueblo la escucharon, pero nadie la vio.

—¿Era invisible? —quiso saber Gilda.

El hombre asintió muy convencido y ella sintió escalofríos. Gabriela le había contado que los pueblos del Valle de Elqui habían surgido antes de la llegada de los españoles. La ruta fue abierta por los incas que transitaban entre Cuzco y El Maule. Muchas historias que se contaban en el lugar eran reminiscencias de tiempos inmemoriales.

Al finalizar el acto, la directora de la Escuela Primaria número Diez, una cincuentona llamada Victoria Ramírez, informó a Gabriela que su padre había sido maestro en su establecimiento y la invitó a conocer la escuela. Ella aceptó encantada. Caminaron por una calle en subida bajo un agradable sol primaveral hasta un edificio de adobe. Le mostró un cuaderno de clases con una lista de alumnos y anotaciones del maestro Jerónimo Godoy Villanueva, de 1891, cuando ella tenía dos años. Gabriela estudió su letra con curiosidad, casi con ternura. Era una señal de vida del eterno ausente. En ese tiempo sus padres todavía estaban juntos. Un hombre setentón y casi sin dientes le contó que su antiguo profesor tocaba la guitarra y el violín y cantaba canciones escritas por él mismo.

—¿Usted fue su alumno? —preguntó Gabriela.

El elquino asintió.

—Rigoberto Varela. Soy el último de la lista.

Gabriela se quedó mirándolo, esperando que le contara más.

—Don Jerónimo sabía muuuucho. A veces nos hablaba en latín.

Imaginó a un profesor primario de sangre hebrea, vasca, india y negra. Alguien le contó una vez que el abuelo paterno de Jerónimo era mulato. Su altura, que Lucilita heredó, provenía de la sangre africana.

En el trayecto de regreso a El Ajial siguió atando cabos. Sobre su progenitor siempre tuvo más intuiciones que certezas. Nació en San Félix, un pueblo al interior de Vallenar. Antes de mudarse a La Unión había sido seminarista en La Serena. Nunca supo en qué congregación. Solo que de allí venían sus vastos conocimientos de historia y latín. Alcanzó a obtener las órdenes menores. En 1886 se salió del seminario porque el mundo le atraía más que la Iglesia. El espeso y seco mundo. Sabía, por Petita, que se vieron por primera vez en Vicuña en 1885, cuando Jerónimo llegó allí en unas misiones. Aquella vez el aspirante a monje la escuchó cantar en el coro de la iglesia. Dos años después, Petita se trasladó a La Unión con su madre y su hija natural, Emelina, y ese mismo año llegó Jerónimo a trabajar como profesor al pueblo, después de haberse salido del seminario. Llegó ansioso de vivir. Petita aceptó ser su novia, a pesar de que ella era varios años mayor que él. Ella tenía cuarenta; él, veintiocho. Le encantó tener un enamorado letrado que improvisaba payas para amenizar las fiestas. Ella apenas sabía leer y escribir. Había ido cuatro años a la escuela en Peralillo, un pueblo cercano a Vicuña, donde su madre la tuvo fuera del matrimonio. Tanto ella como su hija Emelina eran naturales. Eso no importó a Jerónimo. Se casaron el 3 de septiembre de 1887 en la iglesia de Vicuña.

Eran un matrimonio como Dios manda. Ella, buena moza, trabajadora, hogareña, creyente y de carácter afable; él, profesor primario, ingenioso y elocuente. Pero la bonanza duró poco. A finales de 1888 surgieron acusaciones contra el profesor Godoy en la escuela de La Unión porque faltaba a clases y a veces llegaba alcoholizado. Lo expulsaron. La familia se trasladó a Vicuña, donde Petita tenía una casa pequeña heredada de su madre. La casa al final de la calle Maipú, donde ahora estaba el Centro Cultural.

Cuando se instalaron allí, Petita ya estaba embarazada de Lucila. Vivieron varios meses de sus costureos, hasta que el gobernador de Elqui informó a Jerónimo que la investigación sumaria que se había abierto en su contra le había resultado favorable. Podía retomar sus clases. Todas las mensualidades retenidas durante el proceso le fueron canceladas. Petita agradeció a la Virgen del Perpetuo Socorro, cuya imagen tenía en la sala. Tres días después, el 7 de abril de 1889, nació la niña. Fue bautizada el mismo día con el nombre de Lucila del Perpetuo Socorro. Jerónimo le escribió un verso:

Oh, dulce Lucila,
que en días amargos
piadosos los cielos
te vieron nacer.

Preparó un huerto y construyó un estanque en el patio
de la casa y lo circundó de madreselvas. En su escaso lega-
do había también canciones de cuna que escribió para ella:

Duérmete, Lucila, que el mundo está en calma,
ni el cordero brinca ni la oveja bala.
Duérmete, Lucila, que cuidan de vos
en tu cuna un ángel, en el cielo Dios.

Cuando Jerónimo regresó a La Unión a retomar sus
clases, Petita se quedó en Vicuña con sus dos hijas. Él baja-
ba a caballo los fines de semana. Las visitas se hicieron más
esporádicas cuando lo trasladaron a Panulcillo, un pueblo
minero cercano a Ovalle. El profesor partió después a Santiago a trabajar en la escuela San Carlos Borromeo. Dejó
de visitarlas y de enviar dinero. Fue cuando Petita buscó
un trabajo para Emelina, que ya tenía quince años, como
ayudante de la escuela en Paihuano. Dos años después, en
marzo de 1893, la enviaron a Montegrande.

Jerónimo regresó siete años más tarde, cuando las mujeres de la familia vivían en Diaguitas. Petita lo acogió para
que Lucila compartiera con su progenitor, aunque sabía que
iba a volver a partir. De esos meses quedaron recuerdos
borrosos en la memoria de Gabriela. Meses raros con un
hombre en la casa. El padre gritaba y Petita lloraba. Fue
casi un alivio cuando partió a Huasco. Aseguró que sería
por poco tiempo, pero no supieron más de él hasta su

muerte en 1911, a los cincuenta y cuatro años, en un hospital de Copiapó. Gabriela dirá que fue una historia como tantas en el pueblo empobrecido. Un hombre que engendra hijos y se marcha, sin escrúpulos, creando en su inconsciencia un patético matriarcado. Petita no era la única mujer que cuidaba sola a sus crías. Nunca le escuchó una queja. Si le guardaba rencor al marido, jamás lo demostró.

Gabriela tenía sentimientos encontrados hacia el padre ausente. Rechazaba su conducta, pero no la juzgaba. Adivinaba que algún día ella también saldría a recorrer el mundo dejando atrás a su hermana y a su madre. No aprobaba ese comportamiento, pero amaba lo que él había dejado en ella; sospechaba que su vena poética y la pasión que sentía por el folclore y todo lo relacionado con la veta mestiza de su tierra venían de él. Estaba segura de que en ella había dos almas que competían. Había momentos en que prevalecía la indígena contemplativa, y en otros primaba su afición a lo concreto que, según ella, le venía de lo vasco y lo hebreo.

3

Visionaria

En el trayecto de regreso a Montegrande, Genara le recordó lo impactante que fue su primer regreso al valle, después de tres años de ausencia.

—Eso fue en junio de 1925 —recordó Gabriela.

—Los artículos que escribías en los periódicos. La gente se juntaba en el Club Social a leerlos. Cuando trataste de ignorantes a las señoras elegantes de Santiago, ¿te acuerdas?

Gabriela se sonrió. Claro que se acordaba.

El Mercurio publicó: «Gabriela Mistral ha vuelto más serena, más robusta, cansada, pero llena de fe y entusiasmo». La que regresaba a la patria era una chilena que había triunfado en México y en Estados Unidos y había sido enviada a Europa por el presidente mexicano Álvaro Obregón para representar a ese país ante las instituciones culturales del Viejo Mundo.

Durante su ausencia había publicado los libros *Desolación*, en la editorial del Instituto de las Españas en Nueva

York, y *Ternura*, en Madrid, y había dictado conferencias sobre la historia de América Latina en Madrid y en universidades norteamericanas. No sabía lo que quería hacer en su país, pero sí sabía lo que no quería: volver a trabajar en un establecimiento educacional estatal chileno. Eso, de ninguna manera.

Después de sacar las telarañas de su casa en el barrio Huemul comenzó a hacer los trámites necesarios para jubilarse. Le escribió a Emelina pidiéndole que le ayudara a encontrar una casa en La Serena con un huerto grande y no lejos del mar. Su nuevo comienzo sería allí.

El primero que llegó a verla en Santiago fue Alone. La entrevistó para la revista *Zig-Zag* sobre su estadía en México y sobre el viaje a Europa. México había sido una experiencia maravillosa y en Europa había descubierto su cercanía con Teresa de Jesús y Francisco de Asís. Había conocido a Miguel de Unamuno y a Giovanni Papini. En todas partes, aseguró, la habían recibido y tratado muy bien. Lo que menos le había gustado era Nueva York.

—¿Por qué cree usted que la gente la busca tanto y se siente tan bien en su compañía?

—Debe ser lo mismo que yo siento cuando estoy entre gatos. Soy el gato de los humanos.

Alone se rio con gusto. Celebró el buen humor de su amiga.

—¡Qué lástima que los gatos no puedan enterarse de esta galantería! —comentó.

Otro día la visitó Armando Donoso y su esposa, la poeta María Monvel. Donoso había sido jurado del premio que la lanzó a la fama once años antes. Monvel se interesó por el nuevo texto que Gabriela había comenzado a escribir en Italia, una prosa poética sobre la vida de Francisco de Asís. Días después llegó la escritora Inés Echeverría a pedirle que diera una conferencia sobre Florencia y Castilla en un círculo de damas aficionadas a las letras que se reunían en la casa de la misma Inés (o Iris, como se hacía llamar la escritora).

Fue un encuentro bastante fecundo, porque dio mucho que pensar a Gabriela. Una de las asistentes le preguntó si se consideraba feminista. Ella le respondió, sorprendida, que no, pero la pregunta quedó dando vueltas en su mente. Siguió reflexionando sobre el tema en los días y semanas siguientes... ¿Era o no feminista una directora de liceo que motivaba a sus alumnas a ser independientes y ganarse la vida por sí mismas? ¿Era o no feminista una mujer que no necesitaba de un marido que la mantuviera? ¿Era feminista Petita? ¿Era feminista su hermana, que las mantuvo a ella y a su madre desde que tenía quince años? Hay preguntas que empequeñecen a los interpelados. No se identificaba con el feminismo de salón que se practicaba en ese círculo de mujeres santiaguinas. El encuentro la dejó ávida de controversia y fecunda en argumentos. Vertió sus reflexiones sobre el sentido del feminismo en un artículo que tituló: «Organización de las mujeres». En él disertó que el feminismo chileno le parecía una expresión más del sentimentalismo mujeril, quejumbroso y blanducho. «Tiene más emoción que ideas, más lirismo malo que conceptos sociales [...]. Mucha legitimidad en los anhelos, pureza de intenciones, hasta fervor místico, pero muy poca cultura en materias sociales». Confesó que no era una activista. No aspiraba a participar en movimiento alguno. No obstante, apoyaba las organizaciones de obreras para conseguir mayores derechos para las mujeres. Sobre ellas, aseguró, las esposas de los burgueses chilenos no sabían nada. «Purgamos la culpa de no habernos mirado jamás a la cara, las mujeres de las tres clases sociales de este país. Gritan en los embusteros discursos de las fiestas patrióticas la concordia nacional como desde una a la otra orilla del Amazonas». Es cierto, proseguía, que el pueblo no es hermoso ni sentidor, ni claro de mente; sino feo, brutal a veces, confuso para desear y pedir. Así lo hicimos. «Entre el hambre, la tuberculosis, el alcohol y el trabajo salvaje, no había de levantársenos como un Apolo. Del arte, que depura el sentimiento, hemos hecho una isla dorada a donde él no llega. El número de tabernas que le ofrecemos, cobrando para los municipios sus patentes, para hacer fuentes en nuestros paseos, debió ser el número de sus bibliotecas».

Propuso democratizar la cultura, llevando bibliotecas a los pueblos de todo el país, y terminó su artículo afirmando que el pueblo formaba las entrañas y los huesos de la nación, y las otras clases sociales eran una especie de piel dorada que los cubría. Lo envió *El Mercurio*. Emelina la felicitó. Nadie hablaba con tal autoridad y precisión sobre temas tan actuales. A Petita le pareció atinado que Lucila supiera sacar provecho de su popularidad apoyando a las mujeres pobres, como habían sido siempre ellas.

Dos meses después de su regreso a La Serena las tres mujeres se habían instalado en una casa en la avenida Francisco de Aguirre, en las afueras de la ciudad, a poca distancia del mar. La compró con el dinero que ahorró en México y con los derechos de autor recibidos en Estados Unidos y Madrid. La llamó «Casa de las Palmeras», por las dos palmas chilenas sobresalientes en el huerto. Era grande y cómoda con un terreno apto para el nuevo proyecto que daba vueltas en su mente: la escuela agrícola.

No quiso para ella adornos ni muebles suntuosos. Solo

lo justo y necesario, como San Francisco, porque... quien busca la perfección espiritual, desdeña las comodidades. Dedicó el resto de 1925 a plantar el huerto con papayos, chirimoyos y hierbas, a escribir sus *Motivos de San Francisco* y a plasmar en artículos y poemas las reflexiones que surgieron en el reencuentro con su país. Chile tenía cuatro millones de habitantes y gran parte de ellos vivían en la pobreza. Una de las razones, según Gabriela, era el latifundismo. La tierra estaba mal repartida. Así lo escribió en otro artículo:

> Nuestra agricultura aún es bárbara y agobia al campesino. El trabajador agrario de Chile está cerca del trabajador de la gleba. Vive en un tugurio espantoso, que es un agujero húmedo y negro. Hay que redimirlo y transformarlo en un ser viviente.

Su aporte sería entonces la creación de un nuevo tipo de escuela para los campesinos en la que se les prepararía para la reforma agraria, que también quería impulsar. A ellos les dedicó varias de sus columnas. El campesino era el hombre primero, en cualquier país agrícola; primero por su número, por su salud moral, por la noble calidad de su faena civil, sustentadora de poblaciones. Era el primero porque había domado el suelo, pero en Chile el campesino emigraba hacia las ciudades, cansado de su salario de uno o dos pesos, cansado de las aldeas sin médico, con un maestro malo y sin habitación digna.

En un almuerzo en el Club Social de Vicuña aseguró que en el campesino chileno se hallaba lo mejor del alma nacional, sin refinamientos hipócritas ni modales fingidos. Habló de la necesidad de que Vicuña tuviera una escuela profesional para mujeres, para que ellas pudieran aprender a ganarse la vida de forma independiente. La aplaudieron, pero no la tomaron en serio. Se alegraron de que Lucila hubiera vuelto llena de energía y dispuesta a modernizar la patria.

Desde allí siguió a La Unión. Fue cuando se alojó con los padres de Genara y probó sus quesos de cabra, cuando la entusiasmó para que se fuera a trabajar con ella en su nuevo proyecto. En la escuela granja criarían cabras, harían quesos y los venderían. Un mes después, Genara estaba viviendo con ella en la Casa de las Palmeras.

4

Autodidacta

Lucila tenía doce años cuando ella y su familia dejaron el valle para instalarse en La Serena. Eso fue después de que Emelina se casara con José de la Cruz Barraza, un hombre con cierta holgura económica que conoció en Diaguitas. Dos años después nació su hija Graciela. Ella era la tercera persona sepultada en el mausoleo que la poeta visitó en el cementerio de La Serena. Murió cuando tenía apenas veinticuatro años.

Aquella vez, Emelina y su marido arrendaron una casa cercana a la plaza de Armas, no lejos del lugar en que vivía la abuela paterna de Lucila, doña Isabel Villanueva. Petita la llevó a conocerla.

El primer encuentro fue corto y raro. Nunca había tenido contacto con ella. Su abuela no había mostrado interés en conocerla. Pidió a la tímida nieta que se sentara junto a ella y le hizo preguntas sobre el Viejo Testamento que Lucila supo contestar. Le regaló un pañuelo bordado por ella y le pidió que volviera el sábado siguiente y Lucila obedeció. Intuyó que podía aprender de ella. Esa vez la abuela le recitó partes del libro que tenía en sus piernas: «El Señor conoce los pensamientos de los hombres, que son vanidad». Se lo pasó y le pidió que le leyera un pasaje escogido por ella mientras bordaba. Lucila no entendió muy bien a qué se refería la parábola, pero le fascinó el tono.

En otra visita tuvo que leerle la historia de Ruth y otra semana siguió con Raquel y María. Lucila imaginaba que la Tierra Prometida se parecía a su Valle de Elqui, que ya entonces echaba de menos.

Los sábados con la abuela eran momentos epifánicos salpicados de resplandores del futuro. Como si este le mandara señales. Dirá que el contacto con la lírica judía nutrió su poesía. Su abuela pronto comenzó a exigirle más. Quería escucharla recitar salmos de memoria. A ratos, por olvido, Lucila ponía palabras propias en sus declamaciones. Entonces, la abuela dejaba de bordar, hacía como que se indignaba, pero no; el interés genuino de la nieta en la Biblia la llenaba de satisfacción. Dirá que la energía que puso su abuela en introducirla en lo que ella llamará el verbo eléctrico hebreo fue un aporte fundamental en su formación. Asegurará que su abuela fue una guía en su amarga orfandad de niña aldeana. «Conocí esta vía de la palabra desnuda y recta y la adopté en la medida de mis pobres medios».

Con trece años Lucila era una niña alta y curiosa que leía lo que caía en sus manos, urdía versos y escribía prosas para desahogarse. Una vez llevó unos poemas al periódico *El Coquimbo* a modo de experimento, para ver si se los publicaban. En ellos decía:

Estrofa amarga, fúnebre fragmento
de algún poema que escribió el dolor.
Lóbrega noche, agudo y cruel lamento
eso soy yo.

El director del periódico se llamaba Bernardo Ossandón y era un cincuentón bigotudo, elegante, culto y liberal. Encontró *algo* en los versos de la muchacha. Vislumbró a una mujer especial detrás de ese temperamento tímido. El hombre había estudiado Filosofía en el Instituto Pedagógico de Santiago y era profesor de Gramática, de modo que tenía alguna autoridad para evaluarla. En su residencia en la calle Brasil, a pocas cuadras de la casa de Lucila, disponía de la biblioteca más completa de la ciudad y la puso a disposición de la joven. Lucila lo sintió como un golpe de gracia, un regalo del destino. Comenzó con Dostoievski y Tolstoi y siguió con Virgilio y Dante. Cuando le devolvió la *Divina comedia* aseguró a su nuevo aliado: «Vengo de un viaje por la campiña italiana. Vale decir, del futuro. Algún día viviré allí».

Ossandón la notó tan segura que la creyó. Ese día la naciente poeta se llevó el *Libro de la Vida* de Teresa de Jesús. Fue otro descubrimiento y otra visión. Releería el texto veintidós años después recorriendo Castilla. Expresar en versos sus reflexiones se convirtió en una necesidad. Por una parte, buceaba en el subsuelo de su alma en busca de la Lucila más profunda, y por otra, experimentaba con la métrica para expresar sentimientos e imágenes que el lenguaje coloquial no conocía. Sus cantos eran *«pálidos crepúsculos de tardes invernales»*. En octubre de 1904, Ossandón le publicó un poema que decía:

¡Oh, qué feliz seré si en la mañana,
cuando ya el tiempo mi existir minore,
tú calmes el pesar que mi alma emana
y el llanto enjugues cuando triste llore!

Con quince años Lucila hablaba, se movía y gesticulaba como una mujer adulta. Aceptó el reto cuando Emelina le avisó que en la escuela de la hacienda La Compañía Baja buscaban una maestra. Su hermana contactó a una amiga que conocía al visitador de escuelas para que le consiguiera una entrevista con él. Se vio a sí misma disertando sobre el sentido de la educación. Los argumentos se armaban solos. El hombre, apabullado, le dio el trabajo.

Petita la acompañó en el primer tiempo, mientras se acomodaba. La Compañía Baja era un pequeño villorrio de unos mil habitantes ubicado en la ribera norte del río Elqui, a unos cinco kilómetros al norte de La Serena. Debía su origen a una misión jesuítica. La escuela funcionaba en una casa modesta de dos pisos rodeada de olivares. Desde su dormitorio se veía el mar. Colgaron un crucifijo sobre cada cama. La habitación contaba, además, con una mesa, un pequeño ropero y un brasero. La sala de clases tenía suelo de tierra y era apenas techada. La maestra la arregló con la ayuda de los campesinos, cuyos hijos e hijas asistían a sus clases. Ellos le consiguieron tablas para el techo y para el suelo.

Se ganó de inmediato el corazón de sus alumnos, unos cincuenta niños y niñas, cuyos uniformes eran unas gruesas camisas grises hechas de sacos harineros que alguna vez fueron blancos. En sus clases buscaba el punto culminante, el momento en que ellos se sentían incorporados y ya no había ningún instante muerto. Eran momentos en que todos los componentes sensoriales de la clase participaban del «círculo de la gracia». Gozaba cuando se producía esa subida termométrica. Aprendió que la escuela debía nutrir la sensibilidad de los alumnos, más que transmitir materias secas y estériles. Se trataba de formar ciudadanos virtuosos. En realidad, eso ya lo había aprendido con Emelina. En su carrera como pedagoga profundizó lo que vio hacer a su hermana en Montegrande. Los tratados pedagógicos de Rousseau y Tolstoi —libros que le seguía prestando Bernardo Ossandón— decían cosas que Emelina sabía de manera intuitiva.

La buena relación entre la maestra y sus alumnos despertó los celos de la directora. Rosa Segovia era una profesora normalista de unos cuarenta años, baja estatura y gesto inquisidor. Reprochó a la nueva maestra que en sus clases utilizara poemas y rondas que no habían sido aprobadas por el Ministerio de Educación. Eso de enseñar al aire libre tampoco le parecía bueno. ¿De qué servía pasar horas bailando y cantando en el patio? Lucila se defendió utilizando los argumentos de Rousseau, que había hecho propios. No le confesó que sentía la misión de alejarlos del materialismo, porque eso hubiera sido demasiado. Pero así era. Los quería espirituales. Vertió esas reflexiones en un artículo que publicó en *El Coquimbo*:

El maestro verdadero tendrá siempre algo de artista. Un conductor de espíritus no puede parecerse a un capataz de hacienda. Debe tener agilidad de espíritu e imaginación para colorear un relato. Sus clases deben ser amenas y fluidas. La juventud, esa agua viva, nunca va a amar al que tiene la palabra muerta.

Ser la maestra de niños pobres le dio una nueva seguridad en sí misma. Con diecisiete años había llegado a la conclusión de que la humanidad era un grupo interdependiente condenado a la autoayuda. En el día enseñaba a los hijos de los campesinos y por las tardes recibía a sus padres analfabetos. En ese tiempo, la mayoría de la población rural de Chile y América Latina lo era. El analfabetismo era una herencia colonial, de la cual la República aún no se había sobrepuesto. No solo les enseñaba a leer y escribir, también dibujaba mapas de América en el pizarrón para orientarlos en la geografía y les contaba cuentos sobre la conquista española. Petita se sentaba en una esquina a escuchar a su hija mientras le tejía medias de lana. Admiraba la vehemencia con que advertía a los alumnos que el hombre rico solo conoce el hemisferio soleado de la vida, por lo tanto, tenía una visión limitada de ella. El hombre pobre, en cambio, por provenir del otro hemisferio, alcanza profundidades a las que otros no se asoman cuando prospera. Los alumnos, agradecidos, le llevaban de regalo frutas, empanadas de queso de cabra y carne de cabrito. Dirá que el año que trabajó en La Compañía Baja aportó a su desarrollo personal lo que jamás le hubiera dado un liceo de niñas.

Cuando Petita partió al pueblo de Arqueros a pasar un tiempo con su otra hija y su nieta, Lucila escribió el poema «Sonrisas al alba» y lo publicó en *El Coquimbo*. En él se quejaba de que el sol saliera para todos, menos para ella. Firmaba sus poemas con seudónimos como Alma, Soledad, Alguien.

Los domingos organizaba fiestas con música y literatura, según ella, para sacar al pueblo de su tristeza congénita. Enseñaba a los padres a jugar con sus hijos. Les explicaba que la falta de alegría hacía la inferioridad del alma. Todo esto lo comentaba luego con Ossandón. «Somos tan infinitamente tristes —se quejó—, que nuestro pobre obrero y nuestro campesino recién ven asomarse la alegría al décimo vaso de alcohol». Su protector le aconsejó que escribiera un artículo sobre el tema y así lo hizo. En él aventuró teorías sobre las razones de la tristeza del pueblo chileno. Esta podía provenir de cierta dureza en el trato de la élite hacia los subalternos heredada de la Colonia. Opinó que la alegría era un signo seguro de la salud de un grupo humano y llamó a propagarla, a torcer la naturaleza melancólica del Chile profundo. Ossandón quiso saber si ella también era melancólica y ella le aseguró que lo que expresaba en sus versos no era tristeza ni pesimismo, sino otro sentimiento que aún no había identificado del todo.

Varios intelectuales y escritores de la región de Coquimbo quisieron conocer a la joven poeta. En su segundo año en La Compañía Baja la escuela se transformó en un espacio de encuentro literario y cultural. Uno de sus más asiduos visitantes era su benefactor Ossandón. Muchas veces llegaba acompañado de sus amigos masones, hombres hechos y derechos que celebraban los artículos de la maestra y preguntaban su opinión sobre cuestiones políticas y sociales. Le satisfacía constatar cómo el trabajo docente iba transformando a Lucila. Su autoestima crecía cada día. Ya no era la niña tímida que llegó un día a su oficina, sino una mujer comunicativa y simpática. Simpática en el sentido estricto de la palabra, que proviene del vocablo griego *sym*, 'juntos', y *pathos*, 'emoción'. En su entorno reinaba esa atmósfera.

En ese tiempo se discutía en el Parlamento de la República de Chile el proyecto de Instrucción Primaria Obligatoria, promovido por los liberales. El proyecto tenía muchos detractores entre los conservadores. Temían que la Iglesia perdiera su poder formativo. La obligatoriedad de la instrucción primaria podría forzar a los padres a enviar a sus hijos a escuelas estatales donde, junto con la inocencia, perderían su fe religiosa. De esas escuelas podrían surgir generaciones impías que alimentarían el radicalismo, el socialismo o el anarquismo. Ossandón, como liberal y masón, no compartía esos argumentos. Pero Lucila, en parte, sí. Temía que el ateísmo pudiese significar un retroceso civilizatorio. Consideraba que la escolaridad de los niños del campo debía ser un imperativo para el Estado, pero sin olvidar la formación de los espíritus. Escribió varias columnas explicando su posición.

> Un pueblo sensible es más humano; sus luchas sociales son más suaves y de índole más elevada; su dominación no es temida [...]. Un pueblo sensible al placer artístico abandona lentamente la taberna, va poco a poco dando sus tardes dominicales a la biblioteca, al teatro, a los museos, a las excursiones. Es más dulce en la familia, más tierno para la esposa y el hijo.

Le importaba sobre todo la educación de las niñas. En cada una se veía ella misma. En 1906 publicó en *La voz de Elqui*, un periódico de Vicuña, un fervoroso artículo titulado «La instrucción de la mujer» en el que expresó que instruir a la mujer era hacerla digna, porque «no hay nada en ella que la haga ser colocada en un lugar más bajo que el hombre».

Se sentía bien encaminada, los signos eran alentadores, pero intuía que todavía tenía que salir mucho más de su naturaleza profunda. Cuando conoció en la casa de Ossandón a Alfredo Videla, el hacendado veinte años mayor que ella, de ojos claros y cierto atractivo, aparecieron miedos ancestrales. La halagó saber que leía todo lo que ella publicaba. Ese día la fue a dejar a su casa en su coche de caballos y volvió a verla el sábado siguiente con un libro de Espronceda que había comprado en España. El hombre despertaba su curiosidad. Cuando le fue a devolver el libro, constató que era un pintor aficionado. Sus cuadros no le gustaron, pero no se lo confesó. En la sala había un piano. Era la primera vez que veía ese instrumento. Pasó su mano con suavidad por la madera negra.

—¿Quieres que toque algo?

—Sí, por favor.

Interpretó parte de los *Preludios* de Chopin. Videla le atraía y le desagradaba a la vez. Lo intuía mujeriego. Del tipo masculino que dejaba embarazadas a las muchachas y luego se desentendía. Como el padre de Emelina o como el suyo. Pero sus manos corrían con oficio por las teclas. Ese día se dejó besar. Solo eso.

Una semana más tarde Videla volvió a La Compañía para invitarla a ver la ópera *Lautaro* de un grupo de Santiago que estaba de paso por La Serena. Aceptó encantada y se arregló para la ocasión. Cuando Alfredo la fue a dejar le tomó la mano y le susurró que quería estar un momento solo con ella. Su corazón se aceleró al sentir su aliento tan cercano. Olía a hombre en celo. No quiso. Fue como una orden que recibió de sus ancestras.

Al día siguiente le escribió una carta explicándole su reticencia: no quería dar lugar a habladurías de la gente. La honra es la riqueza de la mujer pobre. «Si de verdad me quiere, alejará de mí todos los peligros. Todo cuanto pueda ensombrecerme. ¿Por qué pedir sacrificios a una mujer a quien su heroísmo puede arrastrar al abismo? He vivido muy poco, pero sé comprender el amor y distinguirlo de la entretención caprichosa como es la suya...». Videla comprendió que Lucila no sería una presa fácil. Dejó de buscarla. Eso le inspiró un poema que publicó con el seudónimo Alma:

Dime, ¿por qué reclamas mis cantares?
¿No ves a mi alma que en la sombra mora?
¿No ves que pides flor a los eriales?
¿No ves que pides a la noche aurora?

Los recuerdos se presentaban como un *big bang* que explotaba y se desmembraba en imágenes. Bastaba con que se sentara a meditar frente al cerro. Preparando en su habitación en El Ajial el discurso que ofrecería en el estadio La Portada de La Serena sopesaba sobre qué hablar. Sería su última aparición en público en Chile. Pensó compartir con sus oyentes que cuando llegó a esa ciudad con doce años llevó consigo el lenguaje de su valle. Tomó conciencia de ello viajando por los campos de Castilla. Allá hablaban el mismo castellano que se hablaba en Montegrande. En esas aldeas aisladas que los filólogos tenían como reliquias del castellano se reencontró con el zumo de su infancia. ¿Le interesarán esas cosas a los serenenses de hoy? No lo sabía.

Pensó que podría contar que junto con el lenguaje se llevó el paisaje. El choque de lo bronco y lo dulce. Arriba, los cerros azafranados de piedra salvaje, y abajo, el verde de las viñas y las huertas con sus higueras y duraznos. «Esa soy yo —escribió en una hoja—. Tengo las facciones que toma aquí Gea [...]. El tiempo que viví en Montegrande y el tiempo que fui maestra rural en La Compañía Baja y La Cantera me hicieron el alma».

Recordó sus malas experiencias en La Serena cuando volvió a vivir allí después de trabajar dos años en La Compañía Baja, decidida a entrar a estudiar a la Escuela Normal de Preceptoras de esa ciudad. Emelina le ayudó a juntar el dinero que se requería, que no era poco. Pedían quinientos pesos de fianza. Una suma exorbitante para el escaso presupuesto familiar. Consiguió el dinero y el equipo de ropa exigido y se presentó acompañada de Petita.

La directora, una norteamericana corpulenta, les pasó unos papeles para que los llenaran. Su madre los firmó, porque ella todavía era menor de edad. Debían regresar dentro de dos semanas. Lucila estaba ilusionada. Obtener el título de profesora normalista era la continuación lógica del camino comenzado. Pero no. Cuando regresaron a preguntar por los resultados de la postulación se encontraron con algo inesperado. Una secretaria les informó que Lucila Godoy no había sido aceptada en el establecimiento.

—Debe haber una equivocación —exclamó Petita, nerviosa—. ¿Podría volver a revisar?

—No hay ninguna equivocación. Aquí tengo el documento en el que dice clarito: «Solicitud rechazada».

Fue un portazo en la cara. No lo podían creer. Intuyeron una intriga detrás de ese rechazo, pero no sabían de quién o quiénes. Tiempo después Gabriela se enteraría de que el capellán del establecimiento, un tal Manuel Ignacio Munizaga, impidió su ingreso al plantel. Al religioso no le gustaban sus publicaciones. Advirtió a la directora que la señorita

Godoy podría transformarse en una mala influencia para las alumnas de la Escuela Normal. De nuevo la apoyó Bernardo Ossandón. Un amigo suyo la contactó con la directora del Liceo de Niñas de La Serena, la alemana Ana Krusche. Consiguió, gracias a su experiencia de dos años de trabajo en una escuela rural, que le dieran un puesto de inspectora en el establecimiento. Le asignaron, además, labores administrativas.

La relación con la alemana fue difícil desde el principio. Tenía un modo despectivo de tratar a sus alumnas. No escondía su desprecio a la cultura y la gente chilena. Trató de ver el lado positivo del asunto: la mujer decía lo que pensaba. Era dura, pero no hipócrita. Se propuso ser paciente. Quizá porque en su oficina tenía un retrato de Goethe, se atrevió a pedirle prestado algún libro del poeta. Ella le pasó sus *Máximas*, que devoró en un día. Una de ellas le gustó en especial: «El talento se educa en la calma y el carácter, en la tempestad».

Cuando Lucila se ofreció a escribir la letra del himno del liceo, Krusche aceptó y la felicitó por los versos, pero le advirtió que su talento no le iba a servir para nada en la vida.

Tomando una agüita de boldo y fumando sentada en una silla de mimbre en la terraza de El Ajial, Gabriela pensó que en su discurso podría mencionar lo que había descubierto sobre sí misma en los tiempos difíciles que vivió en La Serena: que era ambiciosa, que no se daba tan fácilmente por vencida y que llevaba en ella un deseo lacerante de justicia social. El capellán Munizaga también impartía clases en el Liceo de Niñas y tenía mucha influencia sobre la alemana. Por supuesto que le advirtió sobre el probable ateísmo y las tendencias socialistas de la joven inspectora, pero para Krusche esas no eran razones suficientes para alejarla de su establecimiento. La inspectora Godoy le dio otras.

A principios de 1906, cuando tocaba inscribir a las nuevas alumnas, admitió a seis muchachas sin recursos por considerarlas aptas para los estudios superiores. Con ello infringió la regla que prohibía la matrícula de niñas pobres en el establecimiento. Para cumplir con las formalidades —las jóvenes necesitaban una carta de recomendación— Lucila pidió apoyo a sus conocidos masones. Con esa acción dio a su inquisidor los argumentos que necesitaba para deshacerse de ella. Solo alcanzó a estar diez meses en el liceo.

Contar esas desventuras en un discurso de despedida no le parecía atinado. No obstante, las tenía muy presentes. «Como guarda el avaro su tesoro, guardo yo mi dolor», reveló en un poema. Aprendió que el apoyo entre los seres humanos era la excepción, no la regla.

La única persona con quien se entendió en ese liceo fue la profesora de Castellano Fidelia Valdés, una mujer menuda, serena e inteligente. Ella también leía sus columnas y poemas. Le mostró otro camino. Le aconsejó examinarse para maestra normalista en Santiago y prepararse de forma autodidacta y le ofreció ayudarla. Pidió a una amiga que le hiciera una prueba rigurosa para detectar las lagunas de Lucila. No eran muchas. Nada que no pudiera manejar. La misma Fidelia le prestó libros y le ayudó a trazar un programa de estudio, que la alumna siguió con férrea disciplina.

Las dificultades con las que se encontró al inicio de su carrera docente la hicieron despreciar La Serena. Cuando el ministro de Educación Pedro Aguirre Cerda le ofreció diez años más tarde la dirección del mismo Liceo de Niñas del que fue expulsada, respondió que por ningún motivo y le escribió una carta larga explicándole sus vivencias en el establecimiento. No quería encontrarse con los profesores de entonces, los testigos de sus conflictos con Munizaga y la directora alemana. Prefirió dar por cerrado ese capítulo. Cerrado, pero no olvidado, por mucho que luchara para superar su naturaleza rencorosa. El alquimista Paracelso, cuyo libro tenía en su biblioteca de Roslyn Harbor, aconsejaba perdonar toda ofensa y esforzarse por pensar bien de los enemigos. Después de todo, los dardos del capellán la hicieron reflexionar. Eso de que ella tuviera ideas socialistas, por ejemplo. Viviendo en Francia se lo preguntó varias veces. Concluyó que no era socialista, porque el socialismo del siglo xx era afín al marxismo y ella rechazaba esa doctrina. Lo suyo era el humanismo y la espiritualidad. Tampoco era una conservadora latinoamericana. Una conservadora al estilo europeo sí, porque allá tradición significaba cultura. En América Latina, tradición significaba latifundio, patriarcado, marginación del indígena, negación de la raíz mestiza del continente, opresión de la mujer, y ella combatía todo eso.

Decidió terminar su discurso en La Portada hablando sobre la necesidad de crear una espiritualidad latinoamericana. Decir que la misión de todo escritor era contribuir a encontrar un camino de luz en medio de la selva oscura en que se debatía la humanidad.

5

Pedagoga

Después de recibir el finiquito de la alemana, Lucila volvió al autodidactismo y a sus reflexiones en forma de columnas y versos. Usaba una libreta de apuntes de hojas rayadas formato veinte por veinticinco centímetros, en cartoné, en la que anotaba poemas propios y ajenos y comentarios sobre textos que le gustaban.

En ese tiempo leía mucho al colombiano José María Vargas Vila. Pero de escribir poesía no podía vivir, por muy austera y ascética que fuera. Sentía la responsabilidad de ayudar a su madre, de no dejar todo el peso de su manutención a Emelina. Un día, yendo a visitar a su familia, se encontró en el tren con el gobernador de Coquimbo, un viejo poeta llamado Federico González, que también publicaba versos en el periódico de Ossandón. Se habían visto alguna vez en su casa y en una ocasión la había visitado en La Compañía Baja.

Al pasar frente a la hacienda La Cantera, González le mostró una escuelita ubicada detrás de unas dunas y le informó que estaba sin maestra porque ninguna profesora normalista aceptaba trabajar allí. Lucila reaccionó con rapidez y aseguró, en un tono convincente de pedagoga, que ella no tendría ningún problema en asumir el desafío. «Yo no soy como la mayoría de los maestros de la República que detestan la escuela rural. Al contrario, estoy consciente de que en el campo es donde más se nos necesita», aseguró. El gobernador le dio el puesto en el momento.

Así, en marzo de 1908, con dieciocho años, Lucila asumió la plaza de maestra de la Escuela Elemental Rural Mixta número 17 de La Cantera. Esta vez, Petita no la acompañó porque Emelina la necesitaba con más urgencia. Había quedado viuda y su hija Graciela tenía graves problemas de salud. Pero las hermanas no vivían lejos. Emelina trabajaba en Altovalsol, otro pueblo aledaño a La Serena. Lucila podía visitarla los fines de semana.

El pueblo de La Cantera lo formaban unas treinta viviendas de los trabajadores de tres haciendas circundantes. Lo más atractivo de su nuevo cargo era que allí no había una directora que la controlara. Nadie podía inmiscuirse en su trabajo. Le asignaron una edificación sencilla de dos pisos que servía a la vez de habitación y escuela. Las paredes eran de adobe, blanqueadas con cal. En su dormitorio había un catre de bronce, una mesita de noche, un estante, una palangana para lavarse y un brasero. Colgó su crucifijo sobre su cama, ordenó sus libros y su ropa en el estante, y puso una lámpara en la mesita de noche, que consistía en un cajón de fruta tapado por una tela bordada por su abuela.

Sus alumnos eran los hijos de los trabajadores de las haciendas aledañas. Los menores de diez años eran para ella los que más dedicación merecían, porque, pensaba, aún no estaban contaminados con los males de la sociedad. Durante el día se ocupaba de ellos y por la noche alfabetizaba a sus padres y abuelos. Tenía un alumno de ochenta años con la mente más lúcida que cualquier joven. A otro, un cuarentón sordo, le enseñaba a leer gritándole al oído. Junto con alfabetizarlos, les enseñaba historia y literatura.

En sus arengas, la humanidad era una sola; diferente en la superficie, pero semejante en sus profundidades. No le costaba nada crear el círculo de la gracia, tenerlos a todos hipnotizados escuchándola. A ratos, sus charlas eran consejos escondidos que se daba ella misma, consciente de sus contradicciones. Como cuando explicaba que la sabiduría de don Quijote de la Mancha consistía en tomar por invisibles y fantásticas las cosas de este mundo y por eso era un gran perdonador de los yerros y debilidades de sus contemporáneos.

Los momentos de soledad, de los cuales había muchos, los capeaba leyendo, urdiendo versos y preparándose para el examen en la Escuela Normal.

Una de las haciendas contiguas pertenecía a la familia Alcayaga, parientes lejanos de su madre y del alcalde que la recibirá en La Serena en su último viaje. Todos los Alcayaga de la región de Coquimbo descendían de un vasco de Fuenterrabía que se avecindó en el Valle de Elqui a comienzos del siglo XVIII. Algunos habían tenido más suerte que otros. La producción principal de la hacienda de ese pariente lejano eran las uvas pasas que vendían a todo el país.

La familia Alcayaga vivía en La Cantera solo durante los meses de verano. Normalmente tenían su residencia en Santiago. Lucila tocó una vez a la puerta de la casa patronal para informar a Pedro, un hombre alto con voz de patrón, gesto de patrón, mirada de patrón y arrogancia de patrón, que los alumnos llegaban descalzos a sus clases. Algunos no tenían medios para comprar útiles escolares. Ella los financiaba con parte de su propio sueldo. Que este era exiguo, eso no hizo falta aclararlo. Le pidió apoyo para su escuela. Sin siquiera invitarla a entrar, el patrón le explicó que para cosechar la uva y prepararla para su secado no hacía falta saber leer ni escribir. Él no había pedido que se instalara una escuela pública en La Cantera, fue una decisión del Ministerio de Educación allá en Santiago.

—Tengo entendido que usted recibe financiamiento del Estado —espetó el hombre. La maestra no se dejó intimidar.

—Es cierto, pero lo que recibo es insuficiente. Y para la escuela nocturna, que tiene más asistencia que la diurna, no me dan nada.

—No sabía que había una escuela nocturna. ¿Desde cuándo?

—Yo la formé.

—¿Quién se lo pidió?

—Nadie. Es que me duele el analfabetismo de los campesinos.

—Siento no poder ayudarla, señorita Godoy.

—Tengo otra cosa que pedirle —se apresuró a decir la maestra antes de que Alcayaga cerrara la puerta—. Su hijo mayor ronda a Clotilda, una de mis alumnas. Es una muchacha humilde y me preocupa. Pídale de mi parte que la respete.

El hombre la miró con gesto de asombro. Aseguró que se lo iba a transmitir a su hijo y cerró la puerta despacio.

También aquí los campesinos le llevaban regalos. Uno

de los asistentes a la escuela nocturna ponía un caballo a su disposición cada domingo para que asistiera a los almuerzos y las fiestas del campo. Solía regresar cargada de boniatos, pepinos dulces, melones, papayas. Estudiaba la religiosidad del campo, sus advocaciones agrícolas para los santos patrones, el substrato animístico de sus creencias. En las notas de su libreta los interpretaba como una suerte de panteísmo pagano. Había un señor de la lluvia, uno de las simientes, un san Isidro Labrador...; se alegraba de la generosidad de los campesinos, pero le afligía la «embriaguez consuetudinaria de la raza».

Al final del verano, cuando supo que el hijo de Alcayaga había dejado embarazada a Clotilda, volvió a tocar la puerta de la casa patronal. Esta vez llevó a la muchacha. Les abrió la madre del joven y les pidió tiempo para aclarar la situación con su hijo. Que volvieran dos días más tarde. Así lo hicieron y la respuesta de la mujer fue dura:

—Mi hijo me asegura que él no tiene nada que ver con el asunto.

—Le advertí a su marido que esto podía pasar —se quejó la maestra.

—Algunas muchachas son demasiado sueltas y después andan quejándose.

Clotilda rompió en llanto, eso despertó la piedad de la mujer.

—Venga a verme cuando nazca el niño.

La maestra Lucila dejó que Clotilda asistiera a sus clases hasta poco antes de parir. La madre de la joven, agradecida, le ofreció cocinar para ella. Todos los días le preparaba guisos y sopas deliciosas: cazuelas, porotos granados y otros platos que sazonaba como a la maestra le gustaban. Eran iguales o mejores que los platos que preparaba Petita.

Cuando se sentía triste, algo que ocurría con frecuencia, María Auxiliadora —así se llamaba la mujer— le preparaba unas infusiones de hierbas a base de toronjil. Lucila compartía su escaso sueldo con ella, porque María era cabeza de familia. Criaba sola a cuatro hijos y, ahora, a un nieto.

Seguía escribiendo versos, lo que para ella era como respirar. Todo lo que callaba en la vida cotidiana lo dejaba salir en ellos. En un poema que envió a la revista vanguardista *Penumbras* confesó:

La maestra era alegre. ¡Pobre mujer herida!
Su sonrisa fue un modo de llorar con bondad.

6

Poeta

Antes de partir rumbo a La Serena, Gabriela quiso ir a Montegrande para llenar una bolsa con tierra. Siempre tenía en sus casas tierra de su valle, como una suerte de amuleto. La que se había llevado en 1938 se había perdido entre tantos cambios. Pidió a Gilda que la acompañara. Bromeó al decir que había viajado a eso a Elqui. Solicitó a don Pancho que se estacionara junto a la iglesia. Gabriela entró a saludar a sus santos, mientras Gilda buscaba con la mirada a un lugareño que pudiera ayudarla. Divisó a uno que salió de un rancho y le hizo señas para que se acercara. El hombre obedeció...

—¿Le puedo pedir un favor?

—Mande.

—Necesito una pala. ¿Tendrá una en su casa?

—Claro que tengo. ¿Para qué la quiere?

Gilda le mostró la bolsa y le explicó que quería llenarla con tierra. Caminaron a su vivienda, una casucha con muebles prácticos de madera, bancos, una mesa, una tabla en el suelo de tierra para poner las ollas. Tomó una pala pequeña arrinconada en una esquina y salieron a la calle.

—Esta palita la utilizo para sacar minerales finos.

—¿Usted es minero?

El hombre asintió y se puso a trabajar mientras Gilda abría la bolsa. Le pidió que se la llenara hasta la mitad.

—Debe saber mucho sobre los minerales que hay en estos cerros —elucubró Gilda.

—Me los conozco todos. Los montes de aquí son muy ricos. Algunos tienen más cobre; otros, más estaño; otros, más plata.

—¿Dijo plata?

—Síííí, señorita. El cerro La Viga, detrás de La Unión, es una mole gigante cargada de plata.

—Mire usted.

—Y para el límite con Argentina hay unos cerros con manganeso. Ah, y en Alcohuaz hay lapislázuli. ¿Conoce por allá?

—No. No he ido.

—Vaya a darse una vuelta. Los artesanos de Alcohuaz hacen unos collares rebonitos. ¿Así está bien?

—Perfecto. Muchas gracias.

—Aquí abajo, donde se juntan los ríos, hubo un tiempo un lavadero de oro.

—¿También oro?

—Cierto. Antes, en la Aguada de Quiroga, las pepas brotaban desde el fondo de la tierra.

En eso salió Gabriela de la iglesia y caminó hacia ellos. El hombre se dio cuenta de que estaba conversando con una de sus acompañantes. Se sacó el sombrero.

—Señora, tenga usted mis respetos —saludó a la poeta.

—Y usted, los míos.

Aseguró que se sabía de memoria *Los sonetos de la muerte* y comenzó a recitar la primera estrofa. Gabriela tomó la bolsa de tierra y le dio una vuelta para hacerle un nudo. Quiso darle una moneda, pero él no la aceptó. Hizo una reverencia y se alejó asegurando que sus amigos no se lo iban a creer. Gabriela confesó a Gilda que esos versos no le gustaban. Los encontraba dulzones y cursis. Sin embargo, los chilenos siempre se los estaban recordando. Por eso no dejó que Alone los incluyera en una antología.

Llevó la bolsa a su habitación en El Ajial y la guardó en el fondo de su maleta. Luego se sentó en la posición correcta a meditar.

A Romelio Ureta, el hombre a quien dedicó sus *Sonetos de la muerte*, lo conoció cuando trabajaba en La Cantera. Era un mozo de equipajes en la estación de ferrocarriles de Coquimbo. Ella siempre lo veía cuando iba a buscar o a dejar su correo a la oficina que quedaba en la misma estación. Era una mezcla rara y especial de hombre: mediana estatura, de tez muy blanca y cabellos oscuros engominados. Sus zapatos de charol negros y puntudos, como una lengua de vaca, evocaban a un dandi. Ella jamás se hubiera atrevido a hablarle. Tuvo que ser Romelio quien tomara la iniciativa. Le contó que había leído un poema suyo en una revista. Lucila se sintió halagada. Se quedó conversando con él. Era de Illapel y tenía veintidós años, cuatro más que ella. A partir de ese momento ya no tuvo que ir más a buscar las cartas y paquetes de libros a la estación, Romelio se los llevaba a La Cantera. Ella lo esperaba ansiosa. Esta vez no se puso límites. Se dejó abrazar, besar, acariciar... Dirá que el amante llegaba a verla «henchido de milagro, como la primavera». No dejaba que nadie se sentara en la silla de mimbre que él había ocupado. Emelina y Petita se enteraron de esa amistad cuando ya era más que eso y se había convertido en una relación que inspiraba versos tiernos a Lucila. Sus poemas ya no hablaban de soledades y decepciones. Decían, por ejemplo:

Me acosté debajo de un gran peumo que daba la sombra más grande en el valle. Así querría yo tu amor, que me cubriera toda.

O...

Amo, amo, amo, es decir, tengo hecha miel la sangre y hechos música los suspiros.

Se reía más que antes y se preocupaba de su vestimenta como nunca. Parecía en un estado de gracia. La relación siguió durante meses, a pesar de que al hermano mayor de Romelio, Macario, no le parecía bien esa amistad con una maestra rural. Pensaba que Lucila era poca cosa para él.

Los Ureta eran huérfanos, Macario era el responsable de Romelio y de otros dos hermanos menores. Tenía un cargo importante en la construcción de las nuevas líneas de ferrocarril en el norte. Lucila y Romelio pensaron en casarse, pero no tenían medios. Romelio partió al norte a trabajar en las salitreras, como hacían muchos. Prometió a su amada que regresaría con algún capital dejándola ilusionada.

Soy como una copa, amado, me has colmado como una copa.

Pero el amante no alcanzaba las mismas profundidades en sus emociones. No buscaba honduras ni en esa relación ni en la vida. Volvió al poco tiempo a su trabajo anterior sin las riquezas esperadas y sin el entusiasmo amoroso de antes. Ella vertió su desilusión en palabras:

> *Yo me olvidé que se hizo*
> *ceniza tu pie ligero,*
> *y, como en los buenos tiempos,*
> *salí a encontrarte al sendero.*

Lucila aceptó el distanciamiento con humildad. Por su madre sabía que los hombres a veces desaparecían de la vida de las amantes sin siquiera despedirse. Para cerrar ese capítulo escribió el poema «Adiós»:

> *Démonos el adiós serenamente;*
> *he de volverte a ver, mi alma lo siente.*

Cuando se enteró de que Romelio había comenzado un noviazgo con otra muchacha de mejor familia, más a gusto de su hermano, lo entendió. Después de todo, las diferencias eran evidentes. Romelio veía el mundo desde otro lugar, más ingenuo, más adaptado, más sumiso. Su rebeldía consistía en querer tener más bienes materiales. Ella, en cambio, quería elevarse hasta llegar a prescindir de todo. Una vez lo vio besarse a escondidas con su prometida. Fue un golpe duro que asumió con humildad. Expresó sus sentimientos heridos en el poema «Balada».

> *Él pasó con otra;*
> *yo le vi pasar.*

Siempre dulce el viento
y el camino en paz [...].
Él irá con otra por la eternidad.
Habrá cielos dulces (Dios quiere callar).

Meses después publicó el poema «Rimas» en el periódico *La Constitución* de Ovalle con el seudónimo Gabriela Mistral, para que ni Romelio ni nadie la reconociera. En él se quejaba:

No he muerto aún para que así me olvide
tu ingrato corazón;
a pesar de mis hondos sufrimientos
tengo vida hasta hoy.

En ese tiempo, invierno de 1908, leía al poeta italiano Gabriele D'Annunzio. Gabriel se llamaba también el arcángel de la Anunciación. Un arcángel es un mensajero, un espíritu divino, un intermediario entre Dios y sus criaturas. Era su aspiración última, su misión, aún difusamente sentida. Además, el nombre bíblico significa «fortaleza de Dios» y ella la necesitaba en esos momentos.

Sobre el origen del apellido Mistral, tenía diversas explicaciones. Alguna vez dijo que lo tomó del nombre del viento seco y frío que soplaba de norte a sur en Francia. Otra vez aseguró que lo pidió prestado a Federico Mistral, el autor del poema provenzal «Mireya». Por encima de todo, sonaba bien.

Después de la separación se concentró más que nunca en el estudio de las materias del examen. Cuando se sintió preparada escribió a Santiago pidiendo una fecha y en el correo se topó con él. Apuró el paso. Romelio la llamó, pero ella no quiso hablarle.

—Lucila, por favor, óigame... Mi vida de hoy es algo tan sucio que usted, si la conociera, me tendría compasión.

No quiso escucharlo. Estaba demasiado dolida.

—Ya debe saber que me caso.

La noticia la desconcertó. Se detuvo un segundo y luego apuró el paso aún más. Abordó el tren, nerviosa. Las emociones no la dejaban pensar con claridad. O sea que se casaba. O sea que lo había perdido para siempre. ¿Por qué se sorprendía, si ya lo sabía? Los había visto besándose. ¿Seguía enamorada?

En julio de 1909 la escuela de La Cantera fue cerrada y la señorita Lucila fue trasladada a la escuela rural de Cerrillos, a unos pasos de Coquimbo, con un sueldo más alto y una casita más cómoda. Siguió estudiando. La fecha del examen en la Escuela Normal de Santiago fue fijada para el 10 de enero de 1910. Estudiaba y se preparaba para recibir en cualquier momento la triste noticia de la boda de Romelio. Pero no. La noticia fue otra.

Faltaban pocas semanas para el examen cuando leyó en el periódico que Romelio se había suicidado de un balazo en la sien. La razón, decía la nota, era que había extraído sin permiso una cantidad de dinero de la oficina de su jefe y constatado que no lo iba a poder devolver. Lucila pensó que eso no hubiera ocurrido si él se hubiese quedado con ella. Poco después se enteró de que en el bolsillo de su chaqueta se le encontró una postal de Lucila Godoy. Muchos pensaron que ella había tenido algo que ver con el suceso. Siguieron meses de una melancolía fructífera. En sus versos dialogaba con él:

¿Por qué te has dormido, si yo venía a decirte que te
perdonaba? Yo venía a conversar contigo en este cre-
púsculo que se retarda sobre el cielo, en una larga mi-
sericordia de luz. Y te iba a hablar y a escuchar des-
pués hasta el amanecer. Y no íbamos a llorar más por el
valle. Te traía el perdón y el amor eterno, el inacaba-
ble amor depurado de celos [...]. ¿Qué haré con mi per-
dón que no alcanzó a llegar a salvarte? ¿Qué se hace
con el manojo de flores que te traía para la fiesta de
nuestro amor?

En ese último almuerzo en El Ajial, Genara preparó
cabrito al jugo. La poeta estaba de buen humor. Comentó a
sus anfitriones que en su vida siempre había tenido aliados
importantes que la habían apoyado. No quería imaginar
qué hubiera sido de ella si Bernardo Ossandón no se hubiera cruzado en su camino cuando tenía trece años. Había
rezado por él en Notre Dame de París cuanto Emelina le
informó sobre su muerte. Después, vino Fidelia Valdés, la
profesora de Castellano que conoció en el Liceo de Niñas
de La Serena. Gracias a ella aprobó el examen en la Escuela
Normal. En ese tiempo aún no había domado su timidez.
Fue providencial que le permitieran escribir sus respuestas
en forma de poemas. Fidelia la invitó a sumarse a su plantel
de profesores. La acompañó a Traiguén, a Antofagasta y a
Los Andes. Hizo pública su gratitud al dedicarle los poemas sobre la escuela en *Desolación*. Pero su aliado sin duda
más importante fue Pedro Aguirre Cerda. Bebió un sorbo
de agua y aclaró:
—Eran aliados, ah, no pitutos como dicen hasta hoy
con insidia mis adversarios. Una mujer de extracción humilde como yo no podía tener pitutos, esos conocidos po-

derosos que pagan favores. Yo tuve aliados y ellos son misteriosos. Siempre aparecieron como de la nada.

—Apoyar a una persona por su talento especial es una forma indirecta de hacerle bien a la humanidad —reflexionó Doris.

Gabriela encendió un cigarrillo. Le gustó lo que había escuchado. Pasado un rato, agregó un pensamiento nuevo:

—Reconocer el valor de otros no es fácil y se da poco. Implica cierta grandeza personal. Como decía Empédocles en su axioma: «Solo lo semejante reconoce a lo semejante». Terrible y crudo axioma que ha condenado a muchas personalidades grandes de la historia a la soledad y al fracaso en vida y al reconocimiento póstumo. Los ejemplos abundan.

Nelly agregó:

—Pero como dice San Marcos: «No hay nada oculto que no haya de revelarse; nada escondido que no haya de conocerse».

Siguió meditando sobre sus aliados después de la siesta, de cara al cerro, con gratitud.

La costumbre de meditar la adquirió en Antofagasta, cuando fue profesora en el liceo de niñas de esa ciudad entre enero de 1911 y junio de 1912. Las exportaciones de nitrato, el oro blanco del país, habían transformado Antofagasta en un puerto pujante. Lucila solía pasear del brazo de Fidelia Valdés por el muelle de la Compañía de Salitres, ubicado al norte de la ciudad, cuando se anunciaba la llegada de un nuevo vapor desde Europa. Esto ocurría varias veces por semana. Se entendían bien. Lucila podía ser sincera con su jefa, manifestar sin tapujos su desconformidad con los programas del Ministerio de Educación y hacer propuestas. La menuda Fidelia leía los poemas y artículos de su colega.

Pocos días después de su llegada, Lucila llevó al director del diario *El Mercurio de Antofagasta* la prosa poética «Navegando», que escribió en el barco durante su viaje desde Valparaíso. Esa prosa fue algo así como su carta de presentación ante los intelectuales de la ciudad.

Se hizo amiga del dueño de la librería más completa del puerto, llamado Zacarías Gómez, un hombre autocontrolado que usaba unos lentes gruesos y se dejaba una barba larga de sabio. Gómez participaba de forma activa en la Sociedad Teosófica de Antofagasta. En las repisas de su librería tenía muchos libros de esa tendencia, entre ellos *La doctrina secreta* de Madame Blavatski. Ante el interés de la profesora —Lucila le compró ese y otros libros— la invitó a una reunión de la Sociedad Secreta en la casa del rector del Liceo de Hombres. Esa tarde ella solo se dedicó a escuchar discursos sobre el espíritu universal, el desarrollo de los poderes divinos latentes en cada ser humano y la evolución de las conciencias. Lucila también buscaba esa evolución. Un asistente se explayó sobre la capacidad de la educación de extraer zumos divinos de la naturaleza humana. Ella también creía en eso. Nada nuevo, en el fondo. Al final, todas las doctrinas decían más o menos lo mismo.

Durante su tiempo en Antofagasta estudió los libros fundadores de la doctrina teosófica y absorbió aquello que le pareció asimilable a su temperamento y su carácter. El salto de allí al budismo y la meditación se dio solo. Meditar le pareció más fácil que rezar. Adquirió la costumbre de hacerlo por las mañanas para conectarse con su plano espiritual y así prepararse para enfrentar el día.

Cuando Fidelia fue nombrada rectora del Liceo de Niñas de Los Andes en junio de 1912, se fue con ella como inspectora y profesora de Geografía y Castellano. A las aliadas había que cuidarlas.

Primero se instaló en una casa que arrendó Fidelia a una cuadra de la plaza de Los Andes, mientras buscaba un lugar para ella. Lo encontró en el barrio de Coquimbito, ubicado a dos kilómetros del Liceo de Niñas. Alquiló todo el segundo piso de una residencia en la ribera del Aconcagua. Desde los ventanales principales se veía el huerto con sus parrones y un sauce, y más allá el río en su amplio valle. En la otra dirección estaba el Cerro de la Virgen, en cuya cima había una escultura blanca de María. La podía ver desde su cama. Era el lugar perfecto para ella. Llevó sus libros, sus pocos vestidos y su crucifijo y compró unos sillones de mimbre para atender a sus visitas. Lo mínimo.

Trabajaba los lunes, miércoles y jueves. Pegó en la parte alta del pizarrón el poema «Programa matinal» de Rubén Darío:

Devanemos del Amor los hilos,
hagamos, porque es bello, el bien,
y después durmamos tranquilos
y por siempre jamás. Amén.

Las alumnas debían recitarlo todas las mañanas. Sobre el modernismo de Darío explicaba que era la hibridación de la poesía española y francesa en un tono mestizo, muy latinoamericano. De allí su originalidad. La poesía de Darío era una declaración de independencia poética de España.

Los días libres solía sentarse junto al río Aconcagua bajo el sauce a escribir los sonetos que la harían famosa. Recordando al suicida buscaba, guiada por una necesidad casi fisiológica, la expresión más rica, más enérgica y más catártica. En sus poemas dialogaba con él, le expresaba su angustia y su deseo de cuidarlo. Entraba en la escena de la muerte a reclamar lo suyo y a poner orden...

Te acostaré en la tierra soleada con una
dulcedumbre de madre para el hijo dormido,
y la tierra ha de hacerse suavidades de cuna
al recibir tu cuerpo de niño dolorido.

A ratos se sorprendía de los aciertos, aunque algunos versos la superaban en tristeza. Disfrutaba cuando a las palabras les nacían alas, cuando transformaba el dolor en gozo, cuando rimaban solas unas con otras, adquiriendo nuevas y extrañas resonancias.

Un día llegó a visitarla Isauro Santelices desde Santiago, un desconocido que le llevaba unos libros por encargo del cónsul de Uruguay, un tal Alberto Nin, a quien conoció en su viaje de regreso desde Antofagasta a Valparaíso. Uno de ellos era de Delmira Agustini. Era la primera vez que leía a esa poeta uruguaya. La incluyó de inmediato en su programa de clases. Su siguiente descubrimiento fue Rabindranath Tagore. Compró un libro suyo en una tienda de Santiago. Compartió con él la convicción de que los poetas eran los auténticos maestros de la humanidad, quienes absorben y reproducen el universo y lo reflejan en sus obras.

En otra visita a la capital llevó su poema «El himno cotidiano» a *El Diario Ilustrado*, que firmó con el seudónimo que mantendría hasta el final de su vida: Gabriela Mistral. El poema era una suerte de ruego que comenzaba pidiendo:

En este nuevo día
que me concedes, ¡oh Señor!,
dame mi parte de alegría
y haz que consiga ser mejor.

En esas idas conoció a escritores emergentes como Pedro Prado, Fernando Santiván y Eduardo Barrios. Pedro Prado, el más elegante, congenió bien con ella. Le regaló su libro *Flores del cardo*, del que se decía que era el primer poemario en verso libre publicado en el país. Había fundado poco tiempo antes un grupo cultural y literario llamado Los Diez. No la invitaron a participar en él y si lo hubieran hecho, ella no habría aceptado. Santiván le publicó unos poemas en su revista literaria *Sucesos* sin hacer ningún comentario. Eso la amargó un poco y la incentivó a la vez. En su fuero interno tenía la certeza de que nada ni nadie podría frenarla.

Cuando leyó en el periódico sobre el concurso de poesía Juegos Florales de Santiago, organizado por la Sociedad de Artistas y Escritores de Chile, envió los sonetos que le había inspirado el suicidio de Romelio. Los tituló: *Los sonetos de la muerte*. La noche de la premiación en el Teatro de Santiago asistió de incógnita. Se mimetizó con el público en la galería y desde allí observó la ceremonia algo intimidada por la presencia del presidente de la República, Ramón Barros Luco. En la platea estaban todos los integrantes del grupo de *Los Diez*. Tres de ellos formaban parte del jurado: Manuel Magallanes Moure, Miguel Luis Rocuant y Armando Donoso. No los conocía. Manuel Magallanes le pareció buen mozo. Alto, delgado, rostro varonil, pelo oscuro y ondulado. Vestía entero de negro, con corbata de lazo y sombrero calañés. Cuando él mismo anunció que la ganadora era Gabriela Mistral y todos aplaudieron, se le llenaron los ojos de lágrimas. No lo podía creer. Magallanes preguntó si la autora estaba en el teatro. Hubo un silencio expectante. Los asistentes se preguntaban: «¿Quién será Gabriela Mistral?».

Emelina y Petita se enteraron por el periódico. Una semana más tarde llegaron a Los Andes a celebrar con ella. Poco después le escribió una larga carta a Manuel Magallanes contándole lo que había significado para ella ese premio.

Los Andes era un pueblo con historia. Por allí había pasado a principios del siglo XIX el Ejército Libertador comandado por José de San Martín. A dos kilómetros de su casa, en la aldea de Pocuro, había vivido en la década de 1840 el escritor y político argentino Domingo Faustino Sarmiento.

Gabriela quiso conocer la vivienda del autor de la novela *Facundo, Civilización y Barbarie*, que además fue el creador de las escuelas normales en Chile, así conoció a Pedro Aguirre Cerda. Vivía justo enfrente de la casa que habitó el exiliado argentino. ¡Coincidencias! Salió a saludarla y a contarle que su abuelo había sido alumno de Sarmiento. Aguirre notó de inmediato el intelecto y la sensibilidad de la nueva profesora de Los Andes y la invitó a saborear un mote con huesillos en su casa. Su esposa Juana les sirvió sendos vasos refrescantes. Gabriela estaba encantada con sus anfitriones: él, profesor, abogado, masón y diputado del Partido Radical y ella, tan culta e inteligente como su marido. Eran primos. Se habían casado pocos meses antes. Hablaron sobre los déficits de la educación en Chile, a propósito de un libro que estaba leyendo Juanita titulado *Nuestra inferioridad económica*. El autor responsabilizaba a la enseñanza pública de los problemas económicos del país y abogaba por una educación más científica. Quiso saber la opinión de Gabriela y ella defendió la educación humanista.

Antes de que comenzara a anochecer, Aguirre pidió a uno de sus peones que fuera a dejar a su nueva amiga y la invitó a almorzar el domingo siguiente. Juanita le aseguró que su cocinera preparaba las mejores empanadas de todo Chile.

Ese día su anfitrión abrió una botella de vino tinto del que se fabricaba en su viña, ubicada en las inmediaciones. Volvió a congeniar con los Aguirre. Como si los hubiera conocido desde siempre. Eran dos intelectuales abocados a la transformación positiva de lo que sentían como su patria. Dos misioneros que veían en la educación pública la llave maestra para dejar atrás la herencia del abandono colonial. Educar a la gran masa de población mestiza del país, que nunca había sido objeto de preocupación de Estado alguno, ahí estaba la clave del progreso.

Aguirre le prestó un libro de Ralph Waldo Emerson, el autor que aplicó el epíteto de «representativos» a los creadores que concentraban en su personalidad las características esenciales de una época. Mientras lo leía esa misma noche, a la luz de una vela, intuía que ella estaba predestinada a formar parte de esa cofradía. Antes de dormirse pidió a la Virgen en la cima del cerro que la apoyara en esa misión. Se quedó dormida con una sensación de calidez.

Al día siguiente bajó al río a contestar una carta del poeta Manuel Magallanes. La correspondencia con él se había transformado en parte importante de su vida. El hombre le gustaba. No aspiraba a tener una relación formal, porque era casado, pero disfrutaba el intercambio de ideas bien escritas. Redactar cartas de amor la sacaba de la trivialidad del día a día, de la sequedad de las clases al ritmo de la campanilla y la inspiraba a verter en el papel sus arrebatos de franqueza, a objetivar en imágenes los lances de su espíritu. En cada misiva subía desde un fondo desconocido algo nuevo de ella. Sincerándose no solo estudiaba un alma en particular, la suya, sino el alma humana en general. Al igual que Darío, quien en sus *Dilucidaciones* explicaba: «He expresado lo expresable de mi alma y he querido penetrar en el alma de los demás, y hundirme en la vasta alma universal».

Gabriela confesaba a su amante por correspondencia cosas inesperadas y nunca dichas como: «Yo nací mala, dura de carácter, egoísta enormemente y la vida exacerbó esos vicios». Decía saber lo que sus contemporáneos pensaban de ella y lo equivocados que estaban: «Nunca yo he sido una humilde, aunque la gente crea eso de mí, por mi cara de monja pacífica». A veces, escribir al amado era una catarsis: «A mí me ha salvado la enseñanza. ¡Es tan vulgar y tan seca! Hay periodos en que trabajo salvajemente en cosas que ni aún necesito hacer para gastarme esta exuberancia de fuerzas, para fatigarme el espíritu inquieto». Imaginar a Manuel leyéndola con desconcierto y admiración la energizaba y era como un antídoto contra su soledad.

Magallanes no la había visto nunca, porque el día en que coincidieron en la premiación de los Juegos Florales Gabriela había ido de incógnita. Varias veces le pidió un encuentro, pero ella no quiso. Temía decepcionarlo: «Tú no serás capaz (interrógate a ti mismo) de querer a una mujer fea». Aunque en algunas cartas jugaba con la idea de tener un encuentro apasionado con él, como cuando le escribió: «Merezco cortar, aunque fuese una sola vez, una rosa de los rosales del camino, para seguir después la jornada aspirándola y cantándola».

En otra carta le manifestó un deseo que de alguna manera se cumpliría años después en Francia: «Procuraré tener de aquí a cuatro años un pedazo de tierra con árboles y me iré a vivir lejos de toda ciudad, con mi madre, si aún vive; si no, con mi hermana o con un niño que deseo criar».

No solo le escribía a él. Desde Los Andes salieron también cartas a París dirigidas a Rubén Darío; y a México, para Amado Nervo. A este último le confesaba: «Con sus versos en la boca, fui yo al amor, ellos me ayudaron a querer y cuando se fue el amor ellos me ayudaron a sollozar [...], ellos influyen mis clases y me untan los labios de una dulzura con que no nací...». Le informó que había incluido poemas suyos en unos libros de lecturas escolares en que participaba como editora y aprovechó para enviarle poemas propios.

7

Sorora

En la sala de El Ajial había una sola repisa de libros. Gabriela intuyó que pertenecían a Nelly. Echó una mirada curiosa. Había varios títulos suyos: las primeras ediciones chilenas de *Desolación*, *Ternura* y *Tala*. Justo al lado de este último encontró la *Antología de la poesía chilena nueva* de Eduardo Anguita y Volodia Teitelboim.

Supo de la existencia de esa publicación, pero nunca había tenido un ejemplar en sus manos. Lo sacó y lo hojeó con una mezcla de valentía y desprecio. Los antologadores se incluyeron ellos mismos y no publicaron ningún poema suyo. Estudió el índice: ahí estaban Vicente Huidobro, Pablo de Rokha, Pablo Neruda y otros poetas, hombres todos. Lo devolvió a su lugar. En su momento le importó, pero ya no.

La antología fue publicada en 1935, cuando ella era cónsul en Madrid. Rosamel del Valle le informó sobre la novedad en una carta. Él mismo le había escrito a Huidobro a París reprochándole no haberla incluido. La respuesta del creacionista fue ofensiva: «Esa pobre Mistral, lechosa y dulzona, tiene en los senos un poco de leche de malicia». Le dolió, pero se lo calló. Mandó a Del Valle unas líneas humildes a modo de respuesta: «Claro, en esa poesía nueva, ¿qué páginas iba a tener una vieja como yo?». Era otro capítulo que había dado por cerrado.

Esa tarde meditó sobre el espíritu de cuerpo de los escritores chilenos hombres. Su sentido de unidad y cohesión parecía instintivo. Imaginó que en otros países latinoamericanos sería lo mismo. Y en España también. ¿Tendrían conciencia? Imaginó que no, que ese espíritu de cuerpo actuaba de manera soterrada y se manifestaba en los momentos en que la situación lo exigía. Esa antología era un ejemplo de ello. Detrás había un mecanismo instintivo de autoayuda para consagrarse mutuamente, excluyendo a las mujeres. Pensó que podría ser una herencia colonial.

En su vida había intentado siempre contrarrestar el poder masculino creando redes de apoyo con sus colegas artistas. Meditó sobre su deseo inmanente de profundizar y descubrir los mecanismos invisibles detrás de las acciones humanas. Todo venía de una energía salvaje que la constituía. Una voluntad de ser y entender al mismo tiempo. Sobre todo, entenderse. Esa energía se manifestaba de repente en forma de relámpago. Todo se lo debía a ella, también su poesía.

Entre las tantas cosas importantes que le pasaron en Los Andes estuvo conocer a Laura Rodig, su alumna delgada, curiosa y preguntona. Rodig se interesó por las manos de su profesora y le pidió hacer una copia en arcilla porque quería ser escultora. Gabriela la invitó a visitarla en Coquimbito y allí descubrieron que tenían algunas cosas en común. La alumna era siete años menor que la maestra, hija de una madre soltera. Creció sin padre, igual que Gabriela, pero Laura ni siquiera alcanzó a conocer a su progenitor.

Quiso ayudarla encauzando su talento artístico. La llevó a la Biblioteca Nacional en Santiago y le mostró libros que hablaban de los grandes escultores del Renacimiento. Laura absorbía todo. Un día llegó a su casa con el torso desnudo de una mujer, esculpido en yeso. Gabriela lo puso en su dormitorio y la instó a que repitiera la escultura en tamaño más grande y la llevara al concurso Salón Oficial del Museo de Bellas Artes. Así lo hizo y sacó el segundo lugar. Quedó muy agradecida por ese tutelaje de su maestra. Le ofreció ser su asistente. Cuando Pedro Aguirre Cerda, convertido en ministro de Educación, ofreció a su amiga Lucila/Gabriela —así la llamaba— ser directora del Liceo de Niñas de Punta Arenas, Laura quiso irse con ella como profesora de Dibujo y Artes Plásticas. La intuición le decía que, si había un camino para ella, este sería bajo la buena sombra del árbol mistraliano.

Ya en ese tiempo hubo colegas que se quejaron y reclamaron porque el ministro Aguirre Cerda había nombrado directora de liceo a su amiga poeta, sin que ella tuviera un título universitario. Aguirre la defendió. La invitó a cenar y le aclaró su visión de las cosas. Su hermano, que vivía en Punta Arenas, le había rogado que no mandara a cualquier docente, sino a la persona más idónea y esa persona era ella. Le aclaró que su misión en Magallanes sería ayudar a chilenizar un territorio en que había más influencia extranjera que nacional. El auge de la producción de lana de oveja y el deseo de hacer dinero rápido en los lavaderos de oro de Tierra del Fuego había atraído a muchos inmigrantes europeos a esa ciudad. Necesitaba a una persona de carácter que se hiciera respetar para poner orden en esa parte olvidada de la República. Le pidió que no se dejara intimidar por la envidia disfrazada de moralidad.

—Desprécielos. No les dé importancia.

Cuando abordó el vapor Chiloé en Valparaíso tenía veintinueve años, de los cuales la mitad los había dedicado a la educación. En Puerto Montt la esperaba la banda musical del regimiento Llanquihue. Hubo un concierto en su honor en la plaza de Armas. Dos semanas más tarde arribó a Punta Arenas en un día frío y lluvioso de finales de mayo de 1918. Las amigas se alojaron en una pensión ubicada a pocas cuadras del Liceo de Niñas. La habitación de Gabriela tenía un balcón por el que se colaba el viento helado. Vaticinó que el frío sería el gran contratiempo en su nueva ciudad.

En el extremo sur se encontró con una sociedad diferente a la del resto del país. La riqueza que generaba la ganadería masiva de ovinos se notaba en las casonas de los hacendados en torno a la plaza de Armas de Punta Arenas. La más impresionante era la residencia de Sara Braun.

El ser magallánico le pareció mejor organizado y más consciente de sus derechos sociales. Lo atribuyó a la influencia de los inmigrantes croatas, españoles, ingleses, rusos, argentinos. Formaban más de la mitad de la población de la ciudad, que en ese tiempo se calculaba en diecisiete mil personas. También había muchos chilenos llegados desde Chiloé.

La bienvenida oficial fue el sábado primero de junio en el hotel Cosmos, organizada por el gobernador de Magallanes. Entre los asistentes estaba Luis Aguirre Cerda, el hermano de su ministro aliado. Dirigía la Sociedad de Instrucción Popular de Magallanes y era un médico notable. La invitó a dar una conferencia en su institución y ella aceptó el desafío. Fue la primera que dio en su vida, la primera vez que habló en público. Subió al podio con taquicardia a hablar de la importancia de la enseñanza pública femenina:

> Las mujeres formamos un hemisferio humano. Toda ley, todo movimiento de libertad o de cultura, nos ha dejado por largo tiempo en la sombra. Siempre hemos llegado al festín del progreso [...] como el camarada vergonzante al que se invita con atraso y al que luego se disimula en el banquete por necio rubor.

Anunció que iba a duplicar la matrícula de mujeres en su liceo. A sus colegas profesores los motivó a modernizar los programas de estudio y a preocuparse por la salud de sus alumnos. Llamó la atención sobre la alarmante descalcificación de los niños debido a la falta de sol. Propuso la renovación de los establecimientos para hacerlos más seguros contra el frío. Por último, presentó a su asistente Laura Rodig e invitó a los oyentes a dar a las artes y los trabajos manuales la relevancia que se merecían. Ella misma se sorprendió de su elocuencia y entusiasmo. Le hubiera encantado que Petita hubiera estado allí.

Después de esa charla, todos en Punta Arenas hablaban de Gabriela Mistral. La magnate magallánica Sara Braun la quiso conocer. Su vivienda era lo más lujoso que había visto en su vida: muebles importados, porcelanas finas, servicio de plata. Mucho personal que entraba y salía de la sala con bandejas con té, dulces y otras delicias.

Braun era una rusa de origen judío que había emigrado a Chile con sus padres siendo niña, arrancando del antisemitismo del Imperio zarista. Era viuda del comerciante José Nogueira, de quien había heredado millones de hectáreas en Tierra del Fuego. Por su atuendo lujoso y su personalidad fuerte, Braun irradiaba una seguridad en sí misma nada frecuente entre las mujeres chilenas. Para congraciarse con la directora del liceo, Braun enumeró las iniciativas caritativas que apoyaba: un asilo de huérfanos, la Cruz Roja Chilena, la Liga de Damas Católicas. El liceo en que Gabriela trabajaba se había construido con un importante aporte suyo. La maestra le pidió apoyo financiero para un proyecto de biblioteca popular que pensaba abrir en su establecimiento. En ese momento la empresaria no denegó la petición, para no enturbiar la atmósfera cordial del encuentro, pero la tramitó y al final no se lo donó. Eso no impidió que Gabriela siguiera adelante con el proyecto.

Laura, en cambio, no quiso saber nada de la magnate. Se interesó por la política y el feminismo. Apoyó la huelga de la Federación Obrera de Magallanes que tuvo lugar a finales de 1918, que iba en contra de los intereses de Sara Braun. En Punta Arenas salió a relucir su espíritu activista. Escuchó rumores que hablaban de la dureza con que la millonaria trataba a los habitantes originarios de Tierra del Fuego, los selknam. Sus capataces estaban exterminando a los indígenas para evitar que se comieran las ovejas.

Laura invitó a Gabriela a recorrer Tierra del Fuego para verlo con sus propios ojos. Pasaron en barco a Porvenir y siguieron hacia el interior en un carruaje que les facilitó un capataz de Braun. Los bosques por los que transitaron evocaron a Gabriela la selva de los suicidas de la *Divina comedia*. Le parecieron «una muchedumbre de condenados en medio del llano». Experimentaron el viento y lo que él hacía con la vegetación: «El árbol en ciertos puntos es una colección de esculturas trágicas, de formas llenas de ademanes y de gestos dramáticos». Vieron haciendas ocupadas por manadas de miles y miles de ovejas, pero no divisaron indígenas ni la gente armada de la que hablaban algunos. Un capataz de aspecto extranjero les regaló un corderito que Gabriela agradeció. Decidió que sería su mascota. Laura preguntó al hombre si en la hacienda vivían indígenas y él respondió que no.

—Aquí ya no quedan indios.

Para Laura fue la corroboración. Gabriela no lo creyó. No podía ser tanta asimetría entre el ser y el parecer. Tal falta de humanidad en la mujer que financiaba proyectos de beneficencia. No lo mencionó en su relato *Paisajes de la Patagonia*. Tampoco le hizo preguntas al respecto cuando Braun la invitó de nuevo a tomar té. En cuanto a la nueva mascota, en las noches frías dormía con él. Le inspiró la canción de cuna «El corderito». Lo bañaba todos los días para que su lana no perdiera la suavidad.

La calefacción del liceo no siempre funcionaba. El frío hacía que las alumnas a veces se ausentaran de las clases. Algunas llegaban con las suelas de sus zapatos rotas. Gabriela propuso a las autoridades regionales correr las vacaciones para los meses más fríos y hacer clases en enero y febrero. Hubo consultas, pero los hacendados se opusieron. Necesitaban el trabajo de los jóvenes en las haciendas ovejeras en esos meses.

Una tarde, paseando con Laura por la costanera del Estrecho, la sorprendieron cientos o miles de aves que volaron cuando las sintieron acercarse. Cubrieron el cielo como una nube oscura. Todo era susceptible de ser poetizado. Pero no todo lo que escribía le gustaba. En otro paseo con Laura llevó varias hojas con poemas y los lanzó al mar argumentando que eran muy malos. La escultora corrió tras ellos tratando de rescatarlos, pero no fue posible. Poco después, el 7 de abril de 1919, día del cumpleaños de Gabriela, acertó al regalarle varias libretas para sus apuntes. Gabriela las clasificó de inmediato de acuerdo con los temas que le interesaban: ríos de Chile, pájaros de Chile, yerbas medicinales, folclore, voces indígenas...

En el verano, cuando la temperatura podía subir hasta los dieciocho grados, le gustaba sentarse a leer y escribir en el patio de su casa. El calor dejaba fluir mejor su creatividad. Vertió las exigencias que ella misma se imponía en el oficio de la pedagogía en su prosa poética «La oración de la maestra», en la que pedía a una instancia superior: «Hazme fuerte, aun en mi desvalimiento de mujer, y de mujer pobre; hazme despreciadora de todo poder que no sea puro, de toda presión que no sea la de tu voluntad ardiente sobre mi vida...».

La nostalgia de su querida hermana le dictó el poema «La maestra rural». También escribía textos para sus colegas. Aconsejó a los profesores de su plantel despertar en los alumnos el interés por el estudio, la curiosidad, la iniciativa y la confianza en sí mismos. Los educadores debían renovar sus conocimientos con la lectura, porque «la maestra que no lee tiene que ser mala maestra».

Pero el verano era corto. En la Patagonia el frío era la regla. Hizo su queja poema en *Desolación*:

La tierra a la que vine no tiene primavera:
tiene su noche larga que cual madre me esconde.

Cuando el escritor Julio Munizaga Ossandón, sobrino de Bernardo Ossandón y elquino como ella, le propuso fundar una revista literaria, aceptó encantada. La titularon *Revista Mireya. Mensuario de actualidad, sociología y arte.* Su primera edición fue en mayo de 1919. Publicaban ensayos de actualidad nacional, páginas de educación y literatura. La primera colaboración de Gabriela llevó el título «*In memoriam*», a propósito de la muerte de Amado Nervo. Citó el poema «Epitafio» en el que el mismo Nervo expresaba que «*¡Intentó con ardor, pero sin fruto, / resolver la ecuación de lo absoluto... / ¡hasta que, al fin, cayó en el lago quieto / en cuyo fondo estaba el gran secreto!*».

En la revista había un espacio para debates sobre temas de actualidad y ensayos como el mistraliano «Amor a la ciudad», que dio mucho que hablar no solo en Punta Arenas. Divulgaron poemas de los autores favoritos de Gabriela. A Darío, Nervo y Tagore se habían sumado Delmira Agustini, Leopoldo Lugones y Alfonsina Storni. Storni le envió su artículo «Las poetisas americanas», publicado en un periódico de Buenos Aires. Gabriela, en agradecimiento, le dedicó «El poema del hijo», que en ese tiempo escribía. Los versos eran resonancias de lo vivido con Romelio Ureta, el hombre que había llegado más cerca de su corazón.

¡Un hijo, un hijo, un hijo! Yo quise un hijo tuyo
y mío, allá en los días del éxtasis ardiente...

Alfonsina se lo agradeció dedicándole su poemario *Letanías de la tierra muerta*.

En su segundo invierno austral enfermó de bronquitis. Se dio cuenta de que necesitaba una temperatura mínima de dieciocho grados para dar lo mejor de sí. El frío la volvía egoísta, siempre preocupada de su estufa para calentar su cuerpo entumecido. Laura tampoco podía trabajar bien porque el frío endurecía la arcilla y no la podía maniobrar. Cuando su cuerpo protestó con ataques reumáticos escribió a su amigo Pedro Aguirre pidiendo su traslado.

Partió el 5 de abril de 1920, dos días antes de su cumpleaños número treinta y uno, vestida de riguroso negro con la maleta de cuero que contenía sus pocas pertenencias. La menuda Laura, también con su maleta, caminaba junto a ella. Cruzaron derechas las calles de Punta Arenas hasta el muelle para abordar el Oropesa. Desde Puerto Montt siguieron por tierra a Temuco.

Temuco era una ciudad joven, fundada cuatro décadas antes en el corazón de la Araucanía. Más de la mitad de sus pobladores pertenecían a la etnia mapuche. Entre sus alumnas había hijas de militares que habían participado en la campaña de ocupación del antiguo territorio indígena e hijas de los nuevos hacendados que se instalaron en las tierras ancestrales. Ellas eran mayoría, pero también tenía pupilas indígenas, descendientes de caciques, que eran tratadas por las hijas de los recién llegados con evidente arrogancia.

Las conversaciones entre Gabriela y Laura giraban muchas veces en torno a la posibilidad de la convivencia pacífica y el respeto entre los mapuche y el resto de los chilenos. Gabriela esperaba que los indígenas adoptaran las ventajas de la civilización occidental sin perder su dignidad. Tratando de influir de manera positiva en su entorno, escribió una lista de consejos para el hombre y la mujer de acción y se los leyó a sus alumnas:

- No esperar el momento favorable: crearlo.
- Concentrar la energía para conseguir un solo fin inmutable.
- Tener buenas maneras. Quien las tiene puede pasearse por el mundo sin riquezas.
- Confiar en sí mismas.
- Trabajar o morir. Quien deja de trabajar muere intelectual y físicamente.
- Ser apasionadas por la exactitud. No dejar nada a medio hacer.
- Sentirse partícipe en la construcción del mundo.
- Sacar provecho de los fracasos.
- Ser tenaz. El genio vacila, tantea, se cansa, pero la tenacidad está segura de ganar.

Un día llegó a visitarla a su oficina Neftalí Reyes, un muchacho de dieciséis años, alumno del Liceo de Hombres. El mismo que cuarenta años más tarde trataría de ganarla para su cruzada política ofreciéndole premios bien dotados. En aquel primer encuentro le llevó unos poemas suyos de corte existencialista que a la maestra le gustaron. Entrevió su ambición. Le prestó una novela de Dostoievski porque, le explicó, las novelas eran un modelo de simplificación y concentración de la vida humana.

Otro escritor en ciernes que conoció en Temuco le interesó más: José Santos González Vera. Llegarían a ser buenos amigos. Era ocho años menor que ella, delgado, desprotegido y autodidacta. Viajó a esa ciudad huyendo de una persecución de la justicia por simpatizar con el prohibido movimiento anarquista y pidió a la maestra que le diera refugio. Ella no preguntó mucho. No le interesó su filiación política, sino su talento y su personalidad. Habían llegado a sus manos varios ensayos suyos que la habían impresionado. Creyó aún más en él cuando leyó pasajes de un manuscrito autobiográfico que González Vera publicaría tres años después con el título: *Vidas mínimas*. Las conversaciones con la nueva generación de creadores le inspiraron un «Decálogo del artista»:

- Amarás la belleza, que es la sombra de Dios sobre el Universo.
- No hay arte ateo. Aunque no ames al Creador, lo afirmarás creando a su semejanza.
- No darás la belleza como cebo para los sentidos, sino como el natural alimento del alma.
- Crear no te será pretexto para la lujuria ni para la vanidad, sino ejercicio divino.
- No la buscarás en las ferias ni llevarás tu obra a ellas, porque la Belleza es virgen, y la que está en las ferias no es Ella.
- Subirá de tu corazón a tu canto y te habrá purificado a ti el primero.
- Tu belleza se llamará también misericordia, y consolará el corazón de los hombres.

- Darás tu obra como se da un hijo: restando sangre de tu corazón.
- No te será la belleza opio adormecedor, sino vino generoso que te encienda para la acción, pues si dejas de ser hombre o mujer, dejarás de ser artista.
- De toda creación saldrás con vergüenza, porque fue inferior a tu sueño, e inferior a ese sueño maravilloso de Dios, que es la Naturaleza.

Pero seguía sintiendo frío. Echaba de menos la tibieza de su valle. Sospechó que la relación entre el ser humano y su clima no era trivial. El clima marcaba los temperamentos, se lo escribió a su aliado Pedro Aguirre Cerda, cuando le pidió que la trasladara más al norte. Fue cuando él le ofreció la dirección del Liceo de Niñas de La Serena y ella declinó.

Mientras esperaba que se abriera un puesto de trabajo en Santiago, en un nuevo liceo de niñas que se estaba creando, comenzó la comunicación con un nuevo aliado que apareció de pronto, como de la nada. Esta vez era un español, profesor de la Universidad de Nueva York. Se llamaba Federico de Onís. En su misiva fechada el 15 de marzo de 1921 la felicitaba por su obra poética y le informaba que todos los profesores del Instituto Real de las Españas, del cual él era director, apreciaban la calidad de sus versos. Le adjuntó el texto de una conferencia que él mismo había ofrecido sobre la poesía mistraliana, nada menos que en la Universidad de Columbia. Gabriela se emocionó ante esa resonancia inesperada. Onís no le decía cómo la había descubierto. Hasta entonces había publicado muy poco fuera del país. Imaginó que habría leído su poema «En defensa de la belleza» que Rubén Darío le había publicado en París en la revista *Elegancias*. El nicaragüense la calificó como una revolucionaria del idioma porque sus poemas tenían la osadía de sacudir hasta las raíces el árbol de la lengua, quitándole polvos añejos y haciéndole injertos revitalizadores. Fue su primera aparición en una revista extranjera. La segunda publicación vino de la mano de Amado Nervo en su revista mexicana *Villaespesa*. En su respuesta a Onís le envió el poema «La maestra rural» dedicado a él.

Su nombramiento en el cargo de directora del Liceo número 6 de Niñas Teresa Prats del barrio obrero de Barrancas en Santiago llegó pocas semanas después y desató una campaña en su contra. Fue cuando Amanda Labarca se opuso con tenacidad, porque esperaba que le dieran ese puesto a ella. Además de haberse formado en el Instituto Pedagógico, Labarca había pasado por las universidades de Columbia y La Sorbona. El mecanismo de sus adversarios fue rebajarla para ponerla a la misma altura de ellos. Le inventaron un romance con Pedro Aguirre Cerda y maquinaron otros agravios que ella soportaba meditando: «Le quito toda fuerza a esta emoción. Esta fuerza ahora es mía. No me controla, yo la controlo a ella y doy paz al universo entero».

Ya estaba instalada en su nueva casa en la población Huemul cuando le llegó la propuesta de Onís de publicarle un libro en la editorial del Instituto Real de las Españas. Gabriela aceptó de inmediato y se apresuró a revisar sus poemas para seleccionar los mejores. Releyó y corrigió todo lo que había escrito entre La Serena, Antofagasta, Los Andes, Punta Arenas y Temuco. Juntó cien poemas y escribió un epílogo en que pedía perdón por su tono poético:

Dios me perdone este libro amargo y los hombres que sienten la vida como dulzura me lo perdonen también. En estos cien poemas queda sangrando un pasado doloroso, en el cual la canción se ensangrentó para aliviarme.

Muchos de ellos eran reflexiones autobiográficas, intuitivas y en parte experimentales. Después de mucho sopesar decidió darle el título *Desolación*. La dedicatoria a sus aliados Pedro Aguirre Cerda y Juana de Aguirre, «a quienes le debo la hora de paz en que vivo», se sobrentendía.

Cuando Manuel Magallanes se enteró de que su amiga imaginaria había sido trasladada a Santiago, se personó en su casa sin anunciarse. En los últimos años su correspondencia se había espaciado, pero se seguían escribiendo. Llegaron cartas suyas a Punta Arenas y a Temuco que Gabriela respondió en un tono morigerado, pero no menos íntimo.

No le gustó verlo parado en su puerta. No le gustó que no se hubiera anunciado, que no le hubiera dado tiempo para prepararse mentalmente. Lo hizo pasar y se quedó en silencio. Apenas lo miró a los ojos. Reapareció la niña tímida que tanto preocupaba a Petita. No le ofreció tomar asiento ni algo para beber. ¡Nada! Magallanes se fue después de unos minutos, arrepentido, y Gabriela se encerró en su dormitorio. No quiso llorar. No quiso sacar conclusiones apresuradas. Fue penoso, pero su mente lo reparó sola. Empezó a escribir un poema para explicarse esa reacción propia que tituló «Vergüenza»:

Si tú me miras, yo me vuelvo hermosa
como la hierba a que bajó el rocío,
y desconocerán mi faz gloriosa
las altas cañas cuando baje al río.

Todo eso ocurrió poco antes de que los mexicanos tomaran contacto con ella, poco antes de que Vasconcelos se la llevara a su país. Pensaba que su estadía mexicana sería de seis meses y terminó quedándose dos años.

8

Mestiza

Gabriela dirá que al subir al barco abandonó a los veleidosos chilenos y el aula pétrea para correr el mundo. Otra vez invitó a Laura Rodig para que fuera su secretaria. Se embarcaron en Valparaíso en el vapor inglés Orcoma el 23 de junio de 1922.

La primera estación fue Callao, donde explicó a un periodista del diario *El Comercio* que subió al barco a entrevistarla, que iba a México a dar una serie de conferencias sobre educación y literatura y que después pensaba pasar a Nicaragua a visitar la tumba de Rubén Darío. Pero el destino tenía otros planes para ella.

En La Habana, donde se quedó cuatro días, la recibieron el encargado de negocios de México en Cuba, el director de la revista *El Fígaro* y otros intelectuales. Todos con camisas blancas y pantalones anchos de lino y de una conversación liviana y amable, como las telas de sus trajes. El contraste con su vestido pesado y oscuro, que más bien parecía hábito de monja, no le importunó. Solo le molestó el calor. La llevaron a un té de honor en el patio andaluz del hotel Inglaterra en La Habana Vieja y allí se deshicieron en alabanzas que la chilena escuchaba sorprendida. Los cubanos tenían la palabra cariñosa y el aplauso a flor de piel. Los editores de la revista *Cuba contemporánea* le regalaron las obras completas de José Martí, el poeta que afirmaba que «hacer era la mejor manera de decir». Las expectativas eran altas cuando tomó la palabra. Enderezó un discurso en el que aseguró que el trópico formaba a sus poetas de la misma manera como formaba los poros de la piña, traspasados de esencia. Siempre vendrán de los suelos cálidos los grandes cantores porque en su infancia sintieron el latido más intenso del planeta y saborearon los frutos más perfectos. Lamentó la falta de unión latinoamericana, la cual a su juicio se debía al escaso conocimiento mutuo. Declaró que toda la desvinculación, la quebradura de esta América Latina en retazos de patrias recelosas o indiferentes unas de las otras, no tenía más razón que ese desconocimiento.

En conversaciones con la poeta Dulce María Borrero pudo captar la atmósfera sociopolítica de la isla. Los cubanos estaban orgullosos de su independencia, lograda apenas veinte años antes. Eso les había dado una fresca seguridad en sí mismos, pero la herencia colonial era dura. Más de la mitad eran analfabetos. Las intelectuales cubanas eran elegantes. Ninguna se presentaba en público sin sombrero. Antes de abordar el vapor alemán Leerden que la llevaría a México, Laura le propuso que fueran a una tienda de ropa a comprar vestidos y accesorios, pero Gabriela desechó la idea. Le explicó que no requería los tocados de moda. No necesitaba parecerse a nadie más que a sí misma. Además, ya tenía suficiente con despertar envidias de algunos colegas hombres. No quería sumar las miradas malévolas de las autodenominadas mujeres elegantes.

Arribaron a Veracruz el 19 de julio de 1922. Las saludó una comitiva enviada por el ministro José Vasconcelos en la que se destacaba Palma Guillén, que había sido nombrada secretaria de la maestra chilena. Palma se veía elegante y arreglada, con las uñas y los labios pintados, el pelo perfectamente peinado y zapatos de tacón. Muy diferente a Gabriela, que vestía otra de esas túnicas oscuras de mangas anchas que le daban un aspecto monacal y severo. Su porte y sus gestos hacían el resto. El temperamento de los otros funcionarios que la recibieron le recordó al de los chilenos. Les aseguró que había llegado a México a ensanchar sus alianzas espirituales.

En el trayecto en tren a la Ciudad de México, Palma contestó con amabilidad todas las preguntas que le hizo la chilena, algunas personales, otras referidas a la Revolución mexicana. Ella también era maestra normalista, cuatro años menor que Gabriela. A pesar de ser una pacifista acérrima, apoyaba con firmeza la Revolución mexicana. Confiaba en que la paz hubiera llegado para quedarse. Gabriela comentó al respecto que los hombres se ocupaban de la guerra, mientras las mujeres que han perdido a sus hijos, padres y compañeros se esforzaban por inventar la paz.

Al día siguiente de su llegada a la ciudad azteca tuvo lugar el recibimiento oficial en el bosque de Chapultepec organizado por Vasconcelos, aunque él no pudo asistir porque se encontraba en Nueva York preparando una gira por América del Sur. Dejó una carta que fue leída por Alfonso

Reyes en la que aseguraba que en América no había ninguna mujer más querida y admirada que Gabriela Mistral. Celebraba que la chilena llegara a engrosar el ejército de educadores que sustituiría al ejército de los destructores. Reyes destacó el papel de los artistas en la sociedad y los nombró agentes de mutaciones de la sensibilidad de los pueblos. A continuación, un grupo musical cantó corridos y rancheras. El entusiasmo de Gabriela al escucharlos hizo expresar al poeta Carlos Pellicer que la chilena despertaba aún más simpatías en persona que en sus escritos. Cuando tomó la palabra, lo hizo con humildad. Prometió abocarse en cuerpo y alma a la misión que le encomendaba el gobierno mexicano.

Esta misión era integrarse a la Comisión de Reforma Educacional como maestra misionera y, como tal, visitar las recién creadas Casas del Pueblo en todo el país. Su rol sería orientar a los profesores en temas de albafetización y enseñanza de virtudes cívicas. Las Casas del Pueblo eran escuelas dirigidas especialmente a las comunidades indígenas, cuya educación España había abandonado durante los siglos coloniales. En ellas se enseñaba artesanía, zapatería, jardinería, agricultura, música. Se trataba de sacar a la población de su estado de pobreza e indigencia y enseñarle a amar su cultura. Las mujeres y hombres nuevos no solo debían saber artes y oficios, sino también ética e higiene. Vasconcelos hablaba de redimir la raza por medio del espíritu. La Secretaría de Educación Pública mexicana asignó a Gabriela un sueldo tres veces más alto del que percibía en Chile. Entre sus regalías estaban poder desplazarse en ferrocarril gratis por todo el país y tener a su disposición las mecanógrafas que necesitara.

Arrendó una casaquinta en el barrio de San Ángel que

Palma le ayudó a encontrar. Una casa de dos pisos con un huerto de plantas tropicales; la más grande que había habitado hasta entonces.

Su primera excursión la llevó a la tumba de Amado Nervo, el poeta que tanto leyó durante su estadía en Los Andes. Palma la acompañó y le sacó una foto. En el ensayo que comenzó a escribir ese mismo día le decía: «Tus cartas atravesaban el mar para ir a buscarme [...]; viviendo yo ahora entre tus gentes, tú me llevas de la mano...».

La primera actividad pública a la que asistió fue a un homenaje que le ofrecieron en la recién inaugurada Escuela Hogar Gabriela Mistral, ubicada a pocas cuadras de la Alameda, un plantel de más de mil quinientas alumnas. Expresó su gratitud y compartió sus ideas pedagógicas utilizando la metáfora del hortelano. El maestro debía sembrar, regar, podar y cosechar; regenerar al pueblo por medio de la educación. Lo que no aportaba al alma no era digno de ocupar el tiempo.

Y su primer viaje en el interior del país la llevó a Puebla, donde se reunió con artesanos ceramistas. Viajó acompañada de Palma y de una secretaria que contrató para que escribiera a máquina los materiales que entregaba a los profesores.

Nada más regresar a la Ciudad de México pudo reunirse con Vasconcelos. La invitó a su casa, ubicada también en el barrio de San Ángel, no lejos de la suya. El filósofo venía llegando de Chile y fue sincero con ella. Le informó que, en una reunión con el presidente de la República, Arturo Alessandri, el mandatario chileno le había reprochado haber contratado a Gabriela Mistral para apoyar su cruzada educacional, siendo que, a su juicio, la mujer más competente en temas de educación en Chile era Amanda Labarca. En la reunión, que tuvo lugar en el Palacio de la Moneda, estaban presentes el ministro de Educación y otras autoridades. Gabriela se quedó sin habla.

—¡Qué intento más brutal de desprestigiarme!

Se quedó en silencio mientras en su mente afloraban pensamientos tristes, pero su nuevo aliado la tranquilizó. Le informó que había aclarado a Alessandri y a todos los presentes en esa reunión que en su consideración lo mejor de Chile estaba ahora en México. Como Gabriela seguía sin reaccionar, el filósofo cambió de tema. Se refirió a la conferencia que ofreció en la Universidad de Chile en la que aseguró que el sentimiento de patria era demasiado pequeño para los corazones libres y abogó por un internacionalismo latinoamericano, pero Gabriela apenas lo escuchó. Cuando regresó caminando a su casa se dio permiso para llorar. ¡Cómo podían odiarla tanto! Lo superó con meditación. Se sentó en su terraza de cara a un árbol añoso que se erguía en medio de su huerto, respiró profundo y se dio la orden: «Le quito toda fuerza a esta emoción. Esta fuerza ahora es mía. No me controla, yo la controlo a ella... doy paz al universo entero».

Su próxima cita oficial fue el Congreso de Maestros Misioneros en la Ciudad de México, al que llegaron representantes de más de trescientas escuelas rurales. Mistral fue designada presidenta honoraria de la instancia. En esa ocasión compartió sus experiencias como maestra rural en La Compañía y La Cantera. Los misioneros, todos indígenas y mestizos, vieron a una pedagoga entusiasta que proponía erradicar el analfabetismo y crear en el futuro escuelas granjas en su país. Llamó a los delegados «apóstoles de la cultura» y los instó a cultivarse y a ser un ejemplo ético y moral.

Después viajó a Guadalajara y al lago de Chapala y se llevó consigo muchos libros porque la Secretaría de Educación Pública le encargó editar una antología de textos para ser utilizados en la educación de las mujeres. Palma y su mecanógrafa la acompañaron. Se quedaron un mes allí. Gabriela estaba más aplicada que nunca. Su nuevo cargo le permitía realizar proyectos que le hubiera encantado desarrollar en Chile. En 1906 había publicado un artículo en un periódico de Vicuña titulado «La instrucción de la mujer» en el que proponía algo parecido al texto que estaba preparando. En paralelo, escribía prosas poéticas sobre San Francisco de Asís. No descartaba escribir una biografía del santo. Soñaba con conocer algún día su tumba en Asís. Y se tomaba el tiempo para visitar la escuela de artesanos y pescadores del lago de Chapala y entregar material pedagógico a los profesores.

Después de una corta estadía en su casa de San Ángel siguieron los recorridos por México. En 1923 llegó a los pueblos de indios más apartados en ferrocarril, cuando había estaciones de trenes, o en el bus de la Secretaría de Educación. Estuvo en Cuernavaca, Pachuca, Cuautla, Zacapoaxtla, Atlixco, Taxco, Pátzcuaro, Zamora, Oaxaca, Acapulco, Querétaro, Veracruz... Las nuevas escuelas se habían fundado en viejas parroquias, en solares, en patios o en casas particulares. Algunas no tenían muebles. Cuando no encontraban dónde alojar, dormían en el bus. Gabriela conversaba con los maestros, detectaba flaquezas, les entregaba material pedagógico y los orientaba en pláticas y conferencias sobre pedagogía popular, sobre la enseñanza de la historia y la geografía, sobre el uso de las bibliotecas.

Le gustaba escucharlos hablar en sus idiomas y disfrutar sus canciones. En su cercanía adivinaba toda una historia de conquista y colonización. Se dejó contagiar por el ambiente reformista y el espíritu revolucionario de una nación que buscaba dejar atrás la era colonial. El interés de sus anfitriones por rescatar y tematizar sus raíces indígenas y mestizas la hizo pensar en sus propias raíces.

Hasta entonces nunca había reflexionado sobre ellas con profundidad porque en su país no se hablaba de esos temas. Los orígenes mestizos de Chile eran un tabú. Oficialmente todos eran descendientes de españoles blancos y puros. Ningún chileno quería formar parte del linaje bárbaro de los marginados, a quienes se les atribuía todo tipo de vicios y ninguna virtud. Hubo un momento especial, una percepción mágica, una epifanía en que se manifestó su ser mestizo en forma de una visión. Lo expresará así en el poema «Beber»:

> *En el campo de Mitla, un día*
> *de cigarras, de sol, de marcha,*
> *me doblé a un pozo y vino un indio*
> *a sostenerme sobre el agua,*
> *y mi cabeza, como un fruto,*
> *estaba dentro de sus palmas.*
> *Bebía yo lo que bebía,*
> *que era su cara con mi cara,*
> *y en un relámpago yo supe*
> *carne de Mitla ser mi casta.*

Todo lo que veía en México soñaba con repetirlo alguna vez en Chile. También las bibliotecas populares. Vasconcelos se preocupó de que hubiera una en cada pueblo. En su

Valle de Elqui no había ninguna. Para llenarlas con libros, el ministro hizo imprimir cincuenta mil volúmenes de obras clásicas. Mistral aportó con sus *Lecturas para mujeres*. En el libro incluyó prosas y poemas propios, como «Recuerdo de una madre ausente», «Una puerta colonial» (sobre la puerta de la catedral de Puebla) y «Silueta de Sor Juana Inés de la Cruz», en la que expresó frases muy certeras y en parte irreverentes:

> ¡Pobre Juana! Tuvo que soportar ser el dorado entretenimiento del hastío docto de los letrados. Seguramente a ellos les interesaban menos sus conceptos que su belleza; pero allí estaba Juana, respondiendo a sus retorcidas galanterías. La donosa conversación de los salones era un plato más en ese banquete heterogéneo de la vida colonial: Inquisición, teatro devoto y aguda galantería. Juana debía divertir a los viejos retorcidos, contestar sus fastidiosas misivas en verso y pasar, en las recepciones del virrey, del recitado de una ágil letrilla al zarandeo de la danza.

De los autores chilenos eligió un texto de Pedro Prado, con quien mantenía correspondencia —había escrito el prólogo de la edición chilena de *Desolación*—. También le pasaron textos Vasconcelos, Alfonso Reyes, Alfonsina Storni y Juana de Ibarbourou. Entre los clásicos americanos incluyó a José Martí, José Enrique Rodó y Walt Whitman. Por supuesto, no podía faltar su entonces todavía adorado Tagore. Se imprimieron veinte mil ejemplares. En la introducción explicó que su intención era despertar el sentido humanista en las mujeres, instruirlas en tópicos como la justicia social y en asuntos históricos, literarios y espirituales.

Vasconcelos sintió que Mistral había comprendido a la perfección los principios de su cruzada educacional y se lo hizo sentir. Entre ellos había muchas afinidades: ambos creían en la cultura como formadora del espíritu, leían a los mismos autores y se habían construido en base a ellos una visión de mundo; una síntesis similar entre cristianismo, neoplatonismo, teosofía y budismo. Ambos aspiraban a una vida asceta. Paseando juntos por San Ángel descubrieron momentos similares en sus biografías. La primera educación del mexicano fue guiada por el fervor religioso de su madre, lectora de la Biblia y de Tertuliano, el primer escritor cristiano importante en lengua latina. Un converso que admiraba el heroísmo de los primeros cristianos.

Con Palma, en cambio, había diferencias en temas de religión. Ella era una católica tradicional. No le gustaba la cercanía de Gabriela con el budismo, al cual consideraba una superstición asiática. Gabriela le explicó que meditar era su manera de rezar, porque no sabía hacerlo con palabras y que su cercanía con Buda no disminuía su fascinación por Jesucristo. El cristianismo y el budismo se acomodaban en su vida y en su alma. Del cristianismo tomaba la ética y del budismo la metafísica y la práctica de la meditación. Palma podía entenderlo, no así que Gabriela creyera en la transmigración de las almas. Para la mexicana no había existencias previas o ulteriores. Su alma se iría al cielo o al infierno después de su muerte. Nada de samsaras o rueda de las reencarnaciones, ni de karmas o balance de las reencarnaciones anteriores ni liberaciones en el nirvana. Sin decírselo, Palma se propuso sacar de la cabeza de su amiga esas ideas heréticas. Le habló de la posibilidad de hacer un viaje juntas a Europa. Y visitar la Castilla de Santa Teresa y Asís.

¿Qué pasaba entre tanto con Laura? Su antigua asistente se abocó con ahínco a su carrera artística. Pintaba bajo la influencia del muralismo retratos de indígenas para una serie que tituló *Tipos mexicanos*. Pensaba enviarla a la Junta del Patronato del Museo de Arte Moderno de Madrid con una recomendación de Alfonso Reyes. Había temporadas en que apenas se veían. Laura olvidó por completo que Gabriela había pagado su pasaje a México y la había llevado para que la asistiera y a la poeta no le importó porque tenía a Palma. Pero no por eso dejaba de considerarla una ingrata. En su fuero íntimo no le parecía una gran artista. Tenía algún talento, eso sí. Decidió que lo más sano sería dejarla hacer sus cosas, practicar el sabio «allá ella».

Uno de los pocos contratiempos que tuvo en México se dio cuando el presidente Obregón encargó al escultor Ignacio Asúnsolo, que acababa de regresar de la Academia de Bellas Artes de París, que hiciera un busto de Gabriela para ponerlo en el patio de la nueva escuela-hogar que llevaba el nombre de la chilena. Asúnsolo le pidió que posara para él y ella accedió pensando que solo quería plasmar su rostro, pero él hizo mucho más que eso: creó una estatua de cuatro metros de altura en la que la representaba sentada y en actitud meditativa. Cuando Gabriela vio la obra terminada se asustó. Reconoció que el artista la había esculpido bien, pero el tamaño le pareció exagerado. Quiso ser cuidadosa. Alabó el trabajo, pero los instó a considerar que ella no había hecho nada definitivo que justificara tal homenaje. Los vivos no sabemos cómo terminaremos nuestra vida. Pero la escultura ya estaba instalada en medio del patio. No había nada que hacer. Fue tanta su ofuscación que el día de la inauguración escribió al artista una nota excusándose de no poder asistir por la recarga de trabajo. Mandó en su representación a Laura Rodig. Ella estaba contenta porque el Museo de Arte Moderno de Madrid había adquirido algunas de sus obras. Fue la primera artista latinoamericana que ingresó a esa colección.

Cuando en mayo de 1924 Vasconcelos tuvo que dejar el Ministerio de Educación por presiones políticas, Gabriela sintió que era hora de marcharse. Habían llegado a sus oídos críticas y comentarios mal intencionados de algunas maestras mexicanas a quienes molestaba su influencia en las políticas educacionales del país. No veían con buenos ojos que una extranjera se arrogara la capacidad de influir en la formación de la identidad mexicana. Opinaban que Mistral promocionaba el rol tradicional de la mujer en el hogar, lo cual, decían, era una contradicción, ya que la poeta era soltera y sin hijos. Consideraban que su remuneración era demasiado alta y hasta llegaron a afirmar que aspiraba a opacar a Vasconcelos. Decidió no enfadarse y hacer en un artículo periodístico un recuento de lo que había sido su paso por México. La mirada retrospectiva contenía una síntesis de la situación del país bajo el gobierno de Álvaro Obregón y una crítica abierta a la injerencia norteamericana en ese país. Lamentó la actitud, a su juicio, imperialista del gigante vecino. Salió en *El Mercurio* y agradó de sobremanera a Obregón. La invitó a visitarlo. Cuando entró con Palma al despacho presidencial la recibió con el halagador saludo:

—Bienvenida poeta, la intelectual panamericana por excelencia.

El presidente era manco, había perdido un brazo luchando en la Revolución, pero exhibía esa imperfección con orgullo, casi con coquetería. Agradeció a la chilena los aportes a la educación popular y ella subrayó lo bien que se había sentido. Aseguró que había sido un gusto trabajar para el gobierno mexicano.

—Espero que lo siga haciendo.

Gabriela no entendió.

—Pero en Europa.

Miró a Palma. Ella sonrió porque sabía lo que el presidente le iba a proponer a continuación: ser comisionada por México en Europa, vale decir, representar a ese país ante las organizaciones internacionales, los centros culturales y las universidades del Viejo Continente. Palma Guillén se iría con ella en calidad de secretaria. Ambas mantendrían sus sueldos.

—¿Cómo lo ve?

Gabriela se emocionó. Tantas veces había soñado conocer los lugares que formaron a sus modelos espirituales: Florencia, Asís, Castilla. Hacer el gran tour europeo que solo le estaba permitido a la élite. El corazón se le quería salir. No tener que volver a Chile a confrontarse con sus colegas del magisterio. Seguir su ruta autodidacta. Obregón le informó que la Secretaría de Educación les asignaría una dieta generosa a ambas para que no les faltara nada. Aceptó encantada. La gratitud siguió resonando los días y semanas posteriores. Jamás se hubiera atrevido a pedirle algo así a la vida. De maestra rural había llegado a ser una intelectual panamericana, una voz que hablaba por todo un continente. Ese regalo llegó solo.

Su despedida de México fue aún más apoteósica que la bienvenida. Cuatro mil niños entonaron y bailaron sus rondas en el Parque Chapultepec. Pero antes de cruzar el charco debía visitar Nueva York, donde las esperaba Federico de Onís para la presentación oficial de *Desolación* en el Instituto Real de las Españas.

9

Peregrina

La última tarde en la casa de Nelly se sentó con su anfitriona en torno al brasero a hacer lo que más le gustaba: contar historias de sus vivencias y viajes. Pidió a Genara que preparara un mate y que se sentara con ellas. Encendió un cigarrillo y se explayó sobre cómo se sintió la primera vez que llegó a Nueva York. Eso fue a finales de abril de 1924, no recordaba el día.

El profesor que la invitó era cuatro años menor que ella, algo más bajo, muy cordial, a ratos tierno. Su aspecto era ultraespañol. Usaba un terno oscuro y una corbata blanca de mariposa. A veces se ponía sombrero. Había estudiado Filosofía y Letras en la Universidad de Salamanca con Miguel de Unamuno y se había doctorado en Madrid con Ramón Menéndez Pidal. Que un español de ese nivel se ocupara de la obra de una maestra de Elqui le pareció un privilegio.

En el barrio universitario de la Universidad de Columbia, donde las alojaron, encontró la paz que necesitaba para escribir. Allí redactó el ensayo *En la otra orilla*, con los recuerdos aún frescos de lo que significó su paso por México. Fue un manifiesto de agradecimiento por lo que le ofreció ese país: «... gracias a las aldeas indias, donde viví segura y contenta; gracias al hospedaje no mercedario de las austeras casas coloniales, donde fui recibida como hija...».

Su charla en la Universidad de Columbia versó sobre lo mismo. Explicó en qué consistía la cruzada educacional mexicana y se explayó sobre la situación de los indígenas un siglo después de la Independencia.

Contó a sus amigas elquinas que en Estados Unidos había encontrado todo lo que no le gustaba: una atmósfera apabullante, gente moderna y apurada. Sospechó que así era la gente que había crecido con poco cielo encima. Los automóviles la asustaban. Se tapaba los oídos cuando pasaban cerca suyo tocando la bocina. Apretujada en el *subway* añoraba los espacios amplios de su valle, donde nadie nunca tenía prisa.

En algún momento adoptó la mirada de la antropóloga y se dejó llevar. Cuando su anfitrión Federico de Onís la invitó a conocer la estatua de la Libertad, aceptó pensando que siempre era mejor ver las cosas desde arriba.

El día de la presentación de *Desolación* en el auditorio del Instituto de las Españas impuso ese tono. Los estudiantes se encontraron con una latinoamericana de treinta y cinco años que ostentaba la visión de mundo de alguien que había vivido varias vidas. Una poeta que decía con voz solemne que su estilo era a ratos rudo y oscuro porque esa era la medida de su mente y esta se había formado en un valle chileno de temperamento árido y montañoso. Pidió disculpas por su castellano. Su formación autodidacta la había predestinado a ser una burladora de diccionarios.

Al día siguiente se despidieron de Laura, que partía en barco a España a presentar sus *Tipos mexicanos* en el Museo de Arte Moderno de Madrid. Gabriela le financió el pasaje. Ella siguió con Palma a Washington a reunirse con los miembros de la Unión Panamericana. Su charla allí versó sobre la reforma educacional mexicana que después publicó en varios periódicos del continente, incluido *El Mercurio*. Abogó por un cristianismo con sentido social y por una religión actuante, consecuente y veraz, comprometida con los pobres. En la cena posterior que ofreció el embajador de Chile, Beltrán Mathieu, el ambiente fue distendido porque Gabriela volvió a imponer el tono conversacional en el que se sentía bien.

Regresaron a Nueva York para tomar por fin el barco que las llevaría a Europa. Onís les pasó una carta para su maestro y amigo Miguel de Unamuno, a quien pensaban visitar en París. En cuanto embarcó hacia Génova le escribió a Emelina sobre su experiencia en Nueva York: «Por sus calles yo me perdí a mí misma; entré en la rueda y no tuve más voluntad sino cuando me liberó el mar».

Explicó a Nelly que el paso por el monstruo del norte exacerbó su espiritualismo. Le angustió pensar que ese modo de vida práctico, individualista y materialista podría llegar algún día a América Latina. Aseguró que en Estados Unidos había visto los inicios de una barbarie disimulada bajo la máscara de la civilización. Por otra parte, al confrontarse con una cultura tan diferente, se percibió a sí misma como una mujer no solo chilena, sino hispanoamericana. Lo que eso significaba para su poesía era algo que ella recién comenzaba a descubrir.

En ese primer viaje a Europa aspiraba a continuar el camino autodidacta comenzado en La Serena veinte años antes. La mirada angustiada con que paseaba por Nueva York se disipó en el barco. Se reía sola. Imitaba al capitán francés por la forma como chapoteaba el castellano o compartía ocurrencias que hacían reír a Palma.

—Un pez le pregunta a otro pez: ¿qué hace tu mamá? Este le contesta: nada. ¿Y la tuya, qué hace? Nada también.

Se sentaba en la cubierta a corregir una prosa poética titulada «El placer de servir», en la que resumía reflexiones mexicanas:

Toda la naturaleza es un anhelo de servicio. Sirve la nube. Sirve el viento. Sirve el surco. Donde haya un árbol que plantar, plántalo tú. Donde haya un esfuerzo que todos esquiven, acéptalo tú. Sé el que aparta la piedra del camino, el odio entre los corazones y la dificultad del problema.

El viaje se hizo corto. Llegaron a Génova a finales de mayo y siguieron de inmediato en tren a Florencia. Allí buscaron un hotel cerca de la estación para dejar sus cosas y salir lo antes posible a conocer la ciudad. Entraron a la primera librería que encontraron. Gabriela estudió las repisas de los clásicos y los autores de moda. Entre estos últimos estaba Giovanni Papini, de quien había oído hablar. Luego estudió los títulos sobre educación y religión. Salió con una bolsa llena. Al día siguiente, cumplió un sueño de juventud al leer un terceto de la *Divina comedia* navegando por el Arno. Lo hizo en voz alta para compartirlo con Palma.

—¿Captas el sentir que palpita en este canto?

—Cuando tú lo lees, sí.

Otro día visitaron la Galería de los Uffizi para seguir degustando la miel de las flores de la civilización. Aunque toda la ciudad era un museo. Con una mirada rápida y sintetizante, Gabriela captaba de inmediato lo esencial. Las esculturas, las colinas como fondo, los cipreses que evocaban pinturas del Renacimiento. Preguntó a Palma:

—¿Notas la cordialidad?

Ella asintió.

—Occidente nos muestra su mejor rostro.

Palma siguió asintiendo. Su papel en ese viaje era acompañarla y aprender de ella.

En Siena le impresionó el pavimento decorado del Duomo. Observando un retrato de Santa Catalina de Siena surgió otro comentario:

—Viajar es una escuela de humanismo.

—Muy de acuerdo. Más que representar a México, vamos a representarnos a nosotras mismas.

Salieron tomadas de la mano de la catedral.

La siguiente estación era Asís para cumplir su sueño de visitar la tumba del Poveretto. No dio crédito a tanta alegría cuando entró con su amiga a la ciudad medieval por una calle estrecha entre casas de piedra. Parecía más fortaleza que ciudad. Subieron en silencio por una vía inclinada hasta la plaza en la que estaba la iglesia y la tumba que buscaban. Siempre le atrajo la espiritualidad y el ascetismo del santo de Asís y siempre quiso imitarlos. Era uno de sus modelos en sus tentativas de aseo espiritual.

Las amigas entraron juntas a la capilla Porciúncula y se acercaron con devoción al lugar en el que setecientos años antes, en septiembre de 1224, Francisco había experimentado una epifanía frente a la imagen del Hombre Crucificado. Verse allí cumpliendo un sueño la hizo mimetizarse en humildad con el santo. Se postró ante el altar y estuvo allí en silencio durante varios minutos. Luego estudió con tiempo los frescos de Giotto que narraban la vida de Francisco en una de las basílicas. Trató de que sus ojos absorbieran todo mientras su mente se abría a una máxima receptividad.

Regresó al hotel caminando sola, porque así lo quiso, preñada de imágenes poéticas, y se sentó de inmediato en la terraza con vistas a los techos del pueblo en el valle de Umbría para retomar lo comenzado en México con una idea más clara de lo que quería expresar. No iba a escribir una biografía del Poveretto, lo que ella quería hacer era conversar con él y transformarlo, ahora con más convicción que antes, en su maestro. Limar las asperezas de su carácter imitándolo. Palma sintió alivio ante esa nueva focalización de su amiga y se lo comentó. Gabriela le explicó algo que después escribiría en su cuaderno de viaje:

Creo casi con el fervor de los místicos, pero creo en el cristianismo primitivo, no enturbiado por la teología, no grotesco por la liturgia y no materializado y empequeñecido por un culto que ha hecho de él un paganismo sin belleza. En suma, soy cristiana, pero no soy católica.

Antes de seguir a su próximo destino pidió a un monje franciscano que la admitiera en la Orden Tercera, lo que significaba transformarse en una hermana no seglar.

La primera vez que tuvo frente a sí el Vesubio, comentó: «¿Verdad que es buen mozo?». Habían tomado el tren a

Pompeya desde Nápoles. Paseando por las ruinas de la ciudad imaginó las casas a partir de los cimientos. Las de la gente común eran del tamaño de las viviendas de La Serena y había otras que debieron ser palacios. Vio una conexión misteriosa con La Serena y eso la llevó a escribir el recado «Pompeya y La Serena» en el hotel del Quartieri Spagnoli de Nápoles en el que se alojaron.

Palma propuso ir a Roma, pero Gabriela lo descartó para no tener que confrontarse con el fascismo de Mussolini. Atravesaron en barco a la isla de Capri, donde se alojaron en una residencia cerca de la antigua casa de Tiberio, rodeada de olivares y con una vista magnífica al mar. Allí se dedicó a leer el *Diccionario del hombre selvático* de Giovanni Papini y a comentar cada página con Palma. Fue la primera vez que dejó de dormir siesta para seguir leyendo. Le pareció un autor vigoroso e indignado. Tenía su mismo tono. En el fondo, ella también era una indignada, temerosa del envilecimiento de la cultura occidental por el olvido de los valores esenciales que la formaron.

Las amigas quisieron conocer a Papini. Palma averiguó con un librero de Nápoles que el escritor veraneaba en la costa de Pisa, en el pequeño pueblo de Castiglioncello. Partieron hacia allá y no les costó nada encontrar su casa. Bastó entrar a un bar frente a la plaza y preguntar. Gabriela llevó un cuaderno de notas para escribir todo lo que hablaran, porque no le cabía duda de que Papini la iba a recibir. Y así fue. Se anunció como una admiradora latinoamericana y él las hizo pasar. Tenía unos cuarenta años, lentes de vidrios gruesos, el pelo crespo y desordenado. Las llevó a un estudio tapizado de libros. Gabriela notó que el italiano era tan conocedor de almas como ella. Se interesó por la vida de las viajeras latinoamericanas.

Cuando Palma mencionó su paso por Nueva York, aseguró que Estados Unidos era una civilización hedionda a combustible. Con eso rompió el hielo. Gabriela y Palma se rieron con él. El italiano lamentó con una voz serena, casi tranquilizante, que la codicia se hubiera instalado en el nervio de esa cultura. La civilización occidental iba allí por un camino equivocado y las consecuencias se verían en apenas unas décadas o quizá en siglos. Gabriela quiso saber qué pensaba del fascismo.

—*Orribile!* —exclamó sin titubear.

Pero no le veía futuro. Italia se libraría de él pronto y copiaría lo peor de América. El siglo XX traería muchos cambios en Europa, no todos para bien. Gabriela contó que después de Italia viajarían a París, donde se reunirían con Miguel de Unamuno.

—Grande, Unamuno —aseguró el anfitrión.

Sacó de su escritorio el libro *Vida de don Quijote y Sancho Panza*, aparecido en italiano. Acababa de terminar un comentario sobre aquel ensayo y lo pensaba publicar en la revista *Repertorio Americano*. Opinó que Cervantes había retratado la disputa tan humana entre el optimismo heroico y el pesimismo desilusionado. Don Quijote era el símbolo del espíritu y Sancho, el símbolo de la materia. Uno era la expresión de la aristocracia idealista y el otro representaba a la plebe positivista. Regaló a Gabriela su libro autobiográfico *Uomo finito* en el que retrataba sus propias luchas. Le reveló que él era, en esencia, un autodidacta. Gabriela salió motivada de esa reunión.

En París se alojaron en el hotel L'Etoile, donde vivía desterrado Miguel de Unamuno. Por fin lo pudo conocer. Era un vasco menudo, con lentes, barba blanca y, a excepción de una camisa blanca, vestido entero de negro. Se alegró de esa visita y de la carta de Onís. El autor de *El sentimiento trágico de la vida* se sentía solo. En España, los diarios y revistas censuraban sus artículos por orden del general Primo de Rivera, a quien él consideraba un remedo infeliz de Mussolini. Las invitó a dar un paseo por la ciudad que, según confesó, no le gustaba en lo absoluto. Odiaba Francia. Despreciaba su literatura, a su juicio, frívola. Gabriela disfrutó de esa vehemencia tanto como del gusto por confesarse en la conversación de su nuevo amigo. Era una extraversión continua y era agradable escucharlo. Eso de que se viera a sí mismo como un hombre genérico. Leyó a las visitantes párrafos del libro que estaba escribiendo titulado *Agonía del cristianismo* y algunos poemas sobre el destierro y se sintió comprendido por ellas. Gabriela le dejó de regalo un ejemplar de *Desolación*.

Tenía bien claro lo que quería hacer en la Ciudad de la Luz. Las dos semanas que habían planeado pasar allí debían alcanzar para rezar en Notre Dame, ver *El Pensador* de Rodin, saludar *La victoria de Samotracia* en el Louvre y visitar la casa de Víctor Hugo. Palma la llevó también a una tienda de ropa cerca de la Ópera. Pasaron una mañana completa mirando vestidos para ellas y para Petita y Emelina. La mexicana se compró uno de un color marfil canela. Gabriela eligió para ella uno azul claro. El de Palma tenía un corte moderno, hasta los tobillos y pegado al cuerpo, como dictaba la moda francesa. El de Gabriela era ancho y de corte clásico. Unamuno comentó el cambio de apariencia.

—Parecen dos damas parisinas.

—Somos damas atemporales —le aclaró Gabriela.

Las llevó al Café de La Rotonde en Montparnasse, el lugar donde se reunían los literatos y revolucionarios españoles a conspirar contra la dictadura española. Pero había también franceses y un chileno: vio de lejos a Vicente Huidobro. Unamuno comenzó a fabricar pájaros con las servilletas de papel mientras hacía comentarios sobre literatura chilena. Huidobro no le decía mucho. El mejor libro chileno que había leído era *Recuerdos del pasado* de Vicente Pérez Rosales. Gabriela defendió a Alberto Blest Gana, pero Unamuno no estuvo de acuerdo. Ese autor no lo atrapó. *Desolación*, en cambio, le parecía un libro de mucha calidad. Cuando se retiraron del lugar había cinco aves de papel de diferentes tamaños sobre la mesa.

Otro día, el español invitó a sus amigos exiliados españoles a su habitación en el hotel L'Etoile y pidió a Gabriela que hablara sobre la historia reciente de América Latina. Llegaron cuatro melancólicos. La esposa del sabio español, a quien él presentó como Conchita, era una mujer bastante normal, con una mirada cálida y sin poses intelectuales. Después de saludar con amabilidad a las visitas no habló nada más en toda la tarde. Gabriela repasó sus experiencias mexicanas haciendo una síntesis del proyecto educativo de José Vasconcelos. Unamuno opinó que los indígenas eran el gran problema de las naciones americanas.

—¡Ojalá desaparecieran todos!

—¡Imposible! —exclamó ella—. Ustedes mataron a muchos, pero no los acabaron. Nosotros no podemos rematar esa tarea porque los llevamos dentro.

Lamentó esa ignorancia sobre América Latina. Si él hablaba así, ¿qué se podía esperar de los otros escritores españoles? Los dejó discutir solos. Aprovechó un momento de intercambios álgidos sobre política española para retirarse discreta a su habitación. Al día siguiente quiso volver sobre el tema. Invitó a Unamuno a dar un paseo y lamentó que los indígenas americanos hubieran tenido tan pocos defensores en el Imperio español.

—Ya veo que usted quiere seguir las huellas del dominico Las Casas.

—Ojalá. El padre Las Casas fue un gran hombre.

—Sospecho, Gabriela, que usted pretende convertirse en la madre Las Casas.

10

Nostálgica

Cuando fue a despedirse de Rosa Elena, la directora de la escuela de Montegrande, se enfrascaron en una conversación sobre misticismo. Rosa Elena había leído con detención los *Motivos de San Francisco*. Comentó pasajes que recordaba. La poeta confesó que el santo le había enseñado el diario examen de conciencia, ese que curaba de la vanidad.

—¿No habrá un lugar donde cebar un mate?

—Pero por supuesto.

Rosa Elena le propuso que tomaran un mate de despedida al día siguiente en su casa en El Tambo. El pueblo quedaba en el trayecto a La Serena, de modo que no implicaría para ella ningún desvío. Gabriela sugirió invitar a Isolina.

—A ella y a sus excompañeras de escuela —ofreció la directora.

Cuando llegó a la casa, las sillas estaban ordenadas en círculo en torno al brasero. La esperaban Isolina, Rosalía, Lucía, Auristela y Amalia. Gabriela tomó asiento mirando hacia la puerta y sus amigas se ordenaron a su alrededor. Rosa Elena le pasó un mate de plata fina sobre un plato del mismo material para que ella iniciara la ceremonia. Lo tomó con elegancia y dio la primera chupada con una serenidad que apaciguaba los corazones. Auristela contó que había asistido al funeral de Petita en La Serena y que este había sido muy emotivo. Había contado con la presencia del gobernador y el alcalde. Gabriela confesó que antes de que le llegara el telegrama de Emelina avisándole, ella ya había presentido su partida. En ese tiempo ella vivía en Provenza, en un pueblo llamado Bédarrides. Leyó una novena de ánimas francesas cuatro días enteros. Hubo un silencio que Isolina rompió después de coger el mate. Quiso saber si Gabriela había terminado su canto a Chile.

—Todavía no.

—Tenemos muchas ganas de leerlo —confesó Rosa Elena—. ¿De qué se tratará?

—Es un viaje imaginario a mi país acompañada de un niño diaguita y un huemul.

Las amigas se rieron.

—Cuéntanos más —pidió Rosalía.

—Una mujer, que podría ser yo misma, una vez muerta, vuelve en espíritu a su patria, donde se encuentra con este niño indio y el cervatillo para recorrer juntos el país de norte a sur. En el extremo austral ella deja la tierra para ascender hacia Dios.

—Supongo que pasarán por Montegrande —intervino Rosalía al recibir el mate.

—Por supuesto. Muchas veces he dicho que en esta tierra es donde fui más dichosa.

Su excompañera dio una chupada a la bombilla y comentó:

—Es que aquí la vida es muy buena. Los pobladores vivimos tranquilos apoyándonos mutuamente en la adversidad.

Se produjo un silencio.

—¿Cuántos años llevas fuera de Chile? —preguntó Rosa Elena.

—A ver... me fui a finales del 25.

—Recuerde que antes había vivido otros tres años en el extranjero —acotó Isolina. Ella siempre la trataba de usted.

—O sea que más de treinta —constató Gabriela y sonrió al comentar que la vida había hecho de ella una judía errante.

Isolina resumió:

—El año 25 Gabriela volvió por algunos meses, el 38 por algunas semanas y en este viaje solo por algunos días.

—¿Has pensado en volver definitivamente? —preguntó Auristela.

Gabriela encendió un cigarrillo en las brasas y aseguró lo que solía decir cuando le planteaban esa pregunta:

—A los tres meses ya no sería Gabriela, sino la Gaby.

Todas se rieron. Isolina preguntó cómo era la vida errante.

—Mudar de país no es malo, pero requiere esfuerzo. Es una empresa tan seria como un casamiento: nos casamos con otra costumbre y con otra lengua. La acción cotidiana se hace difícil si no entendemos los códigos del país.

Rosa Elena quiso saber cómo la trataban los norteamericanos.

—Bien. Mejor que los chilenos.

De nuevo risas.

—Pero ya no me importa si me tratan mal. He desarrollado cierta capacidad de despersonalizarme. Llegado el caso, oigo los agravios como asuntos ajenos, como si no se refirieran a mí.

Botó la ceniza al brasero cuando el mate volvió a ella. Después de chupar la bombilla reflexionó en voz alta:

—El ser humano solo disfruta de verdadera alegría durante su infancia. Lo demás son simples ecos y repeticiones.

—¿Escribes todos los días? —preguntó Auristela.

La poeta carraspeó y sus amigas también lo hicieron.

—Sí. El secreto de la inspiración es no parar nunca. Aun así, quizá no alcance a terminar mi nuevo libro.

—¿Tienes ya el título?

—*Poema de Chile* —respondió con seguridad.

Isolina le preguntó dónde quería ser sepultada y ella respondió que ya lo había decidido. No les dio detalles. No les explicó que Doris, que la esperaba con el chofer en la plaza de El Tambo, se encargaría de eso. Cedió el mate, apagó el cigarrillo en el brasero y continuó arengando:

—He llegado a la conclusión de que el ser humano vino a este mundo a aprenderlo todo y a mejorarse a través del amor, de la amistad y de la misericordia. El resto sobra. Sobra la cultura, sobra la vida social, sobra el ingenio, sobra el buen gusto, sobra la casa cómoda...

Gabriela no sabía, no podía saber, que en ese momento creaba la tradición de La Mateada de El Tambo. Sería, desde entonces, la ceremonia que recordaría su viaje de despedida del valle todos los 30 de septiembre.

11

Mística

Captaba lo esencial de inmediato: el mensaje de la cultura que visitaba, su forma de interpretar lo humano. En Ginebra opinó que los ricos suizos eran más modestos que los millonarios latinoamericanos y los pobres más decorosos.

Recorriendo las calles medievales de Mallorca, Palma quiso entrar a una zapatería porque le gustó un modelo en la vitrina. Unos ejemplares marrones de tacón mediano. Gabriela eligió un modelo sin tacón de color marfil con cordones. Se los puso para ir a visitar la sepultura de Ramón Llull en la Basílica de San Francisco en el barrio viejo de Palma. El objetivo de ese viaje a Mallorca era visitar Valldemossa, el lugar en el que, según Darío, emanaba aceite para los cansados.

Partieron al día siguiente en autobús, pasando por huertas con almendros en flor. Más adelante, el camino se hizo agrio y seco. Allí primaban los olivares. Se quedó mirando a un grupo de payeses que cargaban canastos llenos de aceitunas. Era el lugar más parecido a su valle que había visto en Europa. Recordó versos del poema «Los olivos de Pilar», que leía con sus alumnas en Los Andes. El poeta nicaragüense estuvo dos veces en la isla, la última en 1913, once años antes que ella. La gente en Valldemossa se acordaba de él y de su estadía en el monasterio de La Cartuja, donde hizo la recapitulación de su vida expresada en el libro *El oro de Mallorca*. Palma se sabía de memoria algunos versos: «*Y quedar libre de maldad y engaño / y sentir una mano que me empuja / a la cueva que acoge al ermitaño / o al silencio y la paz de La Cartuja*».

Valldemossa era un pueblo sencillo y pobre, pero con tradición. Las mujeres vestían las mismas faldas anchas y largas que usaba su madre. La moda pegada al cuerpo que se llevaba en Madrid y París no había llegado a ese lugar. Les pareció curioso el ambiente semiburgués y semimonacal que encontraron en el antiguo convento. Había sido secularizado y sus celdas vendidas a particulares. Gente con dinero de Palma y de otras regiones de Europa habían hecho de ellas residencias de verano. En una de ellas vivieron un tiempo Chopin y George Sand. Los *Preludios* que Alfredo Videla tocaba para seducirla habían sido compuestos allí. De pronto, todo calzaba.

Viajaron en barco a Barcelona y desde allí siguieron en el tren nocturno a Madrid, pasando por El Escorial. En el siglo XVI se decía que había sido construido en el lugar en el que se encontraba la entrada al infierno. Visitó los aposentos de Felipe II, su gabinete de reliquias, llevadas desde todos los rincones de la cristiandad. Observó la estancia y los cuadros italianos y holandeses que la adornaban y se detuvo junto a la pequeña mesa en la que el rey firmaba los destinos de América. No supo qué pensar, cómo interpretarlo. Sintió alivio cuando salió de la mole de piedra a un jardín de arrayanes. La pasividad y generosidad de los árboles eran todo lo contrario de lo que vio en el palacio. Detrás de un tronco grueso se asomó una monja de edad madura que la saludó con una sonrisa de persona cercana. Le recordó a Teresa de Ávila. Le devolvió la misma sonrisa.

Llegaron a Madrid a principios de diciembre de 1924, en un día helado, con temperaturas bordeando el cero, de modo que la alegría de encontrar un lugar cálido y acogedor, con un brasero en su habitación, fue grande. Le había escrito a María de Maeztu, la fundadora de la Residencia de Señoritas de Madrid, para que les permitiera quedarse en ella. María era una admiradora de la obra de Gabriela, de modo que aceptó. Se abrazaron como si se hubiesen conocido desde siempre. La anfitriona era bastante más baja, siete años menor que Gabriela, ojos pequeños, sonriente. Las largas conversaciones que sostuvieron ese día y los siguientes sobre la educación de las mujeres en España y América Latina sirvieron de base para un artículo que Maeztu escribió sobre su huésped.

Tres días después de su llegada, la española ofreció un banquete en honor a la chilena en el PEN Club de Madrid. Ese día se reencontró con Laura Rodig. Su antigua asistente pasaba por un buen momento. El gobierno español le había comprado la escultura *India mexicana* para exhibirla en el Museo de Arte Moderno. El alejamiento entre ellas era evidente. Laura estaba en lo suyo. Ya no formaba parte del círculo de las aliadas incondicionales de Gabriela Mistral.

Aprovechó su estadía en Madrid para contactar con editores. Tenía muchos poemas inéditos escritos en México, entre ellos las rondas infantiles que entregaba a los maestros en sus excursiones pedagógicas. Las llevó a la editorial Saturnino Calleja porque su dueño era un conocido de Maeztu. El director se demoró dos semanas en aprobar la publicación y pagarle dieciséis mil pesos por sus derechos de autor. Fueron sus primeros honorarios como poeta. Convinieron en que el libro se llamaría *Ternura*. Invitó a sus amigas Palma y María a celebrarlo. La española propuso ir al Café Gijón, en el Paseo de Recoletos. Pidieron una botella de vino, jamón y queso. Gabriela habló de sus planes de comprar una casa en las cercanías de La Serena y abrir una escuela granja en ella. Algo así faltaba en Chile. El vino la puso melancólica. Habló maravillas del país azteca. Aseguró con la voz quebrada que su estadía allí había sido una gran experiencia de aprendizaje. Su alma había absorbido nutrientes nuevos. Alabó los logros de la Revolución en materia cultural. Chile estaba a años luz de eso. Después de vaciar el segundo vaso contó a María que en el país azteca había dejado ahorros en el banco porque no tenía que gastar nada. Todo se lo daba el Ministerio de Educación. Palma se iba a encargar de mandárselos a Chile. Con ese dinero y los derechos de autor podría independizarse.

—Magisterio de Chile, adiós —proclamó con la copa alzada.

Sus amigas la secundaron.

Siempre había soñado con vivir tranquila con su madre y su hermana sin tener nada que ver con el gremio de los profesores chilenos. Enseñar, sí, pero en su propio establecimiento, y escribir lo que se le viniera en mente el resto de su vida. Después de la segunda copa se quedó en silencio con un gesto que iba desde el agradecimiento al no entender.

La primera vez que la leyó fue en La Serena, cuando descubrió su autobiografía en la biblioteca de Bernardo Ossandón. Había visitado en su imaginación los paisajes de Castilla, la tierra que Teresa de Ávila recorrió entre 1560 y 1580 en su cruzada fundadora de conventos, y ahora estaba allí. Le sonrió y se sentó junto a ella en el tren. Era la misma monja que había visto en El Escorial. Poca gente sonreía así, con una mezcla de frescura e ironía. «¿Quieres que te explique Castilla? Tengo un croquis de esta tierra pintado en el pecho». Gabriela le expresó su admiración por haber hecho valer su voluntad en un mundo dominado por la Inquisición.

«Andaban los tiempos recios. Me incautaron mi *Libro de la Vida*, como debes saber». Gabriela asintió y miró a Palma. Ella parecía no enterarse de nada. «No obstante, usted siguió adelante fundando y escribiendo», prosiguió Gabriela con la conversación. «¡No me trates de usted! Para mí no había otra realidad que la del espíritu resplandeciente. Yo solo obedecía sus órdenes», afirmó Gabriela.

Anotó Gabriela: «Si hubiera nacido en aquella España en que viviste, mis poemas me hubieran conducido al calabozo. Porque no pertenezco a la cofradía de las que se retractan y menos a los que se venden a una causa para obtener beneficios». La reflexión le aceleró el corazón. Sus pensamientos se fueron a una celda oscura.

La monja jugó a ser humilde: «No eran grandes congregaciones las que yo fundaba. Bastaban unas pocas monjas deseosas de evolucionar hasta su última y maravillosa facultad para establecer un convento».

Pasando por la sierra de Guadarrama, la situación era de una irrealidad encantadora. La iglesia de Ávila la decepcionó. Sus reliquias no le interesaron, pero sí el huerto de la casa natal de Teresa, donde siendo niña ella jugaba con su hermano a fundar conventos. Las arboledas regalaban una sombra densa llena de misterio. Más allá, un prado luminoso la invitó a recostarse en él. Palma también entró en el modo contemplativo. Se quedaron así, echadas en el pasto sobre sus abrigos, durante varios minutos. Al mediodía de un día de principios de enero, Castilla sin viento estaba como detenida en el tiempo. Luego cruzaron un arroyo y la monja con ellas. Se movía con sorprendente agilidad.

Las tres siguieron a Segovia en tren. El paisaje que veían por la ventana había sido recorrido palmo a palmo por Teresa. Habló de San Juan de la Cruz y del apoyo que le brindó en su proyecto fundacional. «Sin aliados no seríamos nada», recordó Gabriela. Visitando el convento de San Juan de la Cruz en Segovia, la poeta y Palma se perdieron de vista. Reapareció Lucila, la niña que buscaba en forma intuitiva escondites donde poder estar sola. La monja se alejó y se desvaneció detrás de una hilera de cipreses.

En la posada donde almorzaron, frente al Alcázar, escuchó a los campesinos pronunciar palabras del español antiguo que todavía se hablaban en su valle. Palabras que ni en Madrid ni en Santiago se utilizaban. Después de horas de cruzar apenas palabras con Palma, rompió el silencio para comentar que los místicos españoles habían sido sus aliados desde siempre. Lo acababa de corroborar.

Con gusto se hubiera quedado para siempre en Europa, pero tenía que regresar a su país. Con la perspectiva de tres años conociendo otras realidades, se le hacía más duro que nunca. Anotó en su cuaderno que todos querían ser allí cóndores, ninguno se fijaba en el huemul, el cervatillo gracioso, que también formaba parte del escudo nacional.

En el trayecto a Génova, donde la esperaba Laura Rodig para tomar el mismo barco, se iba preparando mentalmente. La tranquilizaba no tener que volver a sumirse en un sistema educacional que rechazaba. Enseñar sí, pero diseñando sus propios planes de estudio. En su escuela granja integraría las ideas de todos sus maestros: Rousseau, Tolstoi, Tagore, Vasconcelos y Montessori. Entre los muchos libros que llevaba en su maleta había uno de la pedagoga italiana.

La despedida de Palma en Génova fue triste, pero no definitiva. Ella se encargaría de enviarle a Chile sus ahorros mexicanos y Gabriela le escribiría en cuanto se hubiera instalado en su nueva casa para que la visitara por el tiempo que quisiera.

La mujer que abordó el Oropesa en enero de 1925 para volver a Chile no era la misma que había subido al mismo barco tres años antes. Dedicó las seis semanas del trayecto hasta Valparaíso a reflexionar con calma sobre lo que había ocurrido en su vida en todo ese tiempo. Explorar tan de cerca la dimensión contemplativa y espiritual del Viejo Mundo había provocado en ella una suerte de renovación interior. Pensaba cosas que antes no pensaba. Veía cosas que antes no veía. Lo que alcanzó a absorber en

Europa y lo que entendió de la cultura mexicana le dieron nuevas luces sobre el país que la formó. El mar fue armando en su mente un ensayo sobre los déficits del carácter nacional:

> Los chilenos tenemos en el cóndor y el huemul de nuestro escudo un símbolo expresivo como pocos y que consulta dos aspectos del espíritu: la fuerza y la gracia. Por la misma duplicidad, la norma que nace de él es difícil [...]. Mucho se ha insistido, lo mismo en las escuelas que en los discursos gritones, en el sentido del cóndor, y se ha dicho poco de su compañero heráldico, el pobre huemul.

A diferencia del cóndor, el huemul era fino y sensible. No se salvaba en las batallas por la fuerza, sino por su inteligencia. Allí residiría su poder inefable. Lo tituló: «Menos cóndor y más huemul».

En Río de Janeiro subió Mario de Andrade a saludarla y a invitarla a visitar con más tiempo su país en el futuro. Era un mulato alto y delgado, antropólogo. Usaba unos lentes de vidrios gruesos que achicaban sus ojos. Le llevó de regalo un ejemplar de su novela *Macunaíma*. Le encantó el inicio: «En el fondo del monte virgen nació Macunaíma, héroe de nuestra gente. Era negro retinto e hijo del miedo de la noche». La atrapó y no la soltó hasta que la terminó justo en el momento en el que entraban a Montevideo. Le llamó la atención un grupo de colegialas con sombreros blancos. Gabriela preguntó al capitán qué político importante iba a bordo.

—El homenaje es para usted, doña Gabriela —le explicó el hombre.

Esta vez los pasajeros bajaron a tierra. En el muelle la esperaba la poeta Juana de Ibarbourou, tres años menor que ella, elegante, vestida a la moda de París. Le llevó de regalo su recién publicado libro *Raíz salvaje*. Paseando juntas más de dos horas por la ribera soñaron con organizar algún día un encuentro de poetas mujeres latinoamericanas. Juana aseguró que era posible hacerlo en Montevideo. Volvió atrasada al barco. La estaban esperando.

En Buenos Aires la estadía fue más larga. Aprovechó para visitar a Alfonsina Storni en su casa en la calle Cuba, como decía en el remitente de las cartas que le escribía a Punta Arenas. No se la imaginaba así: rubia, con aire europeo, porque lo era. Había nacido en la Suiza italiana. También con ella el tiempo se hizo corto. Atravesando el Estrecho de Magallanes con miedo, porque el capitán iba borracho, escribió un artículo para *El Mercurio* sobre Alfonsina: «Extraordinaria la cabeza, pero no por rasgos ingratos, sino por un cabello enteramente plateado, que hace el marco de un rostro de veinticinco años. Cabello más hermoso no he visto».

En Punta Arenas se reencontró con viejas amistades. Constató con alegría que había dejado buenos recuerdos de su paso por la ciudad. Su antigua asistente se quedó cuando el barco izó anclas para seguir a Valparaíso. Fue una despedida más bien fría de parte de Gabriela, no así de Laura, quien nunca dejó de sentirse agradecida por todo lo que la poeta había hecho por ella. El distanciamiento había comenzado ya en México. Laura no estuvo dispuesta a aceptar las condiciones que le exigía Gabriela. Esa fidelidad sin restricciones bordeando el sacrificio de los intereses propios. Quería todo o nada y en esa tesitura podía llegar a ser muy ingrata. Ingrata y contradictoria, porque ella misma sostenía que un espíritu fuerte y creativo pedía libertad y rienda suelta. Eso regía para ella, no para sus asistentes.

Llegó a Valparaíso a principios de junio de 1925 en un día lluvioso. De allí siguió en tren a Santiago y se fue directo a descansar a su casa en el barrio Huemul.

12

Madre

—Hasta aquí no más llegamos —anunció don Pancho—. El neumático capoteó. Ando con una gata para repararlo, pero me voy a demorar su poco.

Las pasajeras caminaron hasta la ribera el lechoso río Elqui, se sentaron en unos peñascos a la sombra de un algarrobo y encendieron un obligado cigarrillo. El sonido del agua despertó recuerdos en la mente de Gabriela que quiso compartir con sus amigas. De niña solía jugar a la «gallinita ciega» con sus compañeras de escuela. Explicó a Doris, porque Gilda conocía aquel juego, que consistía en vendar los ojos de una de las chicas y hacerla andar por el huerto tanteando troncos de damascos, cepas de vid o arbustos hasta llegar al río que colindaba con la escuela. En ese momento las amigas debían avisar: «¡El río, el río!» y la gallinita debía detenerse en seco para no caer al agua.

—¿Alguna se cayó alguna vez? —preguntó Doris.

—No. Nunca. Pero yo sí me caí en otra ocasión, cuando andaba por la ribera sola recolectando piedras. Me resbalé, aunque alcancé a sujetarme de una rama de sauce para que no me llevara la corriente. No sé de dónde saqué fuerzas para saltar de nuevo a la tierra. Volví llorando a mi casa, muy consciente del peligro en el que estuve. Siempre me acuerdo de ese momento cuando me veo en apuros.

Gilda y Doris también compartieron vivencias en las que estuvieron cerca de la muerte. Gilda, por un accidente automovilístico que protagonizó su padre en Italia, y Doris a causa de una intoxicación que sufrió cuando tenía quince años. Estuvo varios días con más de cuarenta grados de fiebre.

Don Pancho las llamó para avisarles que podían seguir y, como no volvieron, se les unió. Se sacó la chaqueta y se sentó sobre la hierba a algunos metros de distancia. Gabriela le pidió que se acercara más y lo comenzó a interrogar sobre su familia. Era soltero e hijo único. Había llegado a trabajar al Ministerio de Educación por un pituto. Un primo suyo era el chofer del ministro. Por una parte, echaba de menos Temuco y por otra, se alegraba de vivir su propia vida, porque su madre era posesiva y exigente. Se entrometía en todo. Era ultraprotectora.

—Como todas las madres chilenas —apuntó Gabriela.

—Les ha contado a todas sus amigas en Temuco que yo las ando paseando. Me mandó un telegrama a Vicuña, ¿se lo puedo leer?

Gabriela asintió y él sacó el papel del bolsillo interior de su chaqueta.

«Seguimos las noticias en el diario. Qué linda tarea, llevar a Gabriela Mistral a su tierra querida».

—Recuérdeme darle un ejemplar autografiado de *Tala* para ella cuando lleguemos a La Serena.

Volvió al auto melancólica. Lo que don Pancho decía sobre su progenitora lo decía Yin Yin sobre ella.

Aspiraba a descansar en su patria chica, lejos del conflictivo y vanidoso mundo. De ninguna manera estaba en sus planes volver a salir de Chile tan pronto. Prometió a Petita que se quedaría por lo menos tres años a su lado. Por eso rechazó la propuesta del Instituto de Cooperación Internacional de la Liga de las Naciones para trabajar con ellos en el cargo de jefa de letras. Lo hizo arguyendo razones de fuerza mayor. La carta le llegó desde París cuando recién se había instalado en su Casa de las Palmeras. ¿Cómo iba a volver a irse, si acababa de regresar? Petita se alegró, pero pensó que era demasiado hermoso para ser verdad. Poco después, y en plena primavera, llegó Palma a visitarla. Hacía seis meses que se habían separado en Génova. La ayudó a plantar chirimoyos y papayos en el huerto y leyó y comentó los avances en los *Motivos de San Francisco*. Palma le transmitió un mensaje del nuevo embajador de México en Francia, el amigo de ambas, Alfonso Reyes, quien lamentaba la negativa de Gabriela y le pedía que lo reconsiderara. Él la necesitaba en París. Días después le fueron a dejar un telegrama del ministro de Relaciones Exteriores pidiéndole que aceptara el cargo. Lo conversó con Emelina. Su hermana le aseguró que se ocuparía de Petita como lo había hecho hasta ese momento. Aceptó por eso y porque Palma le ofreció irse con ella.

Se sumaron a un grupo de viajeros que iban a caballo a Mendoza por el paso cordillerano de Uspallata. Eso fue a principios de diciembre de 1925, en pleno verano. La cordillera era delirio y cielos estrellados, como expresará en un poema, y la pampa, vastedad. Escribió en su diario de viaje: «Con el ojo acostumbrado de saltar de cerro en cerro, la pampa no me parece hermosa». Pero, de igual manera, le dedicó un recado que envió a *El Mercurio* desde Buenos Aires. Su director, Carlos Silva Vildósola, la nombró corresponsal en las tierras en que viviera.

En la capital argentina acababa de salir una edición de *Desolación* con un prólogo de Alone. Alfonsina Storni la visitó en su hotel en Palermo y le llevó un ejemplar para que se lo autografiara. Se ocupó de las viajeras los siete días que permanecieron en la ciudad. Paseando por San Telmo, Gabriela la interrogó sobre los pormenores de la muerte de Delmira Agustini, que fue asesinada por su marido. Según Storni, Delmira había cedido a la presión social para casarse demasiado joven con un buen partido y de inmediato se dio cuenta del error. El hombre era intelectualmente inferior a ella. El pecado social de Delmira fue tomarse la libertad de pedir el divorcio. Una mujer no hace eso. El marido despechado, no pudiendo soportar los celos y las habladurías, le disparó y se suicidó. Gabriela le contó que viviendo en Los Andes la había leído mucho. Citó una conocida frase suya con la que se identificaba: «Nací para desconcertar». Si la vida de Delmira no hubiera sido truncada tan temprano —tenía apenas veintisiete años— estarían juntas las tres en ese momento.

«El mar da la única libertad perfecta. Lava del pasado, como la comunión lava de su miseria al creyente», así se sintió Gabriela en el barco. Palma iba diseñando el itinerario desde Génova. Propuso pasar primero por Spa, en Bélgica, para regalarse unos baños termales. La ciudad era famosa desde la época romana por sus aguas sanadoras. La poeta pensó que le haría bien contra sus dolores de huesos. Cuando vivía en Punta Arenas añoraba algo así. El frío austral le había dejado de recuerdo un reumatismo. ¡Con qué gusto se hubiera sumergido entonces en aguas así de cálidas y sulfurosas!

En París se alojaron en el hotel Montpensier, en la Rue de Richelieu, cerca del Palais Royal, donde tenía su cuartel general la Sociedad de las Naciones. Estuvieron allí hasta que encontraron una *chambre* de dos habitaciones en el último piso de un edificio ubicado a diez minutos de su trabajo.

El cargo de jefa de letras del Instituto de Cooperación Internacional sonaba bien, pero al principio no sabía lo que se esperaba de ella. Tenía que orientarse, aprender el idioma. Alfonso Reyes fue de gran ayuda. Volvieron a ir al Café de La Rotonde, esta vez con él. Unamuno había vuelto a su amada Salamanca. Reyes les presentó a Paul Valéry, poeta de una personalidad intimidante, unos veinte años mayor que Gabriela. Usaba un bigote espeso y fumaba tanto o más que ella. Le regaló un ejemplar de *Desolación*, a pesar de que Reyes le advirtió que el antifilósofo estimaba que la literatura de la América española era inferior a la europea. Gabriela sospechó que sabía poco de ella.

En conversaciones con otros intelectuales franceses constató lo poco enterados que estaban sobre América Latina. Unamuno no era el único que pensaba que los indígenas eran un freno para la civilización, unos bárbaros a quienes los españoles, lamentablemente, no lograron exterminar. Aventuró que nunca la iban a tomar en serio. Eso exacerbó su identificación con sus raíces mestizas. En una carta al chileno Pedro Prado comentó que, por un azar que la sobrepasaba, se estaba transformando en la voz directa de los poetas de su raza. Comprendió que su misión en su nuevo cargo sería mostrar su continente a los europeos. Explicárselo. Acercarlos a él. Estaba en el lugar adecuado para hacerlo. Aproximar a las naciones entre sí para asegurar la paz mundial era uno de los objetivos del Instituto de Cooperación Internacional.

Su primera iniciativa fue fundar, junto con Alfonso Reyes, la Colección de Clásicos Iberoamericanos. Iba a ser la primera vez que la literatura hispanoamericana llegara a Francia. Una cura contra el eurocentrismo de personas como Valéry. Fue su idea y ella misma se encargó de seleccionar los textos que se publicarían. Se ocupó, por lo menos en parte, de obtener los fondos necesarios. En esas búsquedas conoció en una reunión en el mismo Café de la Rotonde a un italiano alto, más alto que ella, de ojos claros y voz profunda. Tenía la nariz de los emperadores. Sus ojos volvían siempre hacia él. «Hay besos que se dan con la mirada», pensó. Ni siquiera sabía pronunciar su nombre, no obstante, cuando salieron juntos del local aceptó su propuesta de dar una caminata por el cercano jardín de Luxemburgo. Era una noche clara. Gabriela miró las estrellas. No era el cielo acribillado de su valle, pero era un cielo amigo. El italiano le preguntó sobre sus orígenes y ella, desinhibida por el vino, respondió:

—Vengo de un país de América. Soy india, pero a mucha gente no le gusta que lo diga.

Le rozó la mano. Había visto que llevaba un anillo de matrimonio, pero no le importó. Quiso hacer un paréntesis en el curso de su vida. El destino le ofrecía una oportunidad y decidió atraparla. Después del parque aceptó sin palabras caminar en la dirección del hotel en el que se alojaba el desconocido. Iba nerviosa, pero decidida, recordando lo que una vez le escribió a Magallanes Moure: «Cortar, aunque sea una sola vez, una rosa de los rosales del camino, para seguir después la jornada aspirándola y cantándola». Con el chileno no se había atrevido a cortar esa rosa para no manchar su reputación, pero ahora estaba en Francia, lejos de las víboras. Francia era la tierra de los poetas trovadores y del amor cortesano. El destino se lo enviaba y esta vez no le dijo que no. En el café ya se besaban con la mirada. En el hotel los cuerpos cayeron el uno sobre el otro como figuras imantadas. Apareció la mujer fogosa que era y siempre debía reprimir... pero esta vez no. Le dio los besos apasionados que había ahogado en ella por décadas. Desde sus encuentros secretos con Romelio, que no era penetrada por un hombre. Lo gozó y lo sintió como un regalo. Pero no quiso pasar la noche con el desconocido, aunque él se lo pidió. No dio espacio a enamorarse. Se trataba de cortar una rosa del camino, nada más. Cuando volvió a su *chambre* comentó a Palma que había sido una velada especial. Los empresarios con los que se había reunido aceptaron aportar generosos recursos para la colección de autores latinoamericanos. Palma entendió que la chispa en los ojos de su amiga se debía a eso, pero al otro día al desayuno se enteró de la verdad. Se conocían demasiado bien. Entre ellas no eran posibles los secretos. Gabriela no sentía ni una pizca de arrepentimiento. Si no hubiera estado casado, se hubiera dado permiso para enamorarse. Pero no. Ni le pidió su dirección ni le dio la suya.

De los escritores latinoamericanos que vivían entonces en París una de los que más le interesaban era Teresa de la Parra. La visitó en su apartamento en el boulevard Víctor Hugo en el elegante barrio Neuilly-sur-Seine. Quiso conocer a la autora de la novela *Ifigenia*. Sabía que se iba a encontrar con una mujer atractiva y elegante de la élite venezolana, con una intelectual irreverente, como la protagonista de su novela que, según había escuchado, estaba siendo traducida al francés. Sabía todo eso, no obstante, se sorprendió al verla. Tenía su misma edad, de rostro empolvado, labios delineados en un rojo guinda brillante y el pelo corto, como lo usaban las francesas. No la intimidó el sentimiento aristocrático de la vida que se expresaba en su vestimenta y en el decorado de su vivienda, porque también para eso se había preparado. En Chile solía abordar las casonas de la élite ilustrada con distancia y un sentimiento de superioridad ética e intelectual, pero con Teresa ese sentimiento no podía salvarla. Aquí solo servía su genuina humildad. La cultura de Teresa era incluso superior a la suya. Lo había mostrado en su novela. Su camino intelectual lo había iniciado en un colegio monacal en Valencia. Había muchas repisas de libros entre los dos ventanales con vistas al Sena y otros sobre un escritorio. Entre ellos alcanzó a distinguir una biografía de Simón Bolívar.

Teresa le ofreció una taza de café, cuyo aroma Gabriela celebró. Alabó el juego literario con que su anfitriona desmenuzó la vida de las mujeres de su país en *Ifigenia*, partiendo de aquel personaje de las tragedias griegas. Quiso saber hasta qué punto era una novela autobiográfica. Teresa le contó sobre su familia. Eran hacendados. Cuando regresó a Venezuela después de terminar sus estudios secundarios pasó un tiempo en la hacienda de su padre. Entonces tenía veinte años y dedicaba la mayor parte del tiempo a leer. Empezó a escribir porque se aburría. Enseguida hablaron de sus actuales proyectos. Gabriela la puso al día sobre la colección que preparaba. Teresa pensaba escribir un ensayo sobre la participación de las mujeres en la historia hispanoamericana. Se quejó de que la historia oficial pareciera un banquete de hombres solos. Las mujeres de la Conquista eran para ella «oscuras sabinas» y obreras anónimas de la concordia. Fueron, a su juicio, las verdaderas fundadoras de las ciudades porque estuvieron a cargo de los hogares. Su empresa silenciosa fue más efectiva en el transcurso de las generaciones que la guerra para el asentamiento de la cultura española en el Nuevo Mundo.

Gabriela quiso saber qué pensaba Teresa de doña Marina, la amante de Hernán Cortés, que tanto para los indígenas como para los conquistadores era una traidora. Teresa la defendió. Malinche no habría traicionado a nadie porque no le debía nada a los suyos. Su madre azteca la había vendido como esclava a los mayas y ellos la habían hecho pasar de mano en mano y de pueblo en pueblo. En ese amargo rodar conoció a fondo la condición de las mujeres indígenas, relegadas a los más viles trabajos. Al aliarse a Cortés iniciaba la futura reconciliación de las razas americanas. En forma rudimentaria, lo suyo fue la primera campaña feminista en territorio americano. Teresa estaba consciente de que su tesis era atrevida, pero la sostenía con convicción.

Cuando volvió a verla unas semanas más tarde la encontró escribiendo un texto sobre las mujeres en torno a Simón Bolívar. En otra visita estaba acompañada del escritor ecuatoriano Gonzalo Zaldumbide. Así pudo constatar que los rumores que había escuchado eran ciertos. La venezolana y el ecuatoriano vivían un romance al rojo vivo.

No volvió más porque se cambió a vivir a una pequeña

casa en el pueblo de Fontainebleau, ubicado a una hora de París. Siguió trabajando en el instituto, pero solo dos días por semana. El resto del trabajo lo hacía desde su nuevo hogar. Por primera vez en mucho tiempo vivió algunas semanas sola, hasta encontrar una ayudante francesa, porque Palma se quedó en París. Dedicó su tiempo libre a leer los clásicos franceses que le faltaban, la arcilla que autores como Valéry moldeaban en nuevas formas. Constató que su camino no era moldear algo nuevo, sino algo propio. Ahondar en la honestidad, vale decir, en sus raíces verdaderas. Anotó en uno de sus cuadernos: «Cuando mi máscara vasca se deshace, queda el indio químicamente puro». Volvió a disfrutar un huerto propio. Le gustaba plantar semillas sin guantes, para sentir la textura y humedad de la tierra. La única visita que recibía era Palma. Solo ella conocía su nuevo domicilio. Se aferró a ese refugio como aquella vez a la rama de sauce que le salvó la vida al caer al río. Al igual que entonces, estaba en apuros. ¿Qué historia iba a inventar para explicar la existencia del niño que iba a nacer? Intuía que sería un niño. Palma se fue a vivir con ella cuando se acercaba el parto. La acompañó al hospital de Fontainebleau a dar a luz.

Con el nacimiento de Yin Yin se cumplió otro sueño que una vez manifestó en una carta a Manuel Magallanes, eso de tener un pedazo de tierra con árboles e irse a vivir lejos de toda ciudad, con un niño que deseaba criar. La versión oficial que inventaron fue que estando en Fontainebleau había llegado un hermanastro de Gabriela, un hijo de una nueva familia que su padre había formado después de abandonarla, llevándole un bebé de tres meses con la petición urgente de que se hiciera cargo de él. La madre del bebé era una catalana que habría fallecido de tuberculosis en un hospital de Suiza. Acordaron llamarlo Juan Miguel Godoy y apodarlo Yin Yin, palabra de origen indio que se traducía como «niño fiel».

Por el momento no tuvo que dar cuentas a nadie, porque pasaba sus días casi aislada. Si iba a París, era por unas horas y sola. Palma y una niñera que contrató se quedaban cuidando al bebé. Lamentaba no poder compartir la alegría de ser madre con Petita y Emelina, pero así estaban dadas las cosas. La fuerza de las circunstancias la obligaba a cuidarse. En Chile había una caterva de enemigos esperando una noticia así. El viaje a su país con él lo realizó varias veces en sus sueños y en algún poema... «*Bajé por espacio y aires [...] / por la fuerza del deseo*». De ese tiempo databa la idea de escribir un *Poema de Chile*. Tan antigua era.

Conforme Yin Yin iba creciendo, le iba inspirando canciones de cuna que luego publicará en su libro *Tala* y en la segunda edición de *Ternura*.

> *Velloncito de mi carne*
> *que en mi entraña yo tejí,*
> *velloncito friolento,*
> *duérmete apegado a mí.*

En el poema «Encantamiento» reflexionó:

> *Este niño es un encanto*
> *parecido al fino viento:*
> *si dormido lo amamanto,*
> *que me bebe yo no siento.*

Es más travieso que el río
y más suave que la loma:
es mejor el hijo mío
que este mundo al que se asoma.

A finales de febrero de 1928 la invitaron al Congreso de Mujeres Universitarias que se realizó en Madrid. Viajó con Yin Yin y la niñera francesa, por lo mismo, no quiso quedarse en la residencia de María de Maeztu. Prefirió el anonimato de una pensión. Al evento acudieron representantes de organizaciones femeninas de varios países de Europa. Clara Campoamor habló de la necesidad de crear leyes que permitieran la independencia personal y económica de las mujeres y su derecho a voto. Maeztu advirtió sobre la necesidad de ayudar a las nuevas generaciones a irrumpir en la vida intelectual española. Gabriela instó a las jóvenes asistentes a buscar el reconocimiento social por su trabajo, más allá de la vida doméstica y familiar. En la ceremonia de clausura en el Hotel Palace conoció a Victoria Kent y la invitó a la cena en su honor que ofreció el embajador de Chile en España.

En el viaje de regreso a Francia pasó por Barcelona para inscribir a su hijo en el Registro Civil de esa ciudad. No fue un trámite fácil. Contó a la mujer joven que la atendió la historia que había ideado con Palma. El niño habría nacido el primero de junio de 1925, la madre catalana había muerto de tuberculosis en Suiza y el padre era un chileno que se había ido a vivir a África y no se sabía nada de él. Era su hermanastro. Él le había confiado el niño. La funcionaria nunca se había confrontado con un caso así. Quiso saber por qué lo inscribía recién ahora, tres años después de su nacimiento.

—Porque vivo en Francia.

—¿Por qué no lo inscribió el padre inmediatamente después de su nacimiento, como correspondía?

—Al parecer, lo olvidó. Era un hombre caótico.

—¿Tiene el certificado de defunción de la madre?

Gabriela negó con la cabeza. Comenzó a ponerse nerviosa.

—¿Algún documento que acredite la existencia del padre?

Ella negó con la cabeza y se obligó a mantener la calma.

—Dice que la madre murió en Suiza. ¿Sabe dónde está enterrada?

Volvió a negar. La funcionaria la miró fijo a los ojos y Gabriela sostuvo la mirada en una actitud humilde de ruego. Lo logró. Sin deponer su escepticismo, la funcionaria inscribió al niño. Gabriela regresó a Francia con un documento oficial fechado el 20 de marzo de 1928 en que constaba la inscripción del nacimiento de Juan Miguel Godoy. El primer paso ya estaba dado. El paso siguiente sería adoptarlo. Pero para eso tenía tiempo.

Los chilenos tenían otros temas de qué preocuparse. En el país había habido un golpe de Estado que llevó al poder a Carlos Ibáñez del Campo, autodenominado enemigo de la oligarquía. La Gran Depresión de 1929 mermó las arcas fiscales. El Estado se empobreció. Emelina se quejaba en sus cartas de la carestía que asolaba el presupuesto familiar. Gabriela también se vio afectada porque Ibáñez prohibió la salida de dinero chileno al extranjero. Dejó de recibir su jubilación en el momento en que más la necesitaba. Volver a Chile con un niño pequeño era imposible. ¿Cuánto tiempo pasaría hasta que algún enemigo quisiera verificar la existencia del misterioso hijo de Jerónimo Godoy? ¿Qué le iba a contar a Emelina y a su madre? A ellas no les iba a mentir. No solo le preocupaba eso. Si regresaba a su país, el gremio de los profesores reviviría antiguas rencillas... No, a ese infierno no iba a volver. Para sacarse la rabia le escribió a Pedro Prado: «Mi gobierno me trata con el rigor que a las botas militares les merecemos las que no las lustramos». Firmó la carta como La Beduina.

Tuvo que solventar su vida escribiendo artículos para diversos periódicos latinoamericanos, entre ellos *El Espectador*, *El Tiempo*, *Revista de Indias*, *El Gráfico* y *Revista de América* y, por supuesto, *El Mercurio*. Su director, Carlos Silva Vildósola, le ofreció una generosa suma por un artículo quincenal. El más solidario de todos fue el propietario de *El Tiempo*, el colombiano Eduardo Santos. Le publicaba un artículo semanal que pagaba en adelanto. La Providencia le mandaba a un nuevo aliado. Sobrevivió los cuatro años en que no recibió su jubilación escribiendo varios recados, columnas y artículos por semana. Por ejemplo, un recado sobre el indio americano, otro sobre artesanía, otro sobre métodos de enseñanza. La necesidad la transformó en crítica literaria. Comentó sus lecturas de Montaigne, Pascal, Michelet, Verlaine, Thomas Hardy, Emilia Brontë, Selma Lagerlöf, Rilke, Tolstoi, Gorki... sin olvidarse de sus compatriotas. Sobre Marta Brunet opinó que tenía «una sobriedad muy chilena, no sé qué crudeza, qué modo de expresión directa y hasta qué brusquedad que son nuestras». Brunet no inventaba sus personajes, los invocaba. Cuando no se le ocurría nada más, llenaba hojas relatando sus viajes por Italia, Suiza, Bélgica o Francia. La lluvia de artículos aumentó su fama y la hizo conocida y respetada en todo el mundo hispanoamericano.

Cuando no pudo seguir financiando la casa en Fontainebleau pidió ayuda a Elvira de Lewin, una fiel lectora y seguidora suya que conoció en París. Estaba casada con el gerente de un banco. Le explicó su situación y ella le ofreció gratis su casa en el idílico pueblo de Bédarrides, a unos quince kilómetros al norte de Avignon. Tenía unos dos mil habitantes y un aire elquino. Se mudó allí con una niñera chilena que la misma Elvira le recomendó, llamada Pradera Urquieta. Era de La Serena. Palma no la pudo acompañar porque tuvo que volver por unas semanas a México.

La casa era cómoda, de piedra, con un huerto, como debía ser, y en él un parrón. Si hacía buen tiempo se sentaba bajo su sombra a escribir sus artículos, recados y algunas rondas para Yin Yin. Solo viajaba a París cuando era estrictamente necesario.

Su campo de acción se amplió cuando la Liga de las Naciones la llamó a ser parte del Consejo Administrativo del Instituto de Cinematografía Educativa, con sede en Roma. Iba una vez al mes con su niñera y Yin Yin. Los recorridos por las catacumbas, el Coliseo y la Capilla Sixtina le inspiraron nuevos recados.

La fama hizo que muchos escritores emergentes de América Latina le mandaran sus obras para saber su opinión, esperando sus comentarios en algún periódico. El correo traía libros cada semana. Ella le daba una oportunidad a cada uno. Algunos los cerraba de inmediato, otros despertaban su curiosidad; los menos la atrapaban. Los primeros eran echados de inmediato al pozo seco contiguo a la ventana de su escritorio para que los insectos y los hongos se ocuparan de ellos. Los otros recibían un lugar en las repisas. Entre estos últimos ubicó el título *El problema agrario*, recién publicado en París por Pedro Aguirre Cerda, con una dedicatoria a la «distinguida amiga Gabriela Mistral, trabajo que usted ha inspirado». Lo devoró con nostalgia de conversaciones en una casona colonial en Pocuro. En su carta de agradecimiento subrayó que una ley agraria nacía cuando en un pueblo maduraba la conciencia.

No siempre le llegaban a tiempo los giros de los periódicos en los que colaboraba. Vivía con lo mínimo, en el ascetismo total. Comía de lo que daba su huerta, siempre bien cuidada. No le importaba sufrir estrecheces, si ellas no afectaban el desarrollo sano de Yin Yin. Menos mal que tenía a Palma. Su aliada regresó de México con un cargo consular y se instaló en Ginebra en un apartamento cerca del parque Ariana. Vivían a menos de cuatro horas en tren. Cuando no viajaba Gabriela a verla, llegaba la mexicana y se quedaba días o semanas para ayudarla en la crianza del niño. Ella asumía sus gastos cuando las cuentas de Gabriela estaban más abajo del cero, para que no le faltara nada. Con su sueldo de diplomática podía hacerlo.

Una de las estadías de Gabriela en Ginebra coincidió con el Congreso de Protección de la Infancia, en el que también participó. En otro viaje celebraron juntas el cumpleaños número cuarenta de Gabriela con un paseo en barco por el lago Lemán.

A su regreso a Bédarrides se sintió enferma. El mensajero que viajó de Marsella a llevarle el telegrama de Emelina en el que le comunicaba la muerte de Petita la encontró en la cama con fiebre. Lo había presentido. Lamentó no haber podido acompañarla en sus últimos días, meses, años. No haber tenido la fuerza necesaria para contarle la verdad sobre su hijo. Fue a Avignon a comprar ropa de luto y se encerró a escribirle una carta de agradecimiento en forma de poema. Mientras lo hacía, volvió a ser Lucila sentada en su regazo...

Madre, yo he crecido como un fruto en la rama espesa, sobre tus rodillas profundas. Ellas llevan todavía la forma de mi cuerpo [...]. No hay palabrita nombradora de las criaturas que no aprendiera de ti [...]. Jugaba con tus cabellos como con hilitos de agua escurridizos, con tu barbilla redonda, con tus dedos. Tu rostro inclinado era para mí todo el espectáculo del mundo [...]. Y cuando ya supe caminar de la mano tuya, apegadita a ti como si fuera un pliegue de tu falda, salí a conocer tu valle y mi valle dulcísimo [...]. Todos los que vienen después de ti en la vida, dicen con muchas palabras cosas que tú decías con poquitas [...].

Después yo he sido una joven y después una mujer. He caminado sola sin el ánimo de tu cuerpo y sé que eso que llamamos libertad es una cosa sin belleza.

13

Amante de los gatos

Conocía cada subida, cada bajada y cada curva del camino, así como el nombre de los cerros que se superponían en el horizonte y las veces que atravesaba el río Elqui. Era la última vez que lo recorría en vida, de eso no le cabía duda. Su nostalgia era contagiosa. Se podía respirar. Doris mencionó sus gatos para subirle el ánimo. Confesó que echaba de menos a su gata siamesa, la preferida de Gabriela.

—Espero que la vecina se ocupe bien de ella y de todos nuestros gatos.

Gabriela no la siguió en esos pensamientos. Repasó en su mente los versos en los que había descrito su valle en su nuevo libro. Corrigió y agregó nuevas imágenes, larvas de poemas que anotó de inmediato en su libreta. Nunca dejaba que se perdieran esos impulsos anímicos con vocación de versos. Cerró los ojos y se vio sentada en su escritorio en Roslyn Harbor escribiendo con su gata echada en el suelo cerca de ella. Fue un pensamiento consolador.

14

Embajadora latinoamericana

Estaba en pleno duelo por la muerte de su madre cuando recibió una invitación de Federico Onís a dar un ciclo de conferencias en el Barnard College de la Universidad de Columbia en Nueva York. Era una oferta generosa y bien remunerada. El dinero le caía del cielo, pero significaba una estadía de varios meses fuera. ¿Qué hacer con Yin Yin? ¿Iban a soportar ambos una separación tan larga? Palma sostuvo que sí, y más si ella se lo llevaba a Ginebra. Así se hizo.

Dejó la casa del pueblo provenzal a principios de septiembre de 1930 y partió en barco bien provista de libros sobre el Imperio incaico. Quiso aprovechar la ocasión que le brindaba Onís para ahondar en tópicos que siempre le habían interesado. Le propuso dos cursos: uno sobre literatura hispanoamericana y otro de historia de las civilizaciones precolombinas y la Conquista. Le fascinó la organización social del Estado incaico, basada en las premisas de la reciprocidad y la redistribución. Su culto al sol y a las montañas le evocaron su valle y sus ancestros mestizos.

La charla inaugural en el Aula Magna del edificio de inspiración renacentista versó sobre el sentido del 12 de octubre, al que los españoles llamaban Día de la Raza. Hizo ver a los alumnos que los historiadores de América siempre comenzaban sus textos con la llegada de las carabelas. «Yo la haré empezar antes», anunció. Se explayó sobre la organización del Imperio inca, patriarcal en lo civil y matriarcal en lo religioso. Los dirigentes habrían tentado la utopía de abolir la miseria absoluta y casi lo lograron. No hubo ociosos en el Tahuantinsuyo. Cada hombre tenía cuando menos un oficio y, a veces, dos. Terminó confesando que su rostro melancólico llevaba en él «las marcas magulladas de una raza que sería vencida en su alma y su cuerpo». A Onís, sentado en la primera fila, no le gustó el nuevo tono de Mistral. Prefería la poeta a la historiadora. En la segunda charla se confrontaron después de que Gabriela citara pasajes del libro de Bartolomé de las Casas *Breve historia de la destrucción de las Indias*. Cuando llegó el momento de las preguntas, la increpó con elegancia. Habló de los beneficios que, a su juicio, había significado para los indígenas la llegada de los españoles: la rueda, la escritura, el hierro y, sobre todo, la religión.

—Pero a qué costo, profesor.

Lo dejó desconcertado. No la había invitado para que difamara al Imperio español.

La tercera charla del ciclo la comenzó alegando que los hispanoamericanos desconocían el tronco del que habían salido, ignoraban al indígena que les había dado los dos tercios de su sangre. Llegará el momento, aseguró, en que el hombre latinoamericano confesará a su progenitor.

Esta vez, leyó poemas que había escrito en México y que hablaban de epifanías y descubrimientos de su propio ser mestizo.

Por las tardes los alumnos solían visitarla en la residencia del Barnard College para seguirla escuchando porque les gustaba la honestidad a ratos brutal con que hablaba de sus raíces. Gabriela les explicaba que había tenido que salir de su país para tomar conciencia de ellas. Una de las alumnas del grupo era Consuelo Saleva, una puertorriqueña que, años más tarde, se convertiría en su secretaria.

Las diferencias con Onís no se apagaron. Hubo un momento durante una cena en la casa de un profesor boliviano en que se confrontaron. Esa tarde Gabriela fue especialmente dura con los conquistadores españoles. Expresó con vehemencia que la colonización de América había sido el más criminal expolio y el más feroz exterminio humano desde que el mundo existía. Onís, su esposa francesa y la profesora Teresa de Escoriaza mostraron su indignación con miradas y gestos. No podían creer lo que escuchaban. El tono de la chilena era desafiante. Onís asumió la vocería. Replicó que al conquistador de Chile, Pedro de Valdivia, los indígenas lo habían martirizado antes de descuartizarlo y comérselo. Gabriela explicó con gesto calmo y tajante que Valdivia había sido cruel con los araucanos, como mostró Alonso de Ercilla y Zúñiga en su famoso poema épico *La Araucana*. Onís y su esposa abandonaron indignados la reunión.

En el barco que la llevó a San Juan de Puerto Rico, la Isla de Palmas, como la llamó en un recado, escribió un texto en el que abogó por una nueva espiritualidad americana que hablara desde ella misma, con su propia perspectiva histórica, y lo envió a todos los periódicos en los que colaboraba.

Éste fue también el tema de las tres conferencias que dictó en el Departamento de Estudios Hispánicos de la Universidad de San Juan. Confesó que el mapa de América era para ella una cosa de carne, no un cartón ni una genealogía. «Hay muchas flaquezas, muchas confusiones y muchas miserias en nuestra sangre tendida a lo largo de un continente». En otra conferencia aseguró que el éxito definitivo de América era cosa de un siglo más, «tan seguro como nuestro sol y nuestras estaciones». Ella misma se sorprendió de ese optimismo y esa fe. Un periodista le preguntó cuáles eran los países que ella más amaba, aparte de Chile, y ella respondió que México y Puerto Rico.

Antes de abordar el aeroplano que la llevaría a Santo Domingo pidió que la acercaran a una tienda de artesanía y compró varias cerámicas típicas. Surgió la idea de estudiar las manifestaciones espontáneas de la cultura latinoamericana. Decidió comprar en cada país que visitara en ese viaje un objeto artesanal que lo representara.

Fue el primer vuelo de su vida. Desde el aire los altos palmares se transformaron en una especie de maizal ralo y bajo. Los toronjales se veían como un jardín de guardería y los platanares voluptuosos parecían chatos. La esperaba la escritora Flérida Velasco, la misma que la presentó en el Teatro Nacional de Santo Domingo. Gabriela habló sobre la importancia del derecho a voto femenino y le sorprendió enterarse, en la discusión posterior, que muchas de las asistentes habían leído su libro *Lecturas para mujeres*. Dio varias entrevistas antes de volver a subir al aeroplano para volar a Camagüey, en el centro sur de Cuba, y desde allí seguir en tren a La Habana.

Llegó a la isla cansada, pero feliz. Aquí la invitación venía de la mano del director del Instituto Hispanocubano de Cultura, el escritor Fernando Ortíz. Él mismo la presentó en la sala del teatro de La Comedia con palabras tan lisonjeras que la intimidaron. Gabriela subió al estrado con paso meditativo, puso sus hojas escritas a mano sobre el podio de madera y comenzó su charla diciendo: «Yo no tengo tamaño de conferencista. Soy, a lo más, una profesora medianita. Pero les hablaré de un asunto querido de todos y no los dejaré descontentos». El tema de su charla era *La lengua de Martí*, en homenaje a los treinta y nueve años de la muerte del poeta. Lo calificó como una voz autónoma y original. Recordó lo afirmado por él sobre el estilo: «Se tiene un fin y se va a él. Sin fin no hay estilo. Escribir es sentir». Habló de la diferencia entre estilo y tono. Aseguró que los escritores más finos y los verdaderamente personales tenían siempre su acento particular e inconfundible. Entre las magias del cubano estaba su levedad. «A cada trecho de lectura damos un brinco de lo clásico a lo irónico». Martí trataba al poema como socio del alma, compañero aliviador y cauce que recibe las aguas densas de la vida interior. Se ganó a la audiencia. Los cubanos sintieron que Mistral entendía a fondo a su poeta nacional. Los periódicos la celebraron. La segunda conferencia en el mismo teatro se llenó. Hubo que cerrar la puerta porque ya no cabía nadie más. Esta vez se refirió a los *Versos sencillos*, que venían, según ella, de las honduras del ser martiano. La sencillez de Martí era naturalidad clásica. Era evidente que Martí pensaba en imágenes y el proveedor de ellas era su corazón. Era el humanismo trasplantado a América Latina. No bromeó al opinar que la sencillez era una cosa muy complicada. Mientras los modernistas miraban hacia Europa y no valoraban la creatividad popular, Martí pensaba que la poesía era obra del bardo y del pueblo y que ella debía interpretar los sentimientos y las alegrías de las multitudes que la inspiraron.

Esta vez se alojó en la casa de la joven poeta Dulce María Loynaz en El Vedado, una residencia elegante que alguna vez perteneció a su padre, que fue un general del Ejército Libertador. Lo más lindo era la terraza que daba a un jardín tropical. Las dos mujeres se contaron allí sus vidas. Dulce María, que en realidad se llamaba María Mercedes, se autodefinía como «la hija del general». Su padre fue camarada de José Martí. Una vez, cuando ella tenía ocho años, llegó Rubén Darío a su casa y se medio enamoró de su madre, que era considerada una de las bellezas de La Habana. Las amigas se rieron. Darío tenía fama de mujeriego.

En su próxima estación, que era Panamá, dictó varias conferencias sobre el tema que más a fondo conocía: el autodidactismo. Relató cómo los rechazos que recibió en su adolescencia y juventud la llevaron por ese camino y llamó la atención sobre la solidez que tenía todo aquello que se aprendía en soledad. Confesó que solía olvidar lo que no le interesaba y, como le interesaban pocas cosas, muchos la creían ausente y distraída. Los seiscientos panameños que la escuchaban, incluido su presidente de la República, le siguieron entre risas y aplausos. Terminada su intervención le preguntaron sobre su método de escritura y ella aclaró que era intuitivo. Cada poema era una aventura con rutas nuevas.

En Honduras estuvo solo unas horas, que apenas alcanzaron para dar una entrevista, y en El Salvador inauguró el Liceo Gabriela Mistral. En esa ocasión dictó una conferencia sobre *El origen indoamericano y sus derivados étnicos y sociales*. Afirmó que los americanos éramos una raza que ignoraba la mitad de sus orígenes, pueblos que no habían tomado cabal posesión de su territorio, que apenas comenzaban a estudiar su geografía, su flora y su fauna. «Tenemos por averiguar nuestro cuerpo geográfico y nuestra alma histórica». Terminó su presentación leyendo poemas inéditos escritos durante esa gira.

Siguiendo su viaje por América Central, la Universidad de Guatemala le concedió el grado de doctor *honoris causa* y ella lo agradeció con una charla llamada *La unidad de la cultura*. Hizo una especie de resumen de los pensamientos que habían surgido en esa gira. Confesó que visitando las Antillas había aprendido de su continente más de lo que le podría enseñar cualquier libro de historia.

El último país que visitó fue Costa Rica, donde llegó el 5 de septiembre de 1931, un año después de haberse embarcado al Nuevo Mundo. Allí se reunió con Joaquín García Monge, director de la revista *Repertorio Americano*, que tantos artículos le publicaba. Gabriela compartió con él su optimismo. Algo estaba cambiando en el continente americano. Sus habitantes comenzaban a verse de otra manera. Ya no miraban con la veneración de antes a Europa. García Monge aseguró que Gabriela tenía algo que ver en eso. Sus artículos y ensayos eran leídos por muchos y estaban contribuyendo a formar una nueva conciencia americana.

—Fíjese usted. Yo quería ganarme el pan con estos textos y terminé ganando todo un continente.

No pudo visitar la tumba de Rubén Darío en Nicaragua, por la presencia norteamericana en ese país, pero envió un mensaje de apoyo a Sandino y a los estudiantes nicaragüenses.

La última etapa fue Washington, por una nueva invitación de la Unión Panamericana. En esa ocasión improvisó una charla sobre lo que significó para ella ser maestra de niños pobres. Fue su última intervención. Se alegró de tomar el barco para reencontrarse con Palma y Yin Yin después de tan larga ausencia. Pasó la mayoría del tiempo en su camarote durmiendo y leyendo libros de poesía que había comprado en la gira. No quiso hablar con nadie.

15

Curiosa

Pasando por un lugar llamado El Molle, Gabriela recordó que en una quebrada cercana había petroglifos datados en unos mil quinientos años. Pasó por allí varias veces en su niñez. Doris le recordó que tres años antes, en Trento, habían conocido a un arqueólogo peruano que estudiaba esos dibujos paleolíticos, y propuso verlos. Se trataba de figuras humanas, círculos que contenían cruces y animales dibujados en una roca. Gabriela confesó haber olvidado las explicaciones del arqueólogo y opinó que nadie podía saber con certeza qué ritos y qué dioses estaban detrás de esos rayados. Nadie. Solo sus autores y quienes se sentaban junto a ellos por las noches en torno a las fogatas.

Cuando volvieron al auto, Gilda evocó al novio que la esperaba en Italia para casarse con ella. Era hijo de inmigrantes italianos en Chile. Se conocían de la escuela. Se llamaba Teresio Mezzano. Lo definió como un trébol de cuatro hojas. Gabriela le tomó la mano y se sonrió porque le gustó esa imagen:

—Un trébol de cuatro hojas, eso es lo que todos esperamos encontrar en esta vida. Miró a Doris y le sonrió.

Don Pancho quiso saber cómo se habían conocido Gabriela y Gilda.

—Cuéntale tú —pidió Gabriela.

—Cuando me enteré de que la famosa poeta chilena se había instalado en Rapallo la fui a ver con mi hermana y le llevé un plato lleno de picarones. Con eso me la gané.

16

Cónsul

Palma se había mudado a vivir a Santa Margherita Ligure, un pueblo costero ubicado a cuarenta kilómetros al oeste de Génova, vecino a Rapallo. Yin Yin, que ya tenía cinco años, era un niño feliz. La cálida Palma la había suplantado de maravilla.

Siguió escribiendo columnas y recados para sobrevivir. Dedicó uno a la novela juvenil *Alsino*, que le envió su amigo Pedro Prado. Explicó que casi todos los pueblos tenían su niño novelado: España tenía a Lazarillo; Suecia, a Nils Holgersson, de Selma Lagerlöf; Inglaterra, a Peter Pan, de James Barrie; y Chile, a Alsino. En otro habló sobre Simón Bolívar, a propósito de su última gira americana. También escribió sobre Sarmiento en Aconcagua y sobre la lucha antiimperialista de Sandino, siempre en un tono coloquial, como si conversara con sus amigas elquinas. Se daba permiso para usar los sustantivos que usaban ellas, como mujerío, pobrerío, criollaje, campesinería..., eso sí, las ideas debían ser crujientes, frescas y propias;

verdades mistralianas que abrían nuevas ventanas hacia la realidad continental.

Su situación económica recién se hizo más estable después del cambio de gobierno en Chile. El nuevo presidente, Juan Esteban Montero, la nombró cónsul honorario por medio de un decreto del 15 de abril de 1932 y le otorgó la libertad de elegir en qué país o ciudad quería representar a Chile. A Gabriela le interesó Nápoles, pero Mussolini no la aceptó. No quería mujeres diplomáticas. Fue cuando vivió un tiempo en la casa de Carmela Echeñique, la esposa del cónsul de Chile en Italia, que la alojó en su última visita a Santiago. El Ministerio de Relaciones Exteriores le sugirió que se estableciera en Madrid y ella aceptó, a pesar del frío de los inviernos, pero antes regresó a Puerto Rico a dar un ciclo de conferencias por una invitación de la Universidad de Río Piedras. El cariño de ese país a Gabriela Mistral no tenía límites. En cuanto llegó le otorgaron la ciudadanía honoraria esperando que se instalara allí o por lo menos volviera cuando quisiera. La poeta consideraba que Puerto Rico era un buen lugar para vivir por el simple hecho de que la mitad del presupuesto nacional se destinaba a la instrucción pública, pero seguía prefiriendo Europa.

En julio de 1933 estaba instalada en Madrid en una casa en la avenida Menéndez Pelayo, frente al parque de El Retiro con Palma y Yin Yin. Eligieron para él un colegio tutelado por los jesuitas. Una de las razones por las que se decidieron por España fue su educación. Ya tenía siete años. Querían que aprendiera bien el castellano. Lo hablaba con un marcado acento francés y salpicado de palabras francesas e italianas.

Gabriela no solo era cónsul de Chile, sino agregada cultural de toda América Latina. El cargo consular le quedaba chico. Se sentaba en él como un gigante en la banqueta de un enano. Se fijó una rutina de trabajo: por las mañanas escribía y por las tardes atendía al público. Contrató a una secretaria española llamada Cipriana para que se ocupara de los formularios y otras tareas menores. El consulado era visitado por chilenos que necesitaban algún documento oficial y por españoles que viajaban a Chile o buscaban información sobre el destino de algún pariente que había emigrado al sur del mundo. Los fines de semana iba con Palma al teatro, al cine o a conciertos. La vida cultural en Madrid tenía bastante que ofrecer.

A principios de enero de 1934 llegó la buena nueva de que en Chile se había aprobado el voto femenino para las elecciones municipales. Celebró la gran noticia con un recado que envió a *El Mercurio*: «Toda la vida criolla está saturada de ideas patriarcales, lo veamos o no. Este también es un tejido ancestral y que se ha roto en trechos muy pequeños. Esta es la hora de que, lado a lado de ese hombre que nos *representaba*, nos representemos nosotras mismas, en cuerpo y alma [...]. Organizarnos hasta adquirir la cultura social entera mediante el estudio de la historia, del derecho, de la sociología, e incluso de las matemáticas (servirán para las estadísticas [...]). Pertrechadas en grande, iremos a las elecciones, no en mero papel de votantes, sino además de candidatas. Si votamos solo por hombres, seguiremos relegadas, sin cobrar verdadero agarre sobre el timón de mando [...]. Nuestro Senado tendrá mujeres también, palomas entre cóndores, aportando estabilidad y equilibrio. Porque hay cosas que solo sabemos hacer nosotras».

El ensayo terminaba explicando: «Nosotras partimos y llegamos de la tierra a la mesa, de lo tangible a lo factible, sin embriagarnos en teorías ni perdernos en discusiones ideológicas. Por eso, algún día Chile elegirá a una mujer como presidenta de la república».

Cuando debía asistir a las reuniones y actos solemnes que organizaba el embajador Carlos Morla Lynch, lo hacía con extrema desgana. Iba por compromiso y se retiraba pronto. En una de esas reuniones se enteró de la primera intriga que se tejió sobre ella en su tiempo madrileño. El embajador chileno le pasó un ejemplar del diario *El Mundo* que contenía una extensa carta de una profesora española residente en Nueva York llamada Teresa de Escoriaza, con quien había compartido una cena en la casa de un profesor boliviano. Escoriaza acusaba en ella a Mistral de ser antiespañola. Relataba los pormenores de la reunión en que Gabriela criticó de manera abierta los métodos de conquista españoles. La poeta, por supuesto, le contestó con una carta abierta que publicó en el mismo periódico: «Si la señorita Escoriaza conociera siquiera parte de mi trabajo de diez años en diarios americanos, sabría que él contiene páginas y páginas de cumplido respeto y de racional consideración hacia la raza española». El asunto no pasó a mayores porque los republicanos, que estaban en el gobierno desde 1931, compartían su mirada crítica del Imperio español. La acusación más bien la benefició. El semanario *El Sol* la invitó a colaborar de forma regular con artículos. Aprovechó ese espacio para dar a conocer a escritores chilenos de su generación, como Manuel Magallanes Moure. Su amante virtual había muerto cuando ella se encontraba en México.

Le tomó poco tiempo entender que Madrid era la capital de un país profundamente dividido. El principio republicano le parecía superior al monarquismo, pero el peligro de que Stalin lo corrompiera era grande. Miguel de Unamuno compartió con ella rumores de que entre los intelectuales y políticos había muchos conspiradores a sueldo de Moscú. El rector emérito de la Universidad de Salamanca temía que en España se estuviera gestando un conflicto de carácter internacional en el que los únicos perdedores serían los españoles. Para Gabriela era evidente que la influencia de los bolcheviques en España era más fuerte que en Italia y eso causaba polarización y ansiedad en la sociedad. Creía ver a veces a los infiltrados en las calles o en los cafés. Los llamaba sicarios del matarife Stalin.

Unamuno estaba próximo a cumplir los setenta años. Su preocupación por el destino de su patria rayaba en la angustia. Regaló a Gabriela un ejemplar del libro de Arthur Schopenhauer: *El mundo como voluntad y representación*, que tanto lo había influenciado en su juventud. Algunos días, paseando por El Retiro, le explicaba sus ideas principales. La cautivó el hecho de que a través de Schopenhauer había llegado la filosofía de la India a Europa. Unamuno organizaba reuniones de intelectuales a las que convidaba a la chilena y a su amiga mexicana. En uno de estos encuentros, Palma conoció a quien se transformaría en el amor de su vida: el escritor e historiador catalán Luis Nicolau d'Olwer. Gabriela notó de inmediato el cambio en su amiga. El destino quiso que se sentara a su lado y conversaran toda la velada, olvidándose del resto de los congregados, que eran nada menos que José Ortega y Gasset, Pío Baroja y Eugenio d'Ors. Baroja recordó el momento en que Unamuno trató de indio a Rubén Darío al decirle que debajo del sombrero se le veían las plumas.

—A mí también se me ven —decretó Gabriela, desafiante.

Unamuno movió la cabeza negando. Aseguró que Chile era un país vasco sin mestizaje; un país de demiurgos realistas. D'Ors postuló que era una tierra de ingenieros y pedagogos prácticos. Gente de sangre fría. Gabriela prendió un cigarrillo, entrecerró los ojos y se recriminó no haberse quedado en su casa. Palma, en cambio, dirá que ese día cambió su vida. Era evidente que el deslumbramiento era mutuo. Nicolau era un hombre bien parecido, serio, cálido en la comunicación. En las semanas y meses siguientes Palma se interesó más que nunca por la política —su nuevo amor había sido ministro de Economía en el primer año de la República—. Ya no salía tanto con Gabriela.

Un día pasó a verla al consulado Federico García Lorca para invitarla al estreno de su obra *Yerma* en el Teatro Español el 29 de diciembre de 1934. Gabriela le aseguró que haría lo posible por asistir, pero no fue. Le mandó una tarjeta excusándose, diciendo que esa tarde no se sentía bien, y escribió otra carta a sus amigos chilenos Armando Donoso y María Monvel, descargándose. Quiso verter en el papel reflexiones acumuladas desde su llegada a Madrid:

Vivo en medio de un pueblo indescifrable, grande, pero absurdo. Hambreado y sin ímpetu de hacerse justicia. Analfabeto como los árboles vecinos, inconexo. Hoy republicano, mañana monárquico. Pueblo en desprecio y odio de todos los demás pueblos: de Francia, de Inglaterra, de Italia, de la América que llaman española. Envidioso por infeliz y no por otra razón. No sé si perezoso, como dice el mundo europeo, pero sí desorganizado. De pésima escuela, pero lindo hablar donoso. Pueblo sin la higiene más primaria, sin médicos. Les importa poco tener casa, vestido y alimentación suficiente [...]. Puede llamarlo estoico, porque es capaz de soportar mucho, y alegre. Conserva en algunos modos y hasta en el rostro que alguna vez fue dueño del mundo. Duele en las entrañas, como dice Unamuno, esta España llagada y hambrienta...

La mano se iba sola. Desahogarse le hacía bien...

La vida en España es agria, desnuda, seca, paupérrima y triste para quien no vive metido en cafés, borracho de charloteo necio, borrando con humo de cigarrillos la tragedia del país. El español es aún, a pesar de la cultura, el hombre y la mujer de la novela picaresca.

Fue una catarsis. Metió las hojas en un sobre y se lo pasó a su Cipriana el lunes siguiente para que lo llevara al correo.

Parte de esos pensamientos los compartió con Pablo Neruda cuando viajó a verla desde Barcelona, donde tenía el cargo de cónsul. Le llevó de regalo su libro *Residencia en la Tierra*. Mientras Gabriela lo hojeaba agradecida, él le confesó que había dejado atrás esa poesía metafísica porque había descubierto temas más urgentes en España. ¿Temas más urgentes? La visita la dejó pensativa. Después supo que Neruda se rodeaba de republicanos prosoviéticos y lamentó que Stalin lo hubiera ganado para su causa.

Después de dos años en Madrid se sentía desesperada. Así se lo confesó a su amigo Pedro Prado en una carta...

Vivo en esta ciudad sin alegría, cargada de visitas ociosas que no me dejan tiempo para escribir, oyendo bobadas de política jacobina o sacristera, en un clima malo que me sube la presión sanguínea y aumenta mi reumatismo.

Y para colmo de los males, Palma, enamorada, apenas tenía tiempo para ella. En otra misiva informó al ministro de Relaciones Exteriores sobre su trabajo como representante de Chile en Francia, Italia y España, pidiendo que se le asigne el sueldo de una diplomática de carrera. La carta comenzaba diciendo:

Espero con angustia que Chile se acuerde de que existo y que he hecho por él algo más que el personajío diplomático.

La inconformidad de Gabriela llegó a los oídos de Neruda. En cuanto lo supo la visitó y le propuso intercambiar consulados, pero ella no quiso. Aspiraba a que la nombraran cónsul general. Le escribió a su aliado Pedro Aguirre Cerda pidiendo su apoyo.

También se sinceró con Unamuno tomando un café en el barrio de Salamanca. Le confesó sus estrecheces económicas. El consulado honorario se pagaba con el dinero que daban los usuarios, pero estos eran muy pocos. Ni escribiendo dos artículos periodísticos por semana le alcanzaba. Unamuno le preguntó qué pasaba con los derechos de autor de *Desolación* y Gabriela se quejó de que hacía tiempo que no recibía nada, a pesar de que el libro se vendía bien. Hubo varias ediciones piratas, por eso había pensado incluso en fundar ella misma una editorial.

—Si sigo así, tendré que volver a América a dar clases —aseguró—. En Puerto Rico me están esperando. Allí tendría tranquilidad y sol.

Unamuno movió la cabeza en señal de empatía. De inmediato escribió una carta al presidente chileno Arturo Alessandri pidiendo que ascendiera a Gabriela Mistral a cónsul general con un sueldo a la altura de sus servicios. La carta fue firmada por escritores españoles, italianos y franceses y fue bien acogida por el Congreso de Chile. Un mes más tarde le concedieron un cargo consular inamovible y vitalicio con un sueldo de veintiún mil pesos y un sobresueldo de quince mil pesos anuales. Eso le dio tranquilidad y le permitió concentrarse en lo suyo: escribir poesía.

Poco después de recibir esa buena noticia la visitó un abogado chileno de veintitrés años llamado Eduardo Frei. Andaba en Europa por un Congreso de la Juventud Católica realizado en Roma. Gabriela le habló de la necesidad de hacer reformas sociales de fondo en Chile. La revolución debían hacerla los cristianos, no los marxistas. Frei pensaba lo mismo. Le ofreció apoyarla en asuntos legales, si se presentaba la necesidad. Gabriela le respondió, con una sonrisa casi infantil, que eso podía ocurrir.

—Tengo una casa en el barrio Huemul de Santiago que pretendo vender en algún momento.

—A sus órdenes —dijo Frei.

En enero de 1935, cuando Palma regresó a América Latina porque el presidente Lázaro Cárdenas la nombró ministra plenipotenciaria de México en Colombia, Gabriela pidió al secretario de la Embajada de Chile, Luis Enrique Délano, y a su esposa, Lola Falcón, que se mudaran a vivir con ella. Lola, para ayudarla en las cosas de la casa y Délano para que fuese su secretario en el consulado. Ya no era Palma, sino Lola la que llevaba todos los días a Yin Yin al colegio y lo iba a buscar por las tardes.

En esos días llegó al consulado María de Maeztu con Victoria Ocampo, la mecenas argentina directora de la editorial Sur. Fue otra pequeña alegría. Una señal de que las fuerzas constructivas del mundo seguían actuando. Ocampo era, en apariencia, todo lo contrario de Gabriela: elegantísima, uñas y labios pintados, grandes aretes dorados. Dedicaba su fortuna a la promoción de los autores contemporáneos más importantes publicándolos en su editorial. El servicio que le hacía a Argentina y Latinoamérica era innegable.

Maeztu le contó que Victoria acababa de llegar de Londres, donde había conocido a Virginia Woolf. Y en Italia se había entrevistado con Mussolini, para quien el gran aporte de las mujeres a la sociedad era tener muchos hijos. Se rieron. Victoria quiso saber si Gabriela había seguido escribiendo poesía y ella le informó que tenía bastante material inédito acumulado, poemas en los que había vertido vivencias de las dos últimas décadas: la muerte de su madre, el descubrimiento de sus raíces mestizas, recuerdos de su vida en el valle e interpretaciones de la vida moderna. Iba a mencionar a Yin Yin, pero se arrepintió. Ofreció enviarle algunos a su hotel. Fue un incentivo para revisar su producción y ordenarla. Además de un aroma a perfume y a cultura, la argentina le dejó eso.

En su encuentro siguiente, Victoria alabó la sinceridad estética que se traslucía en los nuevos poemas mistralianos. Gabriela se quejó de la, a su juicio, insustancialidad de algunos poetas españoles contemporáneos. A ella le interesaban más los clásicos como Fray Luis de León o Quevedo. La obra clásica contenía la dualidad de lo popular y lo culto. Era por ese extraño sincretismo que llegaba a ser clásica. Sacó de una repisa un libro de Baltasar Gracián, autor que leía con entusiasmo en esos días, y se lo regaló.

Uno de los encuentros más tristes en esos días fue con Teresa de la Parra. Le avisaron que había llegado a Madrid desde Suiza con una tuberculosis avanzada y desahuciada por los médicos. La visitó en su apartamento en el barrio de Salamanca. Estaba delgada, pálida, más muerta que viva. Teniendo la misma edad, se veía veinte años mayor que Gabriela. Del entusiasmo que exhalaba en su último encuentro en París no quedaba nada. Rezaron juntas.

Los Délano se quedaron con Yin Yin cuando una invitación a una reunión de escritores la llevó a Lisboa. Allí conversó con el hijo de José María Eça de Queiroz, decidida a escribir un recado sobre el icónico autor de la novela *El mendigo*. Se decía que fue el primero en utilizar la palabra «saudade». Para Mistral este era un vocablo tan vivo que casi sangraba su nostalgia. Otro asistente al simposio era el medievalista alemán Ernst Robert Curtius, testigo del efecto que estaba teniendo el antisemitismo alemán en las universidades de ese país. En su charla reconoció Lisboa y

Gibraltar como puertos de salida de los judíos perseguidos por Hitler. Las conversaciones con él motivaron otro texto que tituló «Recado sobre los judíos».

Los lisboetas le parecieron más suaves, más discretos y hasta más felices que los madrileños, a pesar del régimen dictatorial de Oliveira Salazar con su Estado Novo. Los escritores del congreso eran menos tajantes y definitivos en sus opiniones. Le dio la impresión de que los conflictos ideológicos no se vivían en Portugal con la misma fuerza que en España. Fue un viaje intenso y motivante. En cuanto regresó a Madrid le escribió a su aliado Aguirre Cerda pidiendo que la trasladaran a ese país.

Que el destino se vale a ratos de los medios más paradójicos para enviar sus bendiciones lo constataría Gabriela en las semanas siguientes. La carta íntima y personal que había enviado meses antes a sus amigos Donoso y Monvel, en la que expresaba sin hipocresía sus impresiones sobre sus contemporáneos españoles, se filtró y fue publicada en la revista *Familia* con el título: «Vida y confesiones de Gabriela Mistral». El escritor Augusto D'Halmar, que formaba parte de la cofradía de sus enemigos chilenos, la replicó en el diario *La Hora* y se encargó de que sus conocidos españoles residentes en Chile la leyeran. El *impasse* tuvo carácter de escándalo en los círculos intelectuales de Chile. La colonia española residente envió una minuta de protesta, una especie de manifiesto contra la poeta, a los ministerios de Relaciones Exteriores de Chile y España, que fue publicada en muchos periódicos chilenos, para regocijo de los detractores de Gabriela. Los mastines no tardaron en sumarse a los ataques. Emelina contó cuarenta y tres artículos publicados en los periódicos chilenos en su contra y seis a favor. Gabriela le escribió a Donoso pidiéndole una explicación: «¿Por qué entregó esa carta, soltando las fieras sobre mí y haciéndome daño en mi carrera?».

El susodicho guardó silencio.

Después comenzaron las cartas y ataques contra ella también en Madrid, de modo que su traslado a Lisboa se hizo urgente. Quería salir del país antes de que los republicanos la expulsaran. Cuando Miguel de Unamuno llegó a su oficina a informarle que el gobierno español le iba a retirar el *exequatur*, el Ministerio de Relaciones Exteriores ya había organizado su traslado a Portugal y entregado a Neruda el cargo que ella abandonaba. Abordó el tren a Lisboa el 21 de octubre de 1935 por la mañana con Yin Yin, dejando atrás su biblioteca: veintidós cajas de libros, en parte marcados y subrayados, de poesía, filosofía, mística y budismo. Pidió a Enrique Délano que los enviara a Pedro Moral, el director del Centro Cultural de Vicuña, porque no sabía cuánto tiempo se iba a quedar en la capital de Lisboa, si desde allí también tendría que salir arrancando. Soplaban vientos inciertos.

El tren pasó por plantaciones de alcornoques despojados de su corteza, vale decir, del corcho. Más adelante, la tierra estaba dedicada a la ganadería. Le sorprendió la pobreza. En su viaje anterior no había visitado esa parte de la península. En algún momento Gabriela comentó a su hijo que de allí habían salido muchos de los conquistadores que llegaron hasta su fin de mundo. En el pueblo de Plasencia subió una mujer que podría haber sido una pariente lejana de Inés de Suárez. Lo comentó con Yin Yin.

—¿Quién es Inés de Suárez? —preguntó él.

—Nuestra conquistadora. Era originaria de este pueblo. Fue la que formó el primer hogar español en el valle del Mapocho.

—A mí me recuerda más a Aldonza Lorenzo —bromeó el muchacho.

Cuando pasaron la frontera de Portugal Gabriela sintió alivio. Escribió en su cuaderno de notas: «El español comenzó a morirse en mi corazón en 1931, cuando enseñaba en Barnard College, y ahora con esto queda rematado».

Arrendó un piso en la avenida Augusto Antonio Aguiar, frente al parque Eduardo VII. Lo primero que hizo fue escribirle a Palma contándole lo ocurrido, vaciando por fin su corazón. No secaba el papel cuando lo mojaban sus lágrimas, para que su amiga viera por lo que había pasado. Se quejaba: «Yo soy tan tonta que le pido perfección a la gente [...]. Les exijo que sean ricos interiormente para no aburrirme, que tengan intereses espirituales, efectivos, que sean leales [...]. Donoso y Monvel me dieron un manotazo traidor por la espalda y casi nadie salió a defenderme [...]. Brunet es buena escritora, pero intrigante y peligrosa. No le debe haber gustado la ley que me nombraba cónsul vitalicio [...]. D'Halmar tergiversó mi carta. ¿Lo habrá hecho para ayudar a Neruda y sacarme del camino?».

En su respuesta al manifiesto de los españoles, que *El Mercurio* publicó el 8 de noviembre de 1935, declaró que en lo escrito a Donoso y Monvel había más estupor y piedad que violencia, como en las cartas de los hebreos. Poco después se enteraría de los caminos que había recorrido su misiva hasta llegar a los periódicos chilenos: Marta Brunet, que era la directora de la revista *Familia*, encargó una semblanza de Mistral a Miguel Munizaga. Este le pidió apoyo a Armando Donoso y él le abrió su archivo. La lista de sus enemigos declarados chilenos creció entonces de manera sustantiva. Y la de los detractores europeos no se quedaba atrás. Al poco tiempo de instalarse en Lisboa recibió un mensaje nada amistoso firmado por una tal Xan de Cirollas que decía: «De Italia la echaron violentamente. De España, grandísima farsante, salió usted con un contundente puntapié en las nalgas. Cuídese en su nueva residencia». Superó el momento desagradable meditando... «le quito toda fuerza a esta emoción. Esta fuerza ahora es mía. No me controla, yo la controlo a ella... doy paz al universo entero».

Palma vivía en Copenhague. Había conseguido un traslado a Europa para estar más cerca de su amado Luis Nicolau, Gabriela y Yin Yin. Era ministra plenipotenciaria de México en Dinamarca. En la Navidad viajó a visitarla. Su hijo se quedó con ella cuando Gabriela siguió en enero de 1936 a Alemania por una invitación oficial del gobierno nacionalsocialista. En Berlín ofreció una lectura en el Instituto Iberoamericano, cuya biblioteca le impresionó. No esperaba que los alemanes tuvieran esa cantidad de libros sobre Iberoamérica. La mayoría sobre Argentina y España. Pero no se sintió bien. No le gustó el ambiente político y el frío le parecía insoportable. Ansiaba volver pronto a su Lisboa, donde el invierno era más templado, más dulce, según contó a Palma en una carta...

Este clima portugués me va levantando y hasta creo que me curé mi mal de riñones, iniciado en la Patagonia.

Definió a los portugueses como gente muy similar a la nuestra y el costo de la vida un tercio más bajo que en España. «Es una raza con ternura. En el país hay una atmósfera de poesía y religiosidad».

Le volvieron las ganas de trabajar. Revisó poemas y escribió nuevos. En «La bailarina» reflexionó: «*La bailarina ahora está danzando / la danza de perder cuanto tenía...*».

Un día llegó al consulado el joven pintor chileno Roberto Matta, flaco, casi desnutrido y sucio. Gabriela lo invitó a tomar un baño de tina, mientras enviaba a su secretaria a comprar unos panes. Le permitió quedarse en su casa hasta que encontrara un lugar para vivir. El artista se sintió encandilado por la poeta. Trató de seducirla. Le aseguró que con gusto se casaría con ella y que no le importaba que fuera veintidós años mayor que él. La puso de buen humor. Las conversaciones con él versaban sobre el carácter de los chilenos. Motivaron un artículo que envió a su país: «Nuestra corporalidad deriva del vasco diligente, el extremeño tozudo y el araucano sin derrota. Esta triple volición ha querido sacar pronto a luz una chilenidad de cuerpo entero».

Las noticias que llegaban de Madrid no eran buenas. En abril de 1936 murió Teresa de la Parra. Escribió un comentario sobre ella y lo envió a varios periódicos de América Latina. Tres meses más tarde comenzó la Guerra Civil. Gabriela sintió la tragedia como propia. El ambiente ya estaba crispado, ella lo había respirado a fondo en Madrid. Los Unamunos y los Ortegas, que querían renovar espiritualmente España, no pudieron evitar el enfrentamiento armado entre los herederos de la España de la Inquisición y los portadores de las ideas revolucionarias bolcheviques o anarquistas. No fueron capaces de inyectar moderación a su querido país. Las noticias que llegaban eran como para quemar la carne. Le preocupó el destino de María de Maeztu, después de leer en el *Diario de Lisboa* la noticia del fusilamiento de su hermano Ramiro por parte de las milicias republicanas. Ramiro había sido uno de los firmantes de la carta que Unamuno envió a Chile pidiendo que la ascendieran. ¿Cómo ofrecerle que se exiliara en su casa? Le escribió a Victoria Ocampo sugiriendo que la invitara a Buenos Aires. Meditaba a diario sobre ella, sobre Unamuno y sobre la entraña histórica de España. Presentía los bombardeos. Imaginaba el espanto de los ciudadanos indefensos, que nada tenían que ver con el conflicto. Cuando le llegó la noticia de la muerte súbita y en circunstancias misteriosas de Unamuno, en enero de 1937, se arrodilló y rezó por él. Agradeció el momento en que salió de allí.

En las semanas siguientes retomó el contacto con el Instituto de Cooperación Intelectual para coordinar una red de ayuda a los exiliados españoles. Cedió los derechos de su nuevo libro a estas víctimas. Eso le dio una razón más para terminarlo. Una cosa llevaba a la otra. Fijó con Ocampo su fecha de publicación, a principios de 1938. Ella viajaría a Argentina a lanzarlo y desde allí seguiría a Chile, por fin, después de trece años de ausencia.

Un poco por nostalgia de su padre, el payador y cantor popular, se propuso editar un volumen sobre folclore chileno en la Colección de Clásicos Iberoamericanos que publicaba el Instituto de Cooperación Internacional. Viajó a París a reunirse con el antropólogo francés Paul Rivet para pedirle su apoyo. Le explicó que las obras literarias más importantes de América Latina, como *Martín Fierro*, tenían un fundamento popular. Fue entusiasta en sus argumentos. El folclore, explicó, se parece a la entraña. No se puede acercar a él con un pensamiento demasiado estético. Las entrañas son bastante feas, pero tienen la primera categoría en el organismo. Todo lo demás existe como adorno de ella. Le informó de su próximo viaje a Chile, donde pensaba contactar con los antropólogos más importantes de su país. Rivet estaba al tanto de que los estudios antropológicos chilenos contaban entre los más avanzados de América Latina.

17

Volcánica

Llegaron a La Serena a la hora del almuerzo el 30 de septiembre de 1954. La ciudad había crecido mucho desde que la visitó por última vez en 1938. Había nuevas poblaciones improvisadas por los migrantes que llegaban desde los valles interiores. Campamentos de gente pobre que buscaba nuevas oportunidades. Esa migración era una consecuencia del latifundio, sobre lo que Gabriela había llamado la atención en varias ocasiones.

Pidió a don Pancho que dieran una vuelta por el centro antes de dirigirse al hotel y constató que también allí había cambios. El mandatario anterior, Gabriel González Videla, oriundo de allí, se había abocado a embellecerla. Había hecho restaurar edificios antiguos y construido nuevos. El hotel Turismo en el que se alojaron era el más lujoso de la ciudad, ubicado a media cuadra de la plaza de Armas. Cuando entraron al hall se encontraron con muchos periodistas y con el alcalde. La poeta pasó directo a su habitación. Al edil no le gustó nada ese desaire, pero lo tuvo que aceptar. Doris le encargó a Gilda que se disculpara con la autoridad y la prensa. Gabriela Mistral necesitaba descansar. A los periodistas les informó que Mistral no daría entrevistas, sino hasta el día siguiente. Después salió con don Pancho en busca de una librería para comprar el ejemplar del libro *Tala* que el chofer llevaría de regalo —autografiado— a su madre.

La Gabriela Mistral que abordó el barco en Génova iba feliz de reencontrarse con su tierra americana. Tenía invitaciones en Brasil, Uruguay, Argentina, Chile, Perú, Ecuador y Cuba. En todos esos países iba a ofrecer lecturas y conferencias y a encontrarse con los escritores consagrados y emergentes. La clave de su vida y su poesía estaba en ese continente. Era una gran paradoja que no viviera allí, también para ella. Esa paradoja y esa nostalgia nutrían su poesía.

Antes de partir escribió a la puertorriqueña Consuelo Saleva proponiéndole que fuese su secretaria. La había conocido en Nueva York en 1930, cuando dio clases en la Universidad de Columbia, y la había vuelto a ver en Puerto Rico tres años más tarde. Saleva llegó antes que ella a Río de Janeiro. Cuando Gabriela arribó en agosto de 1937, ella ya estaba allí, esperándola para hacerse cargo de su agenda.

La primera reunión fue con el director de *O Jornal*, que había publicado muchos artículos de Gabriela en el tiempo en que ella vivía de esas colaboraciones. La noticia de su visita salió en la primera página del periódico. Otros diarios se sumaron. *A Noite* sacó una nota titulada: «A mais alta poetisa da America no Rio».

Quiso conocer a los poetas jóvenes brasileños para saber en qué estaban. La puerta de entrada a ellos fue Cecilia Meireles. La poeta brasileña la buscó en su hotel para entrevistarla e invitarla a un encuentro con un grupo selecto de colegas. Gabriela se presentó con un vestido color verde malva con bordados en el pecho que le compró Saleva. Se veía elegante. Como nunca. Lo que conversó en ese círculo lo escribió después para *O Jornal*: «Hacer poesía es un entretenimiento bastante egoísta, es seguir el gusto del alma, soltarse de los cantos cuadrados de la realidad y darse al viento del antojo o del delirio voluntario en una escapada maliciosa y risueña».

Meireles era doce años menor que Gabriela, risueña, elegante. Usaba un collar de perlas con el que siempre jugaba. Su poesía eran versos llanos y autoexploradores de conexión inmediata... *«Por aquí voy sin programa, sin rumbo, sin ningún itinerario»*, decía en el poema «Canción del camino». En un paseo marítimo con ella por la bahía de Guanabara surgió la idea de traducir juntas a poetas brasileños al español, para aportar al diálogo entre ese país y el resto de América Latina. Meireles hablaba bien el castellano.

Su siguiente actividad fue una charla sobre folclore chileno en la Academia Brasileira, tema al que había dedicado muchas lecturas antes de partir a esa gira. En esa ocasión expresó: «Hay un misterio en el folclore, que es el misterio de la voz genuina de una raza, de la voz verdadera y de la voz directa, y es que en él se canta la raza por sí misma». Aseguró que los pueblos con un buen peso de fábulas y mitos fertilizaban mejor la imaginación de sus artistas. Su anfitrión era Mario de Andrade, fundador de la Sociedad de Etnografía y Folclor de Brasil, con quien

Gabriela había compartido en 1924 unas horas al pasar en barco por aguas brasileñas. Le encantaba su sonrisa, que denotaba una docta alegría de vivir. Imposible sentirse mal a su lado.

Andrade, entre tanto, era una autoridad en temas de folclore brasileño. Viajó con él a Sao Paulo y se alojó en su casa en la Barra Funda. Las conversaciones con él fueron de gran aprendizaje. Andrade, por su parte, escribió en un periódico local una columna en la que describía a la chilena como una mujer «simple como la luz de la luna sobre un campo. De sus gestos y sus temas emana una experiencia misteriosa, que parece trascender su propia existencia. Me dio la impresión de una fuerza de las antiguas civilizaciones. En poco rato parecíamos a su lado como niños». Gabriela se rio al leerlo. Lo incluyó entre el selecto grupo de los amigos que la entendían. Pasó Navidad y San Silvestre en su casa revisando su generosa biblioteca y disfrutando del verano tropical en su jardín.

En enero de 1938, siguió a Montevideo, donde el ministro de Instrucción Pública, Eduardo Víctor Haedo, organizó un encuentro de las tres poetas latinoamericanas más importantes de ese momento: Alfonsina Storni, Juana de Ibarbourou y Gabriela Mistral. La reunión con la que habían soñado Juana y ella paseando por el malecón de Montevideo doce años antes.

Juana y otros escritores uruguayos la estaban esperando en el muelle. Su colega seguía igual de atractiva y elegante. Era más prolífica que Gabriela; había publicado tres nuevos libros desde que se vieron y se había convertido en un mito nacional. En Uruguay la llamaban Juana de América. Sintió nostalgia porque en Chile a ella no la trataban así. Allá se publicaban antologías que no la incluían y se tergiversaban las cartas que ella enviaba a sus amigos.

En su primera presentación en la Universidad de Montevideo comentó la obra y la personalidad de sus colegas Juana y Alfonsina y se refirió a su propio proceso creativo. Mencionó una tablita con la que viajaba siempre, con la que transformaba cualquier silla o sillón en escritorio. Aseguró que nunca había compuesto un verso en un cuarto cerrado porque para crear necesitaba un pedazo de cielo.

En otra intervención sobre la Patagonia rememoró su paso por Punta Arenas. El recuerdo que ella tenía de esas tierras, constató, era auditivo. Definió el viento patagónico como descomunal, la tragedia y la fiesta de la región de Magallanes y terminó la charla recitando el poema «Árbol muerto»:

> En el medio del llano
> un árbol seco su blasfemia alarga;
> un árbol blanco, roto
> y mordido de llagas,
> en las que el viento, vuelto
> a su desesperación, aúlla y pasa.

En la conversación posterior con el público ahondó sobre su visión de esas plantas gigantes. Alabó su sencillez, la nobleza con que apuntaban al cielo, o sea a lo eterno, lo poco que podían los vientos adversos contra ellas, su tremenda potencia para resistir la adversidad. Ser una buena leñadora de sí misma: podarse sin piedad hasta ser un alto y sencillo árbol, eso era conocerse y tener dominio sobre su propia vida.

El encuentro de las tres poetas de América tuvo lugar dos días después, el 27 de enero de 1938, siempre en la Universidad de Montevideo. Juana leyó, entre otros, el poema «La hora» en el que pedía al amado:

> *Tómame ahora que aún es temprano*
> *y que llevo dalias nuevas en la mano.*
> *Tómame ahora que aún es sombría*
> *esta taciturna cabellera mía.*
> *Ahora que tengo la carne olorosa*
> *y los ojos limpios y la piel de rosa.*
> *Ahora que calza mi planta ligera*
> *la sandalia viva de la primavera.*

Mistral leyó el poema «Adiós», aún inédito de *Tala*:

> *En costa lejana*
> *y en mar de Pasión,*
> *dijimos adioses*
> *sin decir adiós.*
> *Y no fue verdad*
> *la alucinación.*
> *Ni tú la creíste*
> *ni la creo yo...*

Y Alfonsina terminó su intervención con su clásico «Tú me quieres alba».

En la conversación posterior con los críticos, las tres

poetas rechazaron el predominio de los hombres en las artes y propusieron realzar el protagonismo femenino en la literatura. Una periodista comentó que las allí presentes eran mujeres volcánicas que hacían saltar las barreras del puritanismo hispánico. La poesía del modernista Darío sonaba frígida al lado de ellas. Las pasiones del alma y los latidos carnales se expresaban en ellas en un verso plástico y audaz. Nada de alarde helénico y de parnasos, sino la naturaleza como explosión de vida. Destacó que en Mistral el sensualismo se mezclaba con una corriente de palpitación religiosa.

Desde Montevideo siguió a Mar del Plata, donde la esperaba Victoria Ocampo en su magnífica villa. Descubrieron que habían nacido el mismo día, con un año de diferencia. Gabriela era la mayor. Y ambas tenían antepasados vascos. Pero sus posiciones intelectuales eran divergentes. Gabriela no compartía el interés y veneración, a su juicio desmesurados, de Victoria por la literatura europea. En su biblioteca tenía libros autografiados de varios poetas vanguardistas franceses.

A Gabriela no le interesaban las vanguardias. No tenía ánimo de escandalizar o desconcertar a la burguesía, como era al autoproclamado propósito de esa cofradía, entre otras cosas, porque no le interesaba la burguesía. No se sentía parte de ningún programa. Su estilo era instintivo, intenso y espiritual. Lo suyo, ahora más que nunca, era lo vernáculo: practicar una poesía de las entrañas propias y continentales. El llamado de la trascendencia —esa era su posición— se podía dar en cualquier tiempo y en cualquier lugar y los elegidos serán siempre atemporales.

Ocampo, por su parte, no compartía la defensa de las raíces indígenas que hacía Mistral. No obstante, aunque sabía que ese era uno de los temas de *Tala*, la iba a publicar. Recibió encantada el manuscrito del segundo poemario de Gabriela. Otros libros de su biblioteca fueron aportes de una tía abuela llamada Francisca —Pancha—, de quien había heredado la villa en la que se encontraban. Gabriela fijó su mirada en una edición antigua de *Facundo, Civilización y Barbarie* de Domingo Faustino Sarmiento. Victoria sacó el libro y lo abrió para mostrarle la dedicatoria del autor a su abuelo. El escritor y político visitaba a la familia Ocampo a mediados del siglo XIX. Gabriela mencionó que había conocido la casa en la que vivió Sarmiento en la primera etapa de su exilio en Chile, ubicada en la aldea Pocuro. Recordó que su amigo Pedro Aguirre Cerda también tenía una primera edición de *Facundo* en su biblioteca. Fue la edición que ella leyó junto al río Aconcagua. Victoria temía que en algún momento en Gabriela asomara algo parecido al resentimiento social, pero no. La chilena la trataba con una especie de cariño maternal y una condescendencia que perdonaba las diferencias. Notó que en ella no había agregados vanidosos. Su conversación era transparente. Ese no era el tono que se acostumbraba en el círculo de sus conocidos. Tomando un mate en la misma biblioteca, Victoria mencionó que lo que ellas hacían tendría una inmensa importancia para las mujeres de la posteridad.

—Ninguno de nuestros actos es insignificante —aseguró.

En una de las paredes colgaba una foto de Victoria con Tagore. La anfitriona relató que el escritor bengalí había pasado un tiempo en su casa en Buenos Aires. Eso fue en 1924, cuando tuvo que alargar una estadía a causa de una enfermedad. Asistir a Tagore inauguró su activo mecenazgo literario, que esta vez se volcaba hacia Mistral.

Al día siguiente Victoria invitó a amigos escritores para comentar la nueva entrega de Gabriela. La poeta expuso que los poemas traducían sus vivencias en las últimas dos décadas. Eran el fruto de dieciséis años de vida intensa y errante. Victoria celebró que no expresaran dolor, a la manera de *Desolación*, sino serenidad y un estado de espiritualidad profunda. Pidió que leyera en voz alta «País de la ausencia», en el que repasaba con nostalgia: «*Perdí cordilleras / en donde dormí; / perdí huertos de oro / dulces de vivir...*». Entre los invitados estaba Manuel Mujica Láinez, a quien volvería a ver en Estocolmo como embajador de Argentina la noche de su premiación. Mujica se refirió al suicidio de Leopoldo Lugones, ocurrido pocos meses antes. Se había despedido de la vida bebiendo whisky con cianuro. Gabriela lo lamentó. Lo había leído con interés en su periodo teosófico. La conversación posterior le pareció pretenciosa. Fumó un cigarrillo tras otro esperando el momento oportuno para volver a imponer su tono. Mujica le preguntó detalles sobre su proceso creativo y ella le respondió que escribía al ritmo de sus taquicardias. Hubo risas. Prosiguió que la poesía la lavaba de los polvos del mundo y no soltó más palabras, pero en otro encuentro —todos los días llegaban amigos de Victoria a saludarla— divulgó que escribía poesía porque no podía desobedecer el impulso. Eso sería como cegar un manantial que pechaba en su garganta. «No hay lacre tan espeso ni cera tan densa para sofocar ese empellón del canto que busca desembocar al aire, a la oreja, al corazón».

Victoria la estudiaba con curiosidad: su huésped era capaz de elevar sus sentimientos más íntimos a esferas universales valiéndose de imágenes sorprendentes. Desde que se levantaba por la mañana imponía su tono comunicacional. Aun las cosas más cotidianas, como tomar una infusión o cebar el mate, adquirían una pátina íntima, casi trascendental. Más que una intelectual, Gabriela era una mística y una maestra del autoconocimiento. Su intuición llegaba a esferas que el intelecto no alcanzaba, esferas en que se pasaba del entendimiento a la comprensión. Lo decía en uno de los poemas que le iba a publicar: «*Con la luz del mundo / yo me he confundido...*». Quiso desentrañar el misterio. ¿Será la humildad un talento?

Gabriela se quedó en la Villa Ocampo de Mar del Plata hasta el 7 de abril, día en que ella y Victoria celebraron juntas sus cumpleaños. Luego viajaron a Buenos Aires, a la residencia de la argentina en San Isidro. Aquí se ocuparon de la edición de *Tala*, sin hacer apenas cambios. Algunos poemas eran herméticos, pero Gabriela manifestó que no escribía para que la entendieran, sino para entenderse. Ofrendó el libro a su querida amiga Palma Guillén. A Victoria le dedicó el poema «Nocturno del descendimiento» y un recado que escribió estando alojada en su domicilio en Mar del Plata que comenzaba así: «*Victoria, la costa a que me trajiste, / tiene dulces los pastos y salobre el viento...*».

Otro tema en común entre ambas era el feminismo. En ese tiempo Ocampo escribía un ensayo titulado *Mujer y expresión* en el que sensibilizaba a los lectores sobre la marginación de las mujeres en la sociedad argentina y abogaba por una expresión femenina autónoma, temas que habían ocupado a Mistral diez años antes. Recordaron una conversación que tuvieron en Madrid. A petición de su anfitriona, el último día de su estancia en Buenos Aires, Gabriela ofreció una charla sobre la mujer chilena. Expuso:

A tanta sequedad del hombre chileno, tanta ternura ardiente de la mujer; a tanta frialdad positiva del varón, tanta pasión despeñada de su compañera [...]. La mujer chilena tiene una maternidad apasionada, mejor aún, arrebatada: el hijo es en ella de veras una pasión. Parece que, en la maternidad, mucho más que en el amor de hombre, ella pone sus esencias más fuertes; nada hurta, nada ahorra, nada regatea para sí en esta santa calentura en la que vive y en la que acaba velando y sirviendo a su sangre. Aunque sea una pasional en cuanta cosa le cae a las manos, su pasión del hijo será siempre el sorbo mayor que saca de su corazón. En cuanto un niño llora por primera vez detrás de la puerta de un rancho, tenga ese niño el padre de su amparo o carezca de él, desde ese momento esa mujer dobla su coraje para la pelea del pan y será capaz de todos los oficios, hasta del más duro, del más extraño a ella, si se trata del techo, del vestido y del pan de cada boca.

Ese día la conversación se alargó por varias horas y la volvió a dominar la chilena. Fumando, comiendo higos de la higuera del jardín, tomando mate primero y vino después, Gabriela explicaba su país y el papel que podía jugar la mujer en la sociedad, no solo chilena, en ella... si la dejaban. La influencia civilizadora que podrían ejercer las mujeres era un factor aún no explotado. Victoria agregó que el patriarcado había producido guerras y dictaduras...

—Y competencia y materialismo —apuntó Gabriela—. Esa combinación ha contribuido a degradar el espíritu de la civilización. Si las mujeres no hubieran sido degradadas y tiranizadas por los hombres, los valores morales serían otros. La sociedad debe buscar una armonía de influencias masculinas y femeninas para no autodestruirse en el largo o mediano plazo.

18

Profeta en su tierra

A diferencia de este, su último viaje a Chile, el anterior, en mayo de 1938, estuvo punteado de conflictos. La increparon porque, según dijeron, se había metido con la aristocracia. Gabriela lo negó. Había entre ellas algunas personas a quienes estimaba, pero las frecuentaba lo menos posible. «Soy, ante todo, obrerista y amiga de los campesinos. Jamás he renegado de mi adhesión al pueblo». Otros la acusaron de haberse vendido a los conservadores. Ella replicó que la gente se vende por lujo, por tener una familia numerosa a quien sostener o por vicios. Ella no tenía nada de eso. Lo cierto era que en la década de 1930 su conciencia social estaba más viva que nunca. Su proyecto de editar un volumen sobre folclore chileno entroncaba con lo mismo. Todo lo que ella hacía apuntaba en la misma dirección.

En cuanto llegó a Santiago se reunió con los antropólogos más importantes del país: Tomás Guevara, Ricardo Latcham, Julio Vicuña Cifuentes y Ramón Laval en la Casa Central de la Universidad de Chile. La ciencia antropológica estaba más avanzada en Chile que en otros países de América Latina desde que el alemán Rodolfo Lenz la había iniciado a finales del siglo XIX. La revista sobre folclore chileno, que él había fundado, estaba entre las mejores de su área en América Latina.

En 1954, en cambio, solo tenía un propósito: buscar información para su *Poema de Chile*, su viaje imaginario por el país que la vio nacer. El proyecto se estaba perfilando como una declaración de amor y pertenencia escrita con la tinta negra de la nostalgia. No sabía el momento exacto en el que había comenzado a escribirlo. Tal vez en Punta Arenas, en los cuadernos de notas que le regaló una vez Laura. O en Fontainebleau, cuando soñaba viajar con Yin Yin por su país. O en su viaje de 1938, cuando ingresó al terruño por Osorno después de atravesar la gran bestia andina a caballo. El paso cordillerano fue accidentado. Sufrieron una tormenta. El mulero que la acompañaba le aclaró que la cordillera de los Andes se llamaba, en realidad, de los andenes, porque así le decían los conquistadores españoles por la agricultura de andenes que practicaban los indígenas en las alturas. Le inspiró el recado «La montaña aúlla». Las notas que tomó aquella vez en el trayecto de Osorno a Santiago ya habían fluido a su nuevo proyecto.

Las calles de Chile mostraban por todas partes pancartas electorales con los candidatos a la presidencia de la República. Uno de ellos era el radical Pedro Aguirre Cerda, su aliado. Competía con Carlos Ibáñez del Campo, entonces su enemigo declarado. Entendió que en esa elección se dirimía no solo el futuro de Chile, sino también el suyo. Aguirre asistió a su presentación en el Teatro Municipal, cuyo tema fue el folclore. Esa no fue su única aparición en público. También se presentó en el Teatro Caupolicán exponiendo sobre *El escritor y la política*. En aquella ocasión, Mistral manifestó su rechazo al comunismo por considerarlo, junto con el fascismo, una forma perfecta de tiranía. Lamentó que los partidos progresistas promovieran el divorcio entre las masas populares y la religión. Una sociedad no debía verse como una cuestión contractual, sino como una extensión de la unidad doméstica. Debía ensalzar las virtudes de la cooperación para preservar la sensación de comunidad y de economía moral. El jacobinismo, en cambio, estaba en proceso de crear generaciones sin altura de espíritu y sin heroísmo. Definió al jacobino como el hombre o la mujer de una cultura mediocre o inferior, sin ojo fino para las cosas del espíritu, en otras palabras, sin deseo de trascendencia. Los ruidos ambientales dejaron ver que a algunos oyentes no les gustaba lo que escuchaban. No se dio por enterada. Su temor de que llegara el fascismo a Chile y a América Latina era real, una de sus grandes preocupaciones en ese momento. Precisó que deseaba para su continente un catolicismo sin el torquemadismo de Franco. Los asistentes la escuchaban perplejos... ¿En qué doctrina ideológica podía clasificarse ese pensamiento? ¿Era conservadora, socialista o radical?

En 1954 esas manifestaciones de principios ya no eran necesarias. Todos sabían cómo pensaba Gabriela Mistral. Sabían que estaba abocada a sacudir del continente americano la herencia colonial del analfabetismo y el latifundio, sin abandonar la tradición clásica y cristiana. Ya nadie la atacaba. La magia del Premio Nobel lo había logrado. Pero en 1938 todavía la combatían. Todavía era vulnerable. Aquella vez Neruda echó a correr el rumor de que Mistral era una espía de los jesuitas porque defendía la enseñanza religiosa. Gabriela se desahogó con Pedro Aguirre Cerda cuando lo visitó en Conchalí. El reencuentro fue emotivo. Lo saludó como «mi futuro presidente». En todas las entrevistas que dio en ese viaje manifestó el aprecio y confianza que le tenía. Muchos pensaron que Mistral había viajado a eso a Chile: a apoyar la campaña de su amigo, pero ella lo desmintió. Aguirre le ofreció el Ministerio de Educación si salía elegido y Gabriela le explicó que no estaba en sus planes regresar. No pensaba volver a confrontarse con los mastines locales.

—Mire cómo me critican ahora, que apenas estoy de paso.

En ese tiempo escribía un texto autobiográfico titulado «Mi experiencia con la Biblia», en que recordaba las tardes de los sábados con su abuela paterna en La Serena. No le gustaba que se murieran los dioses que adoró en su infancia. No le gustaban tampoco los nuevos que iban surgiendo. Profetizó que la humanidad se encaminaba por senderos falsos que la podrían alejar para siempre de su vocación espiritual. Su antigua discípula Laura Rodig le escribió una nota invitándola a visitarla en su casa de La Reina. Se había hecho un nombre como artista plástica y feminista, de lo cual Gabriela se alegraba. No así de su militancia en el partido comunista. Se excusó por falta de tiempo.

La gira de 1938 continuó en Perú y Ecuador. En Lima ofreció una charla sobre Bernardo O'Higgins... «Un hombre de Chile, el primero de nosotros, llegó a vuestra costa como héroe en desgracia en 1823, y se quedó con vosotros toda su vida». Apreció la cocina peruana. En el hotel le sirvieron un chupe de mariscos que su secretaria alabó como uno de los platos más exquisitos que había probado en su vida. Gabriela le explicó que la palabra *chupi* en quechua significaba jugos en cocción, caldo sustancioso, concentrado y reparador, y denotaba también la vagina o la vulva suculenta.

—Más sabrosos, entonces —indicó Saleva.

Gabriela le preguntó si había tenido experiencias eróticas con mujeres y ella confesó que sí, pero se consideraba esencialmente una persona asexuada. El sexo no era importante en su vida.

—¿Y tú?

—Lo mismo. Los malintencionados me adjudican ser lesbiana por mi cercanía con Palma. No saben que ella ama a un hombre y no imaginan lo que es la sororidad. En mi vida he amado profundamente a hombres e imagino que podría amar igualmente a mujeres, porque no me enamoro de los genitales, sino del alma de las personas.

No pudo ir a Quito, por la altura. Viajó a Guayaquil para ofrecer un recital de poesía en el teatro Olmedo que organizó una nueva aliada que le envió el destino: la escritora Adelaida Velasco. Era una gran admiradora suya. Velasco había fundado seis años antes, junto con la escritora Rosa Borja de Icaza, la Legión Femenina de Educación Popular. Muchas de sus participantes ocupaban el salón del teatro esa tarde. No le costó nada crear un círculo de gracia con ellas. Formuló que lo más extraordinario en su vida era el esfuerzo: «No me creo una mujer de talento, sino un ser imaginativo y emocional que ha hecho, sin inteligencia, poesía con imágenes y dolores». Velasco aprovechó el entusiasmo de los oyentes para anunciar el inicio de una campaña, liderada por ella, para postular a su admirada poeta al Premio Nobel de Literatura. Invitó a los escritores ecuatorianos a sumarse. Gonzalo Zaldumbide, presente en el teatro, fue el primero. Se habían conocido en París, cuando ambos trabajaban para el Instituto de Cooperación Internacional, y Teresa de la Parra y él hacían una buena pareja. Zaldumbide aplaudió la iniciativa de pie y el público lo emuló. La ovacionaron como si ya le hubieran otorgado el galardón. Al día siguiente tuvo lugar la condecoración de Gabriela Mistral con la Orden del Mérito por parte del gobierno ecuatoriano.

Lo que empezó como una idea loca tomó fuerza cuando Pedro Aguirre Cerda ganó las elecciones presidenciales con su lema «Gobernar es educar». Gabriela se enteró del resultado en La Habana, la última estación de esa gira por América Latina, y la llenó de esperanza en cuanto al destino de su país. Manifestó su alegría por ello en el Anfiteatro, cuando le hicieron entrega simbólica de las llaves de la ciudad. En su discurso por el Día de la Cultura Americana abordó el papel de la mujer en la formación de la cultura, vinculándola con la paz. «A las mujeres se les apartó mañosamente de la construcción del mundo moderno alegando su debilidad y por su innato pacifismo. Las mujeres, lo mismo las tradicionalistas que las revolucionarias, sabemos que la paz es la condición del progreso». Continuó hablando sobre feminismo y pacifismo en el Congreso Nacional Femenino que comenzó pocos días después con un homenaje a la chilena.

En el barco en el que regresó a Europa escribió un comentario sobre el nuevo presidente de Chile e hizo advertencias a sus compatriotas. Elegir bien al hombre del timón era solo la mitad de la buena acción; la otra mitad era ser una buena tripulación. Los «equipajes» criollos eran, por desgracia, levantiscos desde Bolívar o Freire en adelante.

Había por lo menos una docena de jefes natos, en la historia de América, cuya faena fue el martirio de su tripulación veleidosa... «Queremos, antes que una travesía famosa, un viaje sin tragedia y un barco en el que podamos ir todos, sin que la mitad de la marinería pida que se eche al mar la otra mitad». Calificó al nuevo presidente de feminista de doctrina y hechos y le deseó el coraje de ponerse entre los dos frentes fariseos —el comunismo y el fascismo—, y que en su gobierno lograra la anhelada justicia social.

No quiso regresar a Portugal, por muy amable que fuera su gente, porque una dictadura era una dictadura y al final sintió el peso de la censura y de la autocensura. Y a España ni pensarlo, el monstruo de la guerra seguía vivo. Desde Génova, donde arribó su barco, viajó de inmediato a Niza para asistir al cumpleaños de Roger Caillois, un íntimo amigo de Victoria Ocampo. En Argentina le prometió a su amiga que asistiría. Después vería qué iba a hacer. No tenía planes concretos, solo dos maletas grandes y muchas ganas de reencontrarse con su hijo. Junto con su secretaria puertorriqueña se alojaron en una pensión con vistas al mar de Liguria.

Caillois resultó ser un intelectual interesante, bastante menor que Victoria. Acababa de terminar un ensayo titulado *El hombre y lo sagrado*, que Gabriela leyó con interés. Él y Ocampo eran pareja, eso era evidente. Lo confirmaría pocos meses después, cuando el amante francés se refugió en la casa de la argentina por el tiempo que duró la Segunda Guerra Mundial. Al cumpleaños llegaron los sociólogos Gaston Bachelard y Georges Bataille. En las conversaciones chispeaba cierta trivialidad. Su recurso en esos ambientes era prender un cigarrillo tras otro y esfumarse pronto, ojalá sin que nadie se diera cuenta.

Arrendó una casa con ventanales a la bahía. Niza era un buen lugar para trabajar. Nietzsche había escrito allí su *Así habló Zaratustra*, y Chejov, sus *Tres hermanas*. Llevaba apenas unos días instalada, disfrutando del descanso y la vida sedentaria, cuando le llegó la noticia del terremoto de Chillán, ocurrido el 24 de enero de 1939, que dejó más de treinta mil muertos en el centro sur de Chile. El mundo no daba tregua. En una larga caminata sola por la Promenade des Anglais escribió en su mente pensamientos sobre la catástrofe: «Hace siete meses yo atravesé nuestro Valle Central después de años de no verlo [...]. Los niños chillanejos desfilaron a mi vista cruzando su vieja plaza [...]. No sabía que una porción de esa carne niña, una noche de fábula, pasaría del sueño a la muerte». Envió el artículo a periódicos de varios países, entre ellos a *El Tiempo*, cuyo antiguo director, Eduardo Santos, acababa de ser elegido presidente de Colombia.

Se dedicó a ordenar su obra y a escribir nuevos poemas mientras esperaba a Palma. El incentivo era grande desde que Adelaida Velasco le informó que el nuevo presidente de Chile se había sumado de manera activa a la iniciativa de postularla al Premio Nobel de Literatura. Aguirre encargó a los funcionarios de los ministerios de Educación y de Relaciones Exteriores que no omitieran sacrificio alguno para lograrlo. Al embajador de Chile en Francia, Gabriel González Videla, le encargó que ayudara a dar a conocer la poesía de Gabriela Mistral en ese país. Ella misma propuso como traductora a Mathilde Pomés, una antigua conocida, colaboradora del Instituto de Cooperación Internacional. A la campaña se sumó la Academia de las Letras de Brasil, con Mario de Andrade a la cabeza, y Eduardo Santos en Colombia.

Era un buen momento para ella. También porque en marzo llegó por fin Palma con Yin Yin, que ya tenía trece años. Palma estaba más delgada, y Yin Yin grande e irreconocible. Era evidente que su amiga sabía cómo tratarlo. La relación entre ellos era estrecha, tierna y sin tensiones. Gabriela temió no poder ser así de llana, así de clara y tierna con él. Hizo lo posible por ganárselo y su amiga la apoyó. Evitaron entrar en rivalidades. Cuando Palma se instaló en Génova para poner allí su base de operaciones —había sido designada por la Liga de las Naciones como la encargada oficial del apoyo a los refugiados republicanos españoles— Yin Yin se quedó en Niza con su madre. La función de Palma era ayudar a los refugiados a salir de España hacia México y otros países de América Latina. Su preocupación principal era su amado Luis Nicolau, que se había refugiado en Francia.

En junio de 1939 Gabriela viajó a Washington para arreglar con una amiga de Adelaida la traducción al inglés de algunos de sus poemas y su publicación en la editorial de otro conocido de la ecuatoriana. Esos contactos provenían del tiempo en que Adelaida había representado a su país en la Comisión Interamericana de la Liga Internacional de la Mujer. A su regreso a Francia hubo un contratiempo. Cuando se enteró de que la antología francesa había sido prologada por Paul Valéry a pedido de la traductora, Gabriela protestó:

—¡Cómo se le ocurre! Yo soy una mujer primitiva, una mestiza y cien cosas que están al margen de Valéry.

Muchas veces se había burlado de los poetas latinoamericanos que solicitaban prólogos a críticos europeos pagando por ellos. Pidió que se le remunerara su trabajo, pero que su texto no fuera incluido en el libro. Ella misma habló con Francis de Miomandre para pedirle que escribiera algo. Miomandre fue el traductor de Teresa de la Parra al francés, por lo cual tenía conocimientos profundos sobre la literatura latinoamericana. El libro estuvo listo en agosto de 1939, pero su publicación debió ser aplazada por el inicio de la Segunda Guerra Mundial en septiembre de ese año.

19

Sonámbula

En la siesta soñó de nuevo con Yin Yin. Once años después de su muerte estaba tan presente como la noche en que murió en sus brazos. Durante años había soportado la imagen de esa noche tomando tranquilizantes. En el sueño se disculpó por no haber visto las señales y por haber sido una madre egoísta. Le comunicó que para ella no era posible la alegría después de su partida y lo reprendió por haberla dejado huérfana de él. Despertó como sonámbula y se dio cuenta de que estaba en La Serena y que Doris descansaba en la habitación de enfrente. Meditó y repitió una de sus *Oraciones por Yin Yin*... «Dios Padre, confortad su corazón herido...». Enseguida mandó a buscar a don Pancho para regalarle el ejemplar autografiado de *Tala*. La alegría del chofer le rebotó.

Doris envió a Gilda a ver si había periodistas o cualquier otro tipo de moros en la costa porque quería salir a tomar aire fresco y caminar un poco por la ciudad. La secretaria no vio a nadie, pero se equivocó, porque en la entrada del edificio las esperaba un muchacho con el rostro lleno de espinillas y ostensiblemente bajo. Se acercó a Gabriela para darle un manuscrito diciendo que eran sus poemas. A la poeta no le quedó más alternativa que recibirlo. Le preguntó si su poesía era yoísta o projimista. El joven no entendió la pregunta.

—Cuídese de hacer una poesía yoísta. Hay que buscar la comunión.

Él asintió sorprendido.

—¿Está satisfecho con su libro?

—Sí. Espero que a usted también le guste. Le dediqué un poema.

—A mí, en cambio, mis poemas me dan todos vergüenza. Siempre son inferiores a mis expectativas. Es mejor así. Vuelva a revisarlo —le pidió devolviéndole el regalo.

Niza se llenó de refugiados, en su mayoría judíos, que huían del avance nazi hacia Europa del Este. Gente temerosa que llevaba el dolor dibujado en el rostro. La guerra estaba en sus miradas. Desde allí partirían a las colonias francesas en el norte de África y a América del Norte y del Sur. El futuro se veía negro para Europa. Sospechó que en algún momento ella también tendría que partir. Le preocupaba que Juanito, así lo llamaban sus compañeros de escuela, se sintiera atraído por las ideas fascistas. Palma fue la primera en partir. Propuso a su amiga que se fueran con ella a México, pero ella prefirió emigrar a Brasil. Tenía buenos recuerdos de su último paso por ese país. Tomó esa decisión guiándose por una intuición, como casi siempre, pero esta vez su instinto le iba a traicionar.

Arribó con su hijo y su secretaria puertorriqueña a Río

de Janeiro el 14 de abril de 1940. Fue recibida como la figura solar de las letras iberoamericanas. Desde que se había corrido la voz por todo el continente de su candidatura al Nobel, su estatura intelectual era indiscutible. En una entrevista a un periodista de *O Jornal* declaró:

> Después de una ausencia larga, que no ha sido nunca desnutrimiento de mi americanidad, aquí estoy otra vez, hija devuelta a la luz y a los limos americanos. La América es una en sus vísceras. Estar aquí es para mí como estar en mi valle de Chile. Gracias anticipadas porque vosotros me haréis ver vuestra naturaleza y vuestras costumbres. Gracias por nutrirme de la alegría de vivir que en el Viejo Mundo se apaga a ojos vistas. Digo, como los campesinos de Chile: mande usted en mí y sea servido.

Se instaló en una casa de dos pisos en la avenida Tijuca, en Alto de Boa Vista, cerca del cerro Corcovado. El consulado funcionaba en Niterói, al otro lado de la bahía de Guanabara. De él se ocupaba Consuelo Saleva. Gabriela solo iba una vez por semana a firmar documentos. Lo suyo seguía siendo escribir literatura y recados. De ese tiempo es el ensayo pacifista *Maternidad y guerra*. Tuvo que ser paciente con Saleva. Era tan complicada como indispensable. Por primera vez tenía cerca a una mujer calculadora y difícil, sin el talento de la sinceridad. Se quejaba de que su jefa era impaciente y Gabriela se defendía diciendo que las personas con alta capacidad imaginativa tendían a ser directas y exigentes, porque su mente apuntaba a un ideal que nunca perdían de vista. La poeta sospechaba que le robaba, aprovechándose de su desapego franciscano por lo material. Pero no tenía las ganas ni las energías para ocuparse de eso.

Asistió con ella al homenaje que le hizo la Federación de la Academia de las Letras de Brasil en la Casa de Rui Barbosa en junio de 1940, donde se reencontró con Mario de Andrade y Cecilia Meireles. Meireles venía llegando de Texas, donde la habían invitado a dar unos cursos en la universidad. Le regaló su libro *Viagem*, recién publicado, de una poesía espiritual y mística cercana a la obra de la chilena. En esa ocasión disertó sobre el divorcio lingüístico en América, el desconocimiento y la distancia entre el ámbito castellano y el portugués. Anunció que se ocuparía de traducir a poetas brasileños a su lengua y pidió a Meireles que la apoyara en ese proyecto.

En busca de tranquilidad y campo se mudó a vivir a la ciudad imperial de Petrópolis en noviembre de 1940. Compró una casa espaciosa, estilo colonial, con amplias habitaciones, que antes había pertenecido a un conde. Los ventanales miraban hacia una huerta con mangos, chirimoyos, aguacates, palmeras y diversos tipos de helechos. Volvió a ser hortelana y trató de entusiasmar a su hijo para el trabajo de la tierra. Le explicaba que todos los tipos humanos creativos que habían aportado a la civilización —inventores, exploradores, filósofos— habían vivido su infancia en el campo. Le dio a leer una prosa poética en la que recomendaba a las madres: «Lleva siempre a jugar a tu niño al jardín. Llena sus manos de tierra y cuéntale el milagro de la semilla que se hincha y brota. Acuérdate de que la más honda alabanza que se puede dar a alguien es decir que fue sembrador». Yin Yin no la secundó, pero ella no perdió las esperanzas.

Por las tardes solía sacar a pasear a su perra Diana, una

mezcla brasilera de color marrón claro que adquirió en Petrópolis. En uno de esos paseos descubrió en un jardín vecino un cinamomo, similar al que había en Vicuña, y pidió a la dueña de la casa entrar a olerlo. Doña Sonia, así se llamaba la vecina, conocía muy bien la vegetación de su país. Le regaló semillas de unas flores aromáticas para que las plantara en su jardín. Volviendo a su casa describió al cinamomo como «un árbol muy bíblico y sensual» en el recado que tituló «Un jardín de Petrópolis».

Matriculó a Yin Yin en una escuela agrícola en Vicosa, en el estado de Minas Gerais. Los sueños que tuvo ella alguna vez de crear una escuela agrícola los proyectaba sobre su hijo adolescente. Palma, que también tenía algo que decir en la educación del muchacho, manifestó su acuerdo en una carta. Él protestó arguyendo que prefería vivir en la ciudad y no en el campo y que además no le gustaba Brasil. Quería regresar a Europa. Pero tuvo que aceptar la elección de su terca madre. Era muy difícil para él contradecirla cuando tomaba una decisión.

Gabriela se quedó sola en Petrópolis. A veces llegaban escritores chilenos a visitarla, que ella alojaba en su casa con generosidad, como cuando apareció Benjamín Subercaseaux, con quien se había topado alguna vez en París. Llegó a pedirle un prólogo para su libro *Chile o una loca geografía*. Accedió porque el proyecto se parecía a ese poema que ella pensaba escribir algún día. Ninguna visita la movía demasiado. Los escritores chilenos le parecían, en general, inflados por sus amigos y contactos. Eran pocos los talentosos, pocos los que trascenderían.

Su nuevo vecino, en cambio, mereció todos sus respetos. En agosto de 1941 se instaló a pocas cuadras de su casa el escritor judío austriaco Stefan Zweig y su compañera de vida Lotte Altmann. La amistad que surgió entre ellos fue una fiesta para Gabriela. Tenían mucho en común. Zweig era un viajero apasionado, un pacifista y un intelectual que rechazaba tanto el nazismo como el estalinismo. En sus encuentros ambos ensanchaban sus horizontes. Gabriela le explicaba América Latina y él le contaba sobre su experiencia en países que ella no conocía ni quería conocer. Zweig había visitado la Unión Soviética a principios de la década de 1930 y había visto cómo eran tratados allí los escritores disidentes.

A la chilena le interesó el caso de Ósip Mandelstam, el poeta ruso que murió en un campo de prisioneros en 1938 por haber compuesto versos que no gustaron a Stalin. Había oído de forma somera hablar de un «Epigrama contra Stalin» y quiso saber más. En el poema no nombraba de manera explícita al dictador, pero era evidente que se trataba de él. Comentaba sus bigotes de cucaracha y el festejo que suponía para él la ejecución de disidentes. Lo peculiar del caso era que Mandelstam no había escrito el poema: solo lo había conservado en su memoria y lo recitaba a sus amigos en los encuentros clandestinos. Poco a poco el círculo de los que conocían el poema fue agrandándose, hasta que el asunto llegó a los oídos del servicio secreto soviético. En 1934 la policía asaltó su casa en busca del poema. Como no lo encontraron, lo llevaron preso y lo sometieron a largos e intensos interrogatorios. Lo privaron de sueño durante quince días y lo alimentaron con comida salada sin darle de beber.

—¡Terrible! —reclamó Gabriela—. Todo por un poema que nunca fue escrito.

Los agentes soviéticos querían que Mandelstam confesara su culpa para poder condenarlo, porque no había ninguna prueba indiscutible y fehaciente de ese insulto al jefe máximo. Uno de sus delatores escribió lo que recordaba y pusieron el texto ante sus ojos. Mandelstam no negó su autoría. Gabriela quiso saber qué pasó con él.

—Lo llevaron a Siberia y luego a la isla de Crimea. Allí lo tuvieron tres años preso.

Zweig comentó que en Crimea el detenido solía leer un libro sobre «poetas españoles y portugueses víctimas de la Inquisición», que había sido publicado dos años antes en Leningrado.

—La Unión Soviética criticando la Inquisición católica, ¡qué paradoja! —constató Gabriela.

Las presiones de Stalin contra Mandelstam no cesaron. Le exigió que le dedicara una oda. Mandelstam intentó hacerlo, para salvar su vida y la de su esposa, pero no le resultó. Escribió un insulto disfrazado de oda. La conversación sostenida en la terraza de la casa de Zweig en Petrópolis le recordó el poema «Canto a Stalingrado» de Pablo Neruda. Cuando lo leyó le pareció de un oportunismo vergonzante, un ejemplo clásico de poesía sumisa para congraciarse con el poder. Zweig le preguntó si había tenido alguna vez contacto con los rusos. Ella negó de manera rontunda.

—No he tenido ni tendré nunca contacto con los soviéticos. Ellos y los fascistas son siameses.

Zweig la quedó mirando. No sabía si plantear o no una pregunta. Temía que su vecina se la tomara a mal. Optó por hacerlo...

—¿Por qué decidió venir a Brasil y no a su país?

Gabriela no se molestó. Era una pregunta obvia. Le confesó que no se llevaba bien con los intelectuales chilenos. Había mastines rabiosos que esperaban el momento apropiado para irse contra ella.

—Pero usted es una mujer muy apreciada en el mundo. Deberían estar orgullosos.

Gabriela negó con la cabeza.

—En mi país no es así. Además, hay cosas en mi vida que los chilenos no saben ni debieran saber.

Zweig no hizo más preguntas.

En otra ocasión hablaron de Montaigne, sobre quien el vecino escribía un ensayo. Lo consideraba un heraldo de la libertad individual y un mediador entre protestantes y católicos en tiempos de violencia descarnada. Los paralelismos con el tiempo en que vivían eran evidentes. Entonces, la confrontación era entre religiones, ahora eran las ideologías las que ponían a los seres humanos a matarse entre sí.

—¿Qué podemos hacer los intelectuales independientes? —preguntó Gabriela.

Zweig se puso triste al responder:

—Es imposible que un escritor pueda interferir contra la ceguera del hombre actual.

—¿Pero puede el intelectual no hacer nada? —insistió ella.

—Estamos viviendo la hora de los cañones. Ellos son los que actúan. ¿Qué puede hacer un intelectual contra las armas? —ponderó el austriaco.

Después de llegar a esa cercanía y a esa intimidad fue duro vivir de cerca el suicidio de Zweig y su esposa. El 23 de febrero de 1942, a las nueve de la noche, dieron la noticia en la radio. Consuelo fue a decírselo llorando. De inmediato partió a su casa y la encontró llena de periodistas, escritores y fotógrafos, entre ellos el presidente del PEN Club de Brasil. La criada la dejó pasar a verlos. Estaban en su cama abrazados. Zweig con el rostro tranquilo de siempre.

Sobre la mesa del escritorio había una carta abierta de despedida titulada «Saludos a todos mis amigos»:

«¡Ojalá alcancen a ver la aurora tras la larga noche! Yo, demasiado impaciente, parto antes que ustedes».

No fue la única pérdida. Tres meses antes, en noviembre de 1941, le había llegado la noticia de que había muerto de tuberculosis su amigo y aliado Pedro Aguirre Cerda. Rezó por él y le agradeció todo el apoyo que le había dado. Tantas veces la había salvado de los intelectuales-hienas.

La posición de América Latina ante los conflictos europeos era uno de los temas que más le quitaban el sueño en ese tiempo. En enero de 1942 hubo una reunión de ministros de Relaciones Exteriores del continente en Río de Janeiro en la que se debatió el asunto y ella siguió de cerca todo lo que se habló allí. Se entrevistó con el ministro chileno Joaquín Fernández y le expresó su deseo de que Chile rompiera con el Eje. Caminando por la playa de Ipanema, el chileno la escuchaba con interés, como la conocedora de los países que estaban en disputa que ella era. Había vivido en varios. Gabriela se quejó de que sus compatriotas quisieran encasillarla en partidos políticos.

—Han llegado al extremo de decir que soy comunistoide. ¡Figúrese usted!

El canciller movió la cabeza en señal de empatía.

—Además de ser ese fenómeno raro de una mujer sin partido político, soy una pacifista empedernida.

—Quien ha leído sus recados lo sabe.

Siguieron caminando. Gabriela estaba ansiosa.

—En Chile existe un odio general hacia mí, sin reconocer que trabajo para mi país desde los quince años.

—No estoy tan seguro de que sea así. Yo he escuchado solo comentarios positivos sobre su persona.

—El pueblo me quiere, los intelectuales no.
—¿Por qué no la quieren?
—Para responder esta pregunta tendría que contar la historia de mi vida.

A su regreso a Petrópolis se encontró con una carta de Palma, preocupada por el destino de su novio Luis Nicolau. La Legación de México en Vichy había sido ocupada por los nazis y los refugiados españoles que se encontraban allí apresados. Su novio estaba entre ellos. No sabía nada de él y sufría mucho por eso. Había bajado bastante de peso. Gabriela imaginó su dolor. La invitó a pasar unos días con ella y escribió a sus amigos franceses para que intercedieran en favor del novio de Palma.

Otra carta que llegó en esos días provenía de Sao Paulo, de una misteriosa mujer llamada María Terra. Decía cosas inverosímiles como que estaba infelizmente casada con un uruguayo y quería divorciarse, pero las autoridades brasileñas no la dejaban salir del país. Le pedía ayuda. Aseguraba que era inglesa y que su marido era sobrino del expresidente de Uruguay. Le ofrecía sus servicios como secretaria, ya que hablaba y escribía cinco idiomas. Gabriela no le respondió. Pero despertó su curiosidad.

En septiembre de 1942 viajó a Bello Horizonte, en Minas Gerais, invitada por la poeta Henriqueta Lisboa, una admiradora suya que escribía un ensayo sobre *Desolación*. Físicamente era todo lo contrario de Gabriela: delgada y de apariencia frágil, pero sus temperamentos se parecían. Henriqueta practicaba una poesía intimista en la que exploraba el mundo minero que la circundaba. Gabriela permaneció diez días en su casa y aprovechó ese tiempo para leerla. Constató que, al igual que Cecilia Meireles, buscaba expresar el imaginario colectivo en sus poemas. Eso hacía que ambas estuvieran en el centro de la vanguardia brasileña. Meireles trazaba en ese tiempo las primeras ideas de su *Romancero de Inconfidencia* y Lisboa escribía *Madrinha lua*, donde tematizaba la imaginería de Minas Gerais. Ambas poetas eran el eje de un proyecto literario novedoso y vital. Constató que el país-continente brasileño se unificaba a través de su literatura. En la charla que dio en el Auditorio Escuela Normal de Bello Horizonte comentó el libro *O Menino Poeta* de Henriqueta Lisboa y luego escribió un recado sobre ella. Aprovechó la ocasión para pedir a los escritores brasileños que fueran fieles a la única causa que debían seguir los intelectuales del mundo: la causa de la paz, la inteligencia y la libertad. La única actitud posible de los intelectuales, afirmó, debía ser antinazi, porque el nazismo combatía a los hombres y mujeres de espíritu.

Antes de regresar a Petrópolis pasó por Río de Janeiro, donde Meireles le presentó a Manuel Bandeira, poeta y profesor de la cátedra de Literatura Hispanoamericana en la Universidad de Río de Janeiro. Aceptó la invitación a ofrecer una charla en esa universidad. Meireles también la llevó a un salón literario en Ipanema llamado Salón azul por la decoración del lugar, al que asistían mujeres de la burguesía brasileña. Notó la influencia francesa y una concepción restrictiva de lo que debía ser la cultura femenina. La mayoría era afín al gobierno de Getulio Vargas, cuyo lema era «Hogar, Escuela y Patria». Asistió una sola vez. Para ella el papel de las mujeres era otro. Lo había expresado en su recado «Paz en América»...

Hay una solidaridad más subterránea que ostensible entre nosotras, mujeres americanas, en esta hora del mundo. Queremos conservar en el continente la paz, la única forma de convivencia que conviene a la familia humana. La mujer lo sabe todo en lo que toca a los asuntos fundamentales de la vida, aunque siempre parezcamos ignorar demasiado. Así es como sabemos que nuestra única vigilancia angustiada de este momento ha de ser la paz de nuestros pueblos.

Poco a poco fue apareciendo la otra cara de Brasil. Por una parte, estaba la exuberancia de la naturaleza y por otra, la pobreza y la indolencia de las élites varguistas hacia las masas populares. Llamó ultralazarillos de Tormes a las bandas de niños vagabundos que veía hormigueando por los campos y las aldeas en busca de comida: «En guiñapos, las carnes al aire, sucios hasta no sabérseles el color, cayendo como enjambres de avispas sobre los buses de viajeros, gritando interjecciones de picaresca, ofreciendo frutas o billetes de lotería con sus manos costrudas». Getulio Vargas gobernaba con un discurso nacionalista. Admiraba a Hitler y Mussolini y a la vez mantenía relaciones de buena vecindad con Estados Unidos. Gabriela temía que el nazismo avanzara en ese país y desde allí hacia el resto de América Latina. Por las cartas de sus amigos chilenos sabía del surgimiento de agrupaciones pronazis en su país. Temía que estas presionaran al gobierno para que abandonara su posición de neutralidad.

Tampoco eran buenas las noticias que llegaban de la escuela de Yin Yin. Le avisaron que era un alumno problemático. Muchas veces bebía a escondidas. De inmediato lo sacó de allí. Su hijo obstinó que el agro no era lo suyo. No quería vivir en el campo, sino en las ciudades europeas. No le gustaba Brasil. Quería ser escritor o piloto. Lo matriculó en un colegio de Petrópolis, pero allí no se sintió mejor. Sus compañeros le decían despectivamente el francés, por el acento con que hablaba el portugués. Siguió bebiendo. Muchas veces regresaba borracho de las incursiones con sus amigotes. Gabriela se lo contaba todo a Palma en cartas desesperadas en que le pedía apoyo. Porfiaba en invitarla a que pasara un tiempo con ella. La necesitaba. Pero su amiga estaba luchando en otros frentes para conseguir que los nazis liberaran a su amado. Esperaba que esto ocurriera pronto y él pudiera irse a México. Pero le escribía largas cartas a Yin Yin dándole consejos, cartas que lo tranquilizaban. A ella le hacía caso. Las amigas iban de un susto a otro con él. En su nuevo colegio se enamoró de una joven de ascendencia alemana y pensó en casarse con ella. Gabriela le pidió que reflexionara. Era demasiado joven para dar un paso así. No debía dejarse llevar por sus impulsos. Además, Alemania era el país causante de la guerra. Los alemanes no eran bien vistos en América. Después quiso dejar la escuela para transformarse en escritor autodidacta. Ella se opuso.

—¡De ninguna manera lo permitiré!

En suma, la madre no apoyó al hijo. Yin Yin se encontró con un manojo de negativas. Se resignó de manera momentánea. Desistió de ser escritor autodidacta y dejó de pensar en contraer matrimonio. Por un tiempo, madre e hijo disfrutaron una atmósfera de armonía. Vivían solos desde que Consuelo Saleva aceptara un cargo de asistente en la Embajada de Estados Unidos en Río de Janeiro. Una noche, Yin Yin se acercó a su cama y le preguntó qué ocurría después de la muerte y le habló de la reencarnación.

Preguntó si era posible que su alma se reencarnara en otro ser en la Tierra o en otro planeta del universo.

—Todos somos parte de un gran todo —respondió la madre.

Siempre se reprochará no haberle dado la importancia que tenía a la angustia del muchacho. No haber imaginado lo que planeaba y de lo que sería capaz. El 14 de agosto de 1943 lo encontró agonizando en su habitación. Pidió ayuda al vecino y juntos lo llevaron al hospital de Petrópolis. Los médicos hicieron todo lo posible por salvarlo, pero no pudieron.

—No te vayas, hijo mío. No te vayas... —gritaba desesperada.

Cuando dejó de existir en sus brazos, murió también una parte de ella.

Estuvo dos semanas fuera de sí, internada en la clínica, bajo el efecto de tranquilizantes, preguntando a cada rato por su hijo. Regresó como sonámbula a su casa. Lo primero que hizo fue escribir un telegrama a Palma, una nota urgente con rango de orden: «Vente inmediatamente». No le explicó por qué. Luego cerró todos los postigos de su casa para que no entrara ningún rayo de luz y así sentir que ella también estaba muerta. Los días y semanas que estuvo así meditó, rezó y escribió como en trance *Oraciones por Yin.* «Por cuanto sufrió Juan Miguel sin entender este mundo que tampoco lo comprendió a él». El dolor exacerbó su lado místico. Releyó teosofía e intensificó su fe espiritista. Siempre había admirado el culto a los ancestros de los japoneses. Siempre había sentido la presencia de su madre y Emelina cuando las necesitaba. Pero la comunicación con ellas nunca fue tan intensa y real como lo era la comunicación con Yin Yin. Todos los días conversaba con él. En esos estados de trance su hijo volvía a llamarla mamita. Ella lo escuchaba. El alma de la madre y la del hijo se tocaban. Ahondó sobre la muerte y el camino de ultratumba. Imaginó que el alma de su hijo recorría una serie de esferas o planos intermedios hasta obtener la perfección extática y quiso acompañarlo en esa ruta.

Cuando Palma llegó, la casa de Petrópolis era un nido de fantasmas y Gabriela se había convertido en uno de ellos. Había perdido la noción del mundo. No sabía cuánto había pasado después de la partida de Yin Yin.

—Nuevamente he sido herida por el rayo —declaró.

Su aliada se limitó a escucharla, a estar con ella en silencio, a cocinar para ella los platos que le gustaban para que recuperara los kilos perdidos. No era fácil. Muchas veces se despertaba gritando en la noche y en el desayuno quería saber quién era la persona que gritaba. Se reprochaba haber impuesto a su hijo una vida errante y sin raíces. La idea de no haberlo sabido comprender, de haber sido demasiado exigente con él, la carcomía por dentro. Su conciencia era una serpiente que no se echaba nunca. Contó a su amiga que en el último tiempo Yin Yin la cuidaba con ternura.

—¿Cómo entender que el niño que se levantaba a medianoche por haberme oído respirar mal se haya suicidado?

Sospechó que sus amigos le dieron una droga para enloquecerlo.

—Ellos lo mataron, amiga querida.

Palma interrogó a los compañeros de la escuela de Yin Yin para entender qué había ocurrido. Le dijeron que estaba triste porque la muchacha a quien quería hablaba mal de él y lo hacía sentir mal.

Otra explicación que encontró Gabriela fue el karma.

Su muerte era un castigo por delitos que ella había cometido en su vida anterior. Meditaba para enterarse de esos delitos armando una especie de biografía de ultratumba y compartía sus descubrimientos con su amiga. Palma la escuchaba con paciencia y la incitaba a escribir, a no descuidar la poesía, y ella le hizo caso. Escribir fue más que nunca una catarsis. Un día anunció que ya tenía el título de su próximo libro, *Lagar*, y le citó un verso que lo explicaba: «*Y en el ancho lagar de la muerte / aún no quieres mi pecho exprimir*».

Pensando que en algún momento tendría que regresar a México y en que Consuelo Saleva no tendría tiempo para Gabriela porque trabajaba en otra embajada, Palma contactó a la misteriosa Marion Terra, que seguía enviando cartas a la poeta chilena. En la entrevista con ella en Sao Paulo pensó que sería la asistente perfecta para su amiga. Era culta, educada y de buena presencia: alta, rubia, ojos azules. Le creyó las historias que le contó sobre brasileños xenofóbicos y amores no correspondidos con un mulato y se la llevó a Petrópolis. Ninguna de las dos sospechó que la mujer buscaba a la poeta vagabunda para que la ayudara a regresar a su país natal, Alemania. Su nueva asistente la acompañó cuando Gabriela se trasladó a Río de Janeiro después de que Palma se volviera a México en octubre de 1945, y la ayudó a enviar libros a la biblioteca del Centro Cultural Gabriela Mistral en Vicuña.

20

Consagrada

Pidió a Doris que la ayudara a elegir un poema para declamar como broche final en su discurso en el estadio La Portada y ella le aconsejó que leyera uno de su último libro inédito; la parte en que describía su valle. Elegir un poema era todo un desafío. No podía ser cualquiera. Era consciente de la fuerza de atracción que ejercía sobre su pueblo. Gabriela Mistral significaba para los chilenos lo que los profetas en las culturas antiguas, aquellos que definían las pautas según las cuales debía regirse la comunidad. De allí los decálogos y los consejos a las madres y maestras. ¿En qué momento se había convertido en una profeta?

Al día siguiente, después del desayuno, concedió dos entrevistas: una al diario *El Norte* de Coquimbo y otra a *El Día* de La Serena. Los periódicos en los que ella había hecho sus primeras incursiones literarias ya no existían. *El Coquimbo* dejó de publicarse en 1926, con la muerte de Bernardo Ossandón. El enviado del diario *El Norte* solo le hizo una pregunta: el Premio Nobel. Lo que significó para ella. Respondió con la mejor disposición posible que lo supo por la radio y que luego se lo confirmó el embajador de Suecia en Brasil. Lamentó que la Academia Sueca le hubiera dejado poco tiempo para viajar a Estocolmo. Un barco que acababa de partir a Europa tuvo que volver a buscarla. No le confesó que la alegría no ensombreció la tristeza que sentía por la muerte de su hijo. Entre los asistentes en la sala de conciertos había un joven de la edad de Yin Yin. Al ir a recibir el galardón pasó por su lado y lo miró. Siguió caminando, fría y agradecida, por el reconocimiento. Fue una orden que se dio. Sonrió para la foto. Que nadie notara su corazón triste por no haber podido compartir ese momento con él.

—¿Cómo debemos interpretar su declaración en su discurso del Nobel, cuando aseguró ser hija de la democracia chilena?

—Todos saben que yo he sido, esencialmente, una autodidacta. Si mi trayectoria ha sido exitosa es porque he encontrado personas que me han apoyado dentro y fuera de Chile. Personas que han creído en la democracia y por eso han querido apoyar a una campesina del Elqui. Siempre he sostenido que quienes renovarán la cultura de nuestros países latinoamericanos en este siglo vendrán del pueblo.

El primer telegrama llegó desde Buenos Aires y era de Victoria Ocampo: «Los premios suelen tener poco olfato y se equivocan de destinatario, pero esta vez la elección ha sido feliz». Marion Terra, que la acompañó a Suecia, consiguió lo que quería y la dejó sola después de cobrarle trescientos dólares y exigirle dinero para vestuario y otras regalías. Cuando Gabriela siguió su gira protocolar por el

Nobel, su asistente alemana se quedó en Suecia para regresar luego a su país. Su verdadero nombre era Anna María Schloederer von Stammbaum y era de Augsburgo. Gabriela se enteraría tiempo después, gracias a las averiguaciones de Palma.

En París la esperaban sus traductores Mathilde Pomés y Francis de Miomandre. Ambos la acompañaron a la ceremonia en que la condecoraron Caballero de la Legión de Honor. Después de los tres días de visita oficial se quedó en la casa de Nicolau, en la calle Cherche-Midi, quien estaba haciendo trámites para trasladarse a México a casarse con Palma.

Después viajó a Italia. Allí, a pedido suyo, le asignaron una secretaria pagada por el gobierno. Era una muchacha joven que hablaba italiano y español. La acompañó a la Universidad de Florencia, cuando le otorgaron el grado de doctor *honoris causa*, y al Vaticano, donde la recibió el papa Pío XII. A la muchacha le tocó traducir la incómoda conversación con el pontífice, en la que Gabriela le reprochó la ignorancia de la Iglesia respecto a la situación de los indígenas americanos. Le habló de su defensor en el pasado, Bartolomé de las Casas. Le recordó que la Conquista había costado millones de vidas y abogó por una autocrítica de la Iglesia católica. No fue una reunión fácil.

La próxima estación fue Londres, pasando por Francia. Miomandre le ayudó a conseguir una nueva asistente que hablara inglés, idioma que no dominaba. Siguieron los homenajes en la isla y luego en Estados Unidos. Gabriela siguió aprovechando la tribuna que le daba el galardón para expresar con más libertad que nunca lo que pensaba. Cuando se reunió con el presidente Harry Truman en la Casa Blanca lo emplazó a que se doliera de los países lati-

noamericanos: «Señor presidente, ¿no le parece una vergüenza que siga gobernando en la República Dominicana
un dictador tan cruel y sanguinario como Trujillo?». Truman respondió con evasivas y ella prosiguió con sus im-
pertinencias: «Un país tan rico como el que usted dirige
debería ayudar a mis indiecitos de América Latina que son
tan pobres, que tienen hambre, que no tienen escuela».

En mayo de 1946 volvió a la Universidad de Columbia,
al Barnard College, donde ya se sentía como en casa. Era
la cuarta vez que visitaba ese establecimiento. Esta vez no
se encontró con Federico de Onís, porque andaba en la
Universidad de Texas ofreciendo unos seminarios, pero sí
con muchos de los antiguos colegas. En una de sus conferencias, titulada «La aventura de la lengua», se declaró persona impurísima en lo que tocaba al idioma. De haber
sido purista, jamás hubiera podido entender *la conversa-
duría* de un peón de riego, de un vendedor, de un marine-
ro y de cien oficios más. En otra charla, en el mismo college, disertó sobre poesía lírica. Aconsejó a los jóvenes
poetas ser específicos. Ella, sin embargo, no se atenía a esa
regla. Sus críticos decían que su obra no era una poesía de
la inteligencia, sino del corazón. Otra charla versó sobre la
xenofobia a partir de sus propias vivencias de extranjera
en los países en que había residido. Repitió lo que había expresado una vez en México: que creía en un espíritu universal. Más que mexicanos, italianos, franceses o chilenos,
ella veía siempre seres humanos. Entre sus oyentes estaba
su admiradora Doris Dana, una veinteañera neoyorquina
que impartía clases de latín en esa universidad. Después
de la charla, Doris no se atrevió a hablarle. Su español era
demasiado deficiente. Pero Gabriela se fijó en ella. Tenía
la belleza y la prestancia de una joven educada en los me-

jores colegios de Nueva York. La imaginó con un sayal franciscano.

No quiso regresar a Brasil para no confrontarse con los duros recuerdos. Primero se instaló en Monrovia, cerca de Los Ángeles, donde se había formado una colonia de teósofos y escritores como Aldous Huxley y Thomas Mann. Con ambos mantuvo conversaciones enriquecedoras. Le sorprendieron los profundos conocimientos sobre don Quijote que tenía Mann. Comentaron el pasaje en el que el morisco Ricote se encontraba con Sancho a su regreso a España y se quejaba de no haber hallado en ninguna parte acogimiento desde que fue expulsado de lo que consideraba su patria. La alusión a su propia situación de exiliado era evidente.

No se quedó mucho tiempo en Monrovia. Cuando los médicos le diagnosticaron una diabetes avanzada se cambió a Santa Bárbara, atraída por su hospital especializado en esa enfermedad, el California Cottage Hospital. Con la ayuda de Saleva, que volvió a trabajar para ella a petición urgente de Palma, compró una casa de estilo español de dos pisos, rodeada de un jardín con árboles añosos en la calle Anapamú. Sintió que había encontrado el lugar con que soñaba vivir una vida de sosiego entre sus libros y su huerto. A un árbol centenario que veía desde la ventana de su dormitorio lo llamaba alternadamente mi novio, mi esposo, mi amante. Le escribió con entusiasmo a Palma que en Santa Bárbara debía de haber un hombre por cada quinientos árboles. Siempre había tenido una relación mística con ellos. En «La fiesta del árbol», escrito en 1924, advirtió:

En cada lugar donde, para extender una casa, se tala el bosque, se destruye el equilibrio misterioso de la naturaleza y se traiciona la voluntad divina, que puso a la primera pareja humana en un jardín. Y cuando ese equilibrio sagrado se rompe, cuando del reino vegetal absoluto que era el bosque, se pasa al reino absoluto del hombre que es la ciudad, la voluntad escondida nos castiga, haciendo que degeneremos lentamente...

En su nuevo hogar escribió varios de los poemas que después formarían parte de su libro *Lagar*, entre ellos los de la sección *Locas mujeres*. Se trataba de autorretratos en versos titulados «La otra», «La abandonada», «La ansiosa», «La bailarina», «La desasida», «La desvelada», «La dichosa», «La fervorosa», «La fugitiva», «La granjera», «La humillada», «La que camina», «Una piadosa». La hablante lírica siempre era ella misma. En «La que camina» expresó: *«Tanto quiso olvidar que ya ha olvidado, / tanto quiso mudar que ya no es ella».*

Pidió a su aliada mexicana que viajara a Brasil a embalar sus cosas para enviárselas a Santa Bárbara y vender la casa. Palmita, como siempre, acudió a su llamado. La ayudó su hermana Luz. Gabriela le encargó que le enviaran algunos muebles, como una mesa de Yin Yin, y que le mandara a su perra Diana. Después de cumplir los encargos regresó a México a casarse con el embajador de la desaparecida República de España en ese país, Luis Nicolau d'Olwer.

Gabriela quiso visitar su antigua casa en la avenida Francisco de Aguirre en la que habían muerto Petita y Emelina. Gilda buscó a don Pancho y partieron. Las palmeras, que antes tenían la altura de la casa, habían crecido y la sobrepasaban. Reconoció los papayos y chirimoyos plantados por ella y Palma en 1925. La había vendido con la ayuda de Radomiro Tomic. Vieron niños jugando en el jardín. Caminaron hasta la playa. Don Pancho las acompañó manejando lentamente y haciendo largas pausas. Corría una brisa agradable. Gabriela se sacó su abrigo y las tres se sentaron sobre él en la arena. Había poca gente paseando en la costa. Estuvieron allí en silencio auscultando la conversación de las olas, bravas algunas, mansas otras, hasta que una pareja indicó en su dirección porque la reconocieron.

En la pequeña plazoleta de enfrente del hotel había un borracho durmiendo en un banco. Gabriela se acercó a verlo más de cerca. Recordó una reflexión leída en alguna parte que decía que la mayor misericordia concedida por Dios a los hombres era el sueño. Era lo más parecido al descanso eterno. Sin esa huida temporal de la realidad, la vida sería insoportable. Después del almuerzo se encerró en su habitación a meditar. Alguna vez llamó a La Serena ciudad levítica, por la vestimenta de los hombres. Llegó a odiarla tanto que denegó la oferta de Pedro Aguirre de ser directora del Liceo de Niñas. Volver al lugar en que se había sentido humillada le pareció un desafío imposible. Inspiró y dio por perdonadas todas las injurias. Nadie le debía nada. Sumando y restando, el mundo no se había mostrado tan espeso ni tan seco con ella. Espiró. El último tiempo con Doris a su lado se había sentido feliz.

Emelina murió el 20 de marzo de 1947. Entre los muchos telegramas que le llegaron estaba el de un profesor chileno del Departamento de Literatura de la Universidad de Berkeley llamado Fernando Alegría. Escribía un ensayo sobre ella. Gabriela lo acogió en su nueva casa y le respondió todo lo que él quería saber. Le contó de su diabetes y que a causa de ella estaba perdiendo la visión.

Poco tiempo después tocó a su puerta la joven periodista Matilde Ladrón de Guevara. Pretendía entrevistarla, pero al final fue ella la entrevistada. No era fácil conseguir noticias frescas de Chile.

Pero la visita más encantadora que recibió en ese tiempo fue la de Doris Dana. Más que una visita, fue una inauguración.

Primero le llegó una carta en marzo de 1948 en la que Doris le contaba que había traducido el ensayo que ella escribió para un libro en homenaje a Thomas Mann. Le contaba que la había escuchado en la Universidad de Columbia, pero no se había atrevido a acercarse. Algunas semanas después le llegó un ejemplar del libro titulado *The Stature of Thomas Mann*. Mistral intuyó quién podía ser la traductora y la invitó a visitarla en Santa Bárbara.

Desde que le abrió la puerta, Doris iluminó su espacio. Parecía una actriz de cine con su cuerpo delgado y esbelto y su coquetería cultivada. Se abrazaron. Gabriela le ofreció un té y un vaso de jerez. La comunicación no era fácil. Gabriela hablaba poco inglés y Doris apenas podía expresarse en su idioma. Pero se esforzaba por pasar del latín al castellano y, gracias a él, entendía lo que Gabriela le transmitía con su voz parsimoniosa. Le confesó que se sentía sola, a pesar de que recibía visitas. Su gran aliada, Palma Guillén, se había casado y estaba concentrada en su marido.

—Terminará bostezando —comentó con ironía—, pero allá ella.

Doris confesó, mezclando latín y castellano, que ella también estaba sola. Le habló de su vida sentimental. De un exnovio psiquiatra.

Pidió a Consuelo que les preparara un té y unos bocadillos y cerró luego la puerta de la sala. Quería vaciar su corazón. Como si Doris lo hubiera despertado. Calificó su historia sentimental de muy triste. Conocía todos los grados del sufrimiento. Ningún dolor podía asustarla por desconocido. Le habló del suicidio de Yin Yin, llamándolo con todas sus letras: mi hijo.

—Perdóneme —pidió la chilena—. Soy un ser elemental, sin matices y brutalmente sincera. Puede deberse a que todo en mi vida tiene un fondo intelectual.

—Nada que perdonar. Me siento halagada.

—Primero soy eso: una intelectual. Y después, pero muy después, soy mujer, sin mucha gracia humana.

—Con esto último no estoy de acuerdo —ensayó Doris.

—Todas las alegrías pasan por mi espíritu sin hacerlo vibrar. He llegado a adquirir una gran indiferencia, tanto por la dicha como por el dolor.

—Qué pena, Gabriela. Nunca hay que cerrarse a la dicha.

Le explicó que ella había tenido muchas asistentes en su vida porque en las cosas cotidianas era una completa inútil. Siempre necesitaba el apoyo y la orientación de personas bien intencionadas, ojalá mujeres. Citó a Aristóteles. El filósofo distinguía tres tipos de amistad: la amistad basada en la utilidad, la basada en el placer y la basada en el carácter. Doris quiso saber si se había enamorado alguna vez de sus ayudantes y ella lo pensó un poco.

—Cuando sus almas me conquistan, sí. Pero eso ha ocurrido muy pocas veces.

—¿Y qué cualidades debe tener el alma que te conquiste?
—No soporto los corazones pequeños. La gente que cultiva el elogio de sí misma me repele, por muchas razones que haya para enorgullecerse. Peor aún me parecen los buscadores de notoriedad.

Miró a Doris con ternura, casi con deseo, y agregó:
—En general, doy más importancia a un corazón ancho y generoso que a la inteligencia.

Doris sonrió con timidez.
—El tema no es trivial, un alma buena le hace mejor a la humanidad que una mente brillante —sentenció Gabriela.

Se quedó una semana con ella y cuando se despidieron comenzaron las cartas. Volvió el tono íntimo de la mujer apasionada de los poemas a Ureta y de la correspondencia con Manuel Magallanes. Le decía que ella nunca había sido querida cuando quiso y no había podido querer a quienes la habían querido, por eso sentía miedo de lo que pudiera traer esa nueva relación.

El próximo encuentro fue en San Francisco, cuando Gabriela recibió un doctorado *honoris causa* en el Mills College. Siguieron juntas a Nueva Orleans en el auto de Doris escuchando música muy fuerte. Gabriela constató que se había enamorado del alma de Doris. Sintió que su nueva amiga era un consuelo al final del camino. Por la noche, después de la ceremonia en la que la declararon Hija Ilustre, se dejó abrazar. Quería que Doris se fuera a vivir con ella. Se lo decía con gestos, no con palabras, porque temía una negativa.

Cuando su nueva amiga la fue a dejar a Santa Bárbara y se quedó unos días con ella, descubrió que Consuelo Saleva le daba barbitúricos para dormir, sin su consentimiento. La norteamericana siguió investigando. Además de doparla, la estafaba. Había transferido a su propia cuenta bancaria gran parte del patrimonio de Gabriela y la había hecho firmar un documento en el que ponía a nombre de ambas la casa comprada con el dinero del Nobel. Gabriela no se acordaba si su asistente había ayudado a financiar la casa, como ella afirmó para defenderse. Solo pudo decir que había dejado todo en las manos de la puertorriqueña. Sintió que Doris había llegado a salvarla. El destino le enviaba una nueva aliada. Despidió a Saleva y quedaron solas. Los acercamientos entre ellas eran siempre sin querer. Los abrazos, besos y caricias que hacían tan bien se daban como por casualidad. Quería tenerla siempre cerca. Cuando Doris viajaba a Nueva York por su trabajo en la Universidad de Columbia, la esperaba ansiosa. La casa se sentía vacía sin ella. Le escribía cartas desesperadas, estremecedoras por el modo en que vaciaba su corazón.

Escribir cartas apasionadas era otra forma de inspeccionarse. *Los sonetos de la muerte* fueron, en el fondo, cartas al suicida, y toda la correspondencia con Manuel Magallanes Moure no eran otra cosa que una introspección descarnada. Las cartas a Doris tenían la misma intensidad, celebraban el mismo sentimiento, investigaban el mismo dolor, en ellas se desnudaba de la misma manera. El poema «Muerte del mar», que incluyó en *Lagar*, comenzaba así: «*Se murió el Mar una noche, / de una orilla a la otra orilla; / se arrugó, se recogió, como manto que retiran*». El mar, esa agua viva que tenía el poder de dar vida y consciencia a las cosas, se secaba cuando Doris no estaba. Algunas cartas eran rabiosas, llenas de recriminaciones por el solo hecho de haberla dejado sola de nuevo. En mayo de 1949, en una de esas ausencias de la amada, le confesó:

He visto un verdadero examen de conciencia y no hallo en mí sino una culpa: haber creído, a base de la coquetería que tú tienes con casi todos, que había en ti algo parecido al cariño por mí y haber obrado en consecuencia con eso. Debiste tú haberme dado una rehúsa neta e inmediata. No hubo nada parecido a eso. Tal vez comenzaste un juego conmigo cuyo calificativo prefiero no estampar [...], creo que nadie hizo nunca conmigo algo semejante. Y por esto y por mucho más, yo vivo ahora en un verdadero estupor, en un asombro del cual no logro salir. Parece una burla que me hiciese el Demonio...

Pero cuando Doris regresaba se le pasaba toda la rabia y la llamaba gringuita o niña ambulante. Le decía que ella era su hermana y su madre, pero lo cierto era que Doris la cuidaba a ella y no al revés. A finales de noviembre del mismo año de 1949 le confesó:

Doris mía, cuando llegaste, yo no tenía nada, parecía desnuda, y saqueada, paupérrima, anodina como las materias más plebeyas. La pobreza dura y el tedio y una viva repugnancia de vivir. Todo lo has mudado tú y espero que lo hayas visto.

21

Librepensadora

La próxima salida fue a La Herradura, la playa en la que Lucila conoció el mar con doce años. Esta vez fueron solas Gabriela y Doris por la puerta del servicio del hotel, donde las esperaba don Pancho. Aquella vez se echó en la arena mojada sobre unas algas marinas como presentándose. Comentó a Doris que nunca llegó a querer al mar como quiso a su montaña. La solidez de la montaña la protegía, el mar le mostraba el carácter cambiante de las cosas. Doris la tomó del brazo y le recordó el poema «Muerte del mar» con que la esperó una vez en Santa Bárbara.

—Para que veas la pena que siempre me causa tu ausencia.

Después de caminar unos pasos en silencio, Gabriela propuso:

—¿Y si leo ese poema mañana en La Portada?

Doris no dijo nada. Todavía quedaba un poco de claridad. Siguieron caminando por la orilla. Gabriela entró en uno de esos momentos de meditación en voz alta en que cada frase era poesía...

—Hoy me entrevistó una periodista mal informada. Pocas veces me hacen preguntas sobre cosas relevantes. Quieren encasillarme. No entienden que siempre he hecho mi propia síntesis. Que tomo del mundo aquello que es afín a mi carácter. La gente piensa que yo he pretendido dejar una huella profunda. Pamplinas.

Las dos se rieron.

—Para entender el misterio de la génesis poética hay que entender cómo florece una rosa. Si queremos cortar el punto exacto donde ella comienza, no basta llegar a la raíz. Hay que examinar la tierra que la formó.

—¿Eso le dijiste a la periodista?

—No. Eso te lo digo a ti.

Doris comentó que ese viaje a Chile había sido para ella una sorpresa. No esperaba tal recibimiento y cordialidad. Se sentía bien entre chilenos. Además, era evidente que a Gabriela la había renovado. Hacía tiempo que no la veía tan saludable y contenta.

Cinco años antes habían viajado juntas al Mayab, nombre indígena de Yucatán, porque el presidente de México, Miguel Alemán, regaló a Gabriela unas tierras cerca de Xalapa. Doris la acompañó y fue bueno que lo hiciera, porque poco después de su llegada sufrió un ataque cardíaco que la tuvo al borde de la muerte. Se recuperó en Veracruz, en una casa con un jardín generoso y una vista imponente al mar Caribe. Palma viajó a estar con ella un tiempo para ayudarla, motivarla y pasar a máquina los poemas de *Lagar*, que Gabriela había escrito en Brasil en momentos de desolación. Se alegró de verla recuperada. Era evidente que Doris y la poesía soplaban su fuego vital. Un tiempo se les sumó Alfonso Reyes. Gabriela movió sus contactos en Suecia para postularlo al Premio Nobel de Literatura, sin éxito. En 1949 se lo ganó William Faulkner. Tuvo que rechazar una invitación a visitar la escuela-hogar que llevaba su nombre porque temió que la altitud de Ciudad de México hiciera mal a su corazón.

Una de las buenas noticias que recibió estando allí fue la promulgación de la Ley número 9.292 que permitía el sufragio femenino en las elecciones presidenciales y parlamentarias en Chile. Lo mencionó en una charla que ofreció en la inauguración de la Biblioteca Gabriela Mistral de Veracruz.

Cuando su salud se estabilizó, viajó con Doris y Palma a las ruinas mayas de Uxmal y Chichen Itzá. La Navidad de 1948 la pasaron juntas en una escuela de Fortín Flores. Esta vez se les sumó Luis, el marido de Palma.

Al regresar Doris a su país para atender sus compromisos académicos, viajó por México con Palma, como en los viejos tiempos, dando conferencias y celebrando los avances que había significado el programa educacional de Vasconcelos. Los niños de entonces eran los profesores de ahora. México le mostró la capacidad de justicia social que tenían las jóvenes naciones americanas. Conversó con congéneres que habían leído su libro *Lecturas para mujeres*. Toda una generación de mexicanas se había educado con ese texto. También lo usaban en Centroamérica. Desde allí le llegó una invitación a participar en el Congreso Internacional de Mujeres que tuvo lugar en Guatemala. Lamentó no poder asistir por razones de salud, pero envió un saludo en forma de recado clamando por la igualdad de salarios:

Sin más razón que el ser mujer y no llevar encima el gallardete del voto, ni allegarse a la urna sacra, la trabajadora del campo en varios países tropicales gana la mitad, y en otros, los dos tercios de la paga varonil [...]. La reforma que el feminismo debe clamar como la primera es la igualdad de los salarios, desde la urbe hasta el último escondrijo cordillerano.

A su regreso, Doris la acompañó a visitar la hacienda El Lencero. Así se llamaba el campo que el gobierno le había regalado. Quedaba cerca del lugar en el que Cortés creó alianzas con los caciques locales en su ruta de conquista del Imperio azteca. Por la hacienda pasaba un río y a su orilla había una casa rodeada de buganvillas. Se alojaron en una pensión en la cercana ciudad de Xalapa, que tenía unos sesenta mil habitantes y muchos edificios públicos en construcción. Fue un tiempo feliz. Iban al mercado Jáuregui y al cine Lerdo a ver películas de Cantinflas como *Ahí está el detalle* o *Los tres mosqueteros*. Y no dejaba de escribir artículos y recados. A los periódicos de siempre agregó la revista de la Universidad Veracruzana.

A mediados de 1950 regresaron a Santa Bárbara, pero no por mucho tiempo. Antes de que terminara el año, Gabriela y Doris se mudaron a Rapallo, el pueblo de origen etrusco y fisonomía medieval que la poeta visitó muchas veces viviendo en Niza. Primero se alojaron en el hotel Italia. Su llegada trascendió rápidamente a la prensa. La noticia vino con una entrevista a la ilustre visitante. Esto alarmó al alcalde, quien de inmediato ofreció un chalet de tres pisos en la vía San Miguel de Pagana, frente al mar, con un jardín de sombra agradable y un balcón soleado. Desde la sala, los dormitorios y la terraza se veía el mar.

Italia le mostraba su mejor rostro, abierto y generoso, después de haberse sacudido el fascismo, como un perro mojado. La casa de Rapallo era el lugar ideal para volver a concentrarse en el poema sobre Chile, el proyecto al que quería dedicar los últimos años de su vida.

Todos los días por las mañanas, sentada en el balcón con su tablita mágica, que transformaba las sillas en escritorios, salía a volar por su país imaginado, explicándoselo a un niño diaguita. Por las tardes le gustaba hacer caminatas por la costa o por el bosque con Doris. La ruta incluía una visita a una cercana caleta de pescadores para comprar el pescado fresco que almorzarían al día siguiente. Después de que Doris comprara un automóvil hacían excursiones de fin de semana a los pueblos de los alrededores.

Entre las pocas invitaciones que aceptó, de las muchas que llegaban, estaba la de un grupo cultural italohispánico a dar una conferencia en el Castillo de Trento, donde tuvo lugar el famoso concilio en el Renacimiento en el que los prelados católicos dirimieron si los indígenas americanos tenían o no tenían alma. La resonancia y comentarios de los asistentes sumaron ideas para su nuevo proyecto. Habló de la capacidad de sus compatriotas de sostener dos ideas contradictorias al mismo tiempo, sin volverse locos. El carácter chileno, aseguró, era irónico, pero no pretencioso, porque su ironía contenía mucho sufrimiento. Al decir esto apareció la imagen de su padre. Así se lo imaginaba. La inmensa capacidad de reírse de sí mismos que, a su juicio, tenían sus paisanos, los ayudaba a tolerar las contradicciones y paradojas de la sociedad chilena. Recalcó e hizo propias la irreverencia del mestizo chileno y su profundo rechazo a la solemnidad.

Entre los asistentes había un arqueólogo peruano que había hecho excavaciones en el Valle de Elqui, un hombre mayor que se veía y hablaba como un científico. Llevó a la chilena y su acompañante a su casa, una residencia antigua con frescos en las paredes, para mostrarles su portentosa colección de cerámicos prehispánicos. Sacó una figura que parecía un ave y se la mostró a sus huéspedes. Era de color terracota, decorada con líneas geométricas rojas, negras y blancas. Cada línea y cada color tenía su significado. Las líneas paralelas representaban el río o la sangre y los triángulos negros entre ellas eran los cerros o los seres humanos. Gabriela quiso saber dónde la había encontrado y él respondió que cerca de Alcohuaz. Le hizo preguntas sobre los mensajes petrificados de El Molle y otros sectores del valle y él le dio explicaciones vagas que no la convencieron. Tuvo la impresión de que los entendió menos que ella, porque los mensajes que quedaron del Paleolítico eran de poeta a poeta.

Recorrió las librerías de Trento en busca de libros sobre la fauna chilena. Necesitaba saber más sobre el huemul, ese ciervo que acompañaba al personaje central de su poema en su viaje alucinado por Chile. Solo encontró un ciervo alpino de porcelana en la vitrina de una tienda de regalos y entró de inmediato a comprarlo. Lo puso junto a la ventana de su dormitorio. De vuelta en su terraza revisó la parte en la que hablaba de la cordillera y siguió con la imaginación a Valparaíso. Disfrutaba fantaseando lugares, visitando cerros y playas, recorriendo bosques. La escritura la mantenía activa y ocupada. Demostraba cierto apuro y ansiedad por terminar el poema, pero secretamente no quería acabarlo. El niño diaguita le hacía, a ratos, preguntas incómodas...

¿A dónde es que tú me llevas
que nunca arribas ni paras?
¿O es, di, que nunca tendremos
eso que llaman «la casa»?

Su hijo, alguna vez, le reprochó lo mismo. Lamentaba no haber recorrido su país con él. ¡Imposible! Yin Yin era un tema que evitar con los chilenos, también con Emelina, que nunca puso en duda la historia del misterioso hermanastro.

Las lagunas que descubría en su conocimiento de la geografía chilena animaban sus deseos de visitar Chile. Lamentaba haber perdido su bolsita de tierra del valle, su talismán... Otra razón para regresar pronto a Elqui. A ratos se traspapelaba. No sabía dónde iba, en qué parte de la *«larga Gea chilena»* había quedado. Agregaba algún verso sobre el paso de sus personajes por el sur, regresaba al norte o se quedaba en el Valle Central, según vinieran las imágenes. Siempre con un atlas abierto sobre la tablita-escritorio. Su rutina no le dejaba horas muertas en las que su alma pudiera irse hacia la tristeza.

Un día golpeó a la puerta una joven pintora italochilena llamada Gilda Péndola. Venía con su hermana menor y con un plato lleno de picarones de regalo. Quería conocer a la famosa poeta, cuyos poemas había leído en su infancia en la Scuola Italiana de Valparaíso. Gabriela las invitó a pasar y se interesó por la vida de las jóvenes. Gilda tenía veinte años y su hermana Graziela, dieciocho. Vivían en Rapallo con sus padres. Eran hijas de inmigrantes italianos que se fueron a Chile mucho antes de la guerra y ya estaban de regreso. Gilda había estudiado Artes Plásticas en la Escuela de Artes de Viña del Mar. Gabriela confesó que amaba Valparaíso. Era el lugar que más le gustaba en Chile después de su Valle de Elqui.

Otro día, Gilda le llevó de regalo un dibujo del puerto. Gabriela no expresó nada bueno ni malo sobre él. No le gustó, pero Gilda sí le interesó. Se sentaron en la terraza a tomar té. Le dio a leer su prosa poética «Procura ser dichosa», uno de los textos propios que más le gustaba, en que se daba a sí misma el consejo: «Aprende a gozar con lo pequeño y que te haga feliz la luz, una sonrisa, una mirada cordial. Mátate el monstruo de la ambición, es plebeyez y no te sientes a esperar la dicha en el camino, como una reina que pasará en una carroza. Podrías morir sin verla pasar y morirías como requemada de sed». Gilda abrazó la hoja después de leerla. Estaba sorprendida de la cordialidad. No pensó que una poeta consagrada como ella le abriera tan generosamente su casa. Gabriela le contó que la habían invitado a Venecia a dar una charla sobre Chile y le preguntó si querría acompañarla. Necesitaba una asistente que hablara bien el italiano y ella aceptó encantada.

Todo funcionaba bien en Rapallo. Doris se encargaba de organizar la casa y Gilda de la correspondencia. La cocina y el aseo estaban a cargo de una italiana que la nueva asistente conocía de un pueblo cercano. La cocinera preparaba el pescado como nadie, pero nunca daba con el gusto y la consistencia perfecta de la cazuela. No importaba. Con su modo alegre y bien intencionado aportaba al círculo femenino de la gracia.

A finales de 1951 comenzaron a llegar visitas. Una semana en que Doris estaba en Berlín participando en la creación de programas de reeducación democrática apareció el escritor Germán Arciniegas, con quien Gabriela mantenía una nutrida relación epistolar. El colombiano tenía muchas anécdotas que contar: en Milán había visitado primero el garaje en el que fue ahorcado Mussolini y después la iglesia de Santa María de la Gracia, donde Da Vinci pintó *La última cena*. Los dos lugares en el mismo día. En Asís le encantó el cuadro de Giotto en el que San Francisco aparecía conversando con los pájaros. Florencia entera le pareció maravillosa, la ciudad más hermosa e interesante de Italia, por Dante y porque en ninguna otra estaba tan a la vista el Renacimiento. Y qué decir de las catacumbas romanas. Arciniegas había comenzado a escribir un libro sobre ese viaje.

Después llegó Dulce María Loynaz, su amiga poeta cubana, con su marido.

—¡Mis queridos cubanos! —los saludó.

Dulce María había viajado a verla desde Puerto de la Cruz en las islas Canarias, donde fue nombrada Hija Adoptiva por el ayuntamiento. Le llevó de regalo su último libro *Juegos y agua* y Gabriela le mostró los originales de *Lagar* y le pidió que eligiera el poema que quería que le dedicara. La cubana estaba pronta a cumplir cincuenta años y había comenzado a escribir sus memorias, pero lo que había redactado hasta el momento no le gustaba. Gabriela soltó una sonrisa liberadora.

—No todas logramos realizar el sueño de ser reinas —comentó la cubana.

—No creas, chiquita. En Chile no se admiten reinas.

El motivo de esa visita era extenderle una invitación de la Academia Nacional de Artes y Letras de Cuba a participar en la celebración del centenario de José Martí, en enero de 1953. Gabriela accedió de inmediato. Acordaron que se alojaría en la casa de la cubana en El Vedado.

Cuando Doris regresó visitaron juntas Zoagli, un pueblo de artesanos textiles ubicado a menos de media hora, por una carretera llena de curvas con hermosas vistas y acantilados. Subieron al Palacete del Terciopelo, emplazado en una colina con vistas al valle y pidieron a las tejedoras visitar la fábrica. Eran solo dos, madre e hija. La madre se llamaba Natalia. Explicó que ellas solo confeccionaban las muestras de las telas. El resto del trabajo lo hacían otras mujeres en sus talleres domésticos, de los cuales había muchos en las inmediaciones. Las casas más antiguas del pueblo los albergaban. Así había sido siempre. La abuela de Natalia también fue tejedora de terciopelo. Les mostraron paños similares a los del vestido de Gabriela en la noche de la premiación en Estocolmo.

En otra ocasión visitaron una vidriería de Venecia y vieron fascinadas a dos artesanos fabricar una lámpara, que después compraron.

La próxima visita que golpeó a su puerta fue Matilde Ladrón de Guevara. El tema de conversación entre ellas fue el Premio Nacional de Literatura, que se dirimiría pronto. Gabriela lo había olvidado. Había perdido la esperanza de que alguna vez se lo dieran. Era evidente que sus detractores tenían mucho poder. No sabía quiénes eran estos adversarios porque no daban la cara. Las campañas en su contra las hacían soterradamente y con éxito. Llevó a Matilde a Florencia, porque Giovani Papini la invitó a su fiesta de cumpleaños en su mansión en la Via Guarazzi. Después visitaron una exposición de artesanos en la Fortaleza de Basso, un majestuoso edificio renacentista en el centro de la ciudad, donde Gabriela esperaba encontrar un nuevo cervatillo para su colección.

Matilde ya había regresado a Chile cuando le llegó el telegrama de Alone en que le informaba que los chilenos le habían otorgado el Premio Nacional de Literatura. Por ser ella, habían subido la dotación del galardón de cien mil pesos a quinientos mil. Gabriela tuvo sentimientos encontrados. Se habían demorado demasiado. Por otra parte, temió que el aumento de la dotación despertara nuevas envidias e intrigas. Respondió lacónicamente a su amigo: «Hace rato que yo cancelé ese tema del Premio Nacional de Literatura. Sé que lo peor de mi caso con Chile es el odio de mi gente». Destinó la mitad del dinero a los niños de Montegrande y pidió a Isolina, Matilde y a Radomiro Tomic que se encargaran de entregar los regalos, que consistían en golosinas, ropa, zapatos y libros. A Alone le encomendó que hiciera una lista de los libros que deberían comprarse. Matilde le informó en cartas, con lujo de detalles, el agasajo de los niños elquinos y le envió fotos. Tomic habló en su nombre en Montegrande.

Pero ella era cónsul de Chile y, como tal, debía mantener un consulado funcionando. En Génova, que era la ciudad más cercana, ya había uno a cargo del poeta Humberto Díaz Casanueva. Pidió a Gilda que fuera a hablar con él para indagar si había algún otro vacante en Italia y ella volvió con la noticia de que sí lo había. Nápoles estaba disponible. La ciudad en la que había tratado sin éxito de instalar su primera oficina en 1933 y no pudo porque Mussolini no aceptaba mujeres diplomáticas. La vida le daba una nueva oportunidad.

Se trasladaron a finales de 1951. Gilda se fue con ellas en calidad de ayudante en los asuntos consulares. Primero se quedaron en un hotel en Capodimonte mientras encontraban una casa en un sector más tranquilo. A Doris le gustó una en la vía Tasso de techos altos y espacios amplios. Desde la terraza se veía el golfo de Nápoles, la isla de Capri y el Vesubio. La ciudad fundada por los griegos en la Antigüedad tenía teatros —una de sus primeras salidas fue a ver la ópera Electra—, librerías y cafés para sentarse al aire libre. El círculo de la gracia no tardó en arrollarlas. Doris diseñaba seminarios para sus alumnos en Columbia, Gilda pintaba y se ocupaba del consulado y Gabriela escribía o daba entrevistas. La primera la dio a una periodista de la radio de Nápoles sobre la condición de la mujer en Occidente.

Cuando Doris tuvo que viajar a Nueva York por cuestiones de trabajo, una ausencia de cuatro meses, Gabriela escribió al presidente de México, Miguel Alemán, para solicitarle que enviara a Palma Guillén a Italia porque la necesitaba. El mandatario no se demoró en cumplir su deseo. La nombró agregada cultural de México en Roma. Llegó con su marido a mediados de mayo de 1952. Los dos elegantes y enamorados. Seguían siendo una pareja feliz. Le llevaron de regalo semillas de yerba tronadora, que Gabriela sembró de inmediato en su jardín, y unos ungüentos preparados por la mexicana de la misma yerba milagrosa que sanaba la diabetes. En ningún momento Luis Nicolau mostró celos de Gabriela ni ningún tipo de competencia con ella. Sabía retirarse con humildad, dejar que Palma se abocara a su amiga, que escribiera a máquina los versos de su poema inédito, lo cual no fue fácil, porque la misma Gabriela se confundía en cuanto al orden de los versos. Pero dio un nuevo impulso a su obra. Después de dejar todo ordenado, Palma partió a Roma a reencontrarse con Luis, que había viajado antes a buscar un lugar para vivir.

Palma que se iba y Alone que llegaba. El crítico llegó cargado de anécdotas de la picaresca nacional. Hubo colegas que se quejaron de que le dieran el Premio Nacional a ella por su escasa obra literaria. Gabriela comentó al respecto que no tenía el gusto de la abundancia, ni la vanidad para hacer libro tras libro.

—Escribo como quien comienza siempre a aprender la lengua y no doy ninguna trascendencia a lo que hago.

La noticia literaria más comentada era la huida de Pablo Neruda de Chile en forma clandestina después de que Gabriel González Videla declarara ilegal el Partido Comunista. Esto fue en febrero de 1949.

—De González Videla se puede esperar cualquier cosa —comentó Gabriela—. Lo conocí bien cuando fue embajador en Francia y en Brasil. ¿Qué pasó con Neruda? ¿A dónde se fue?

—Llegó de improviso al Congreso Mundial de los Partidarios de la Paz en París y fue recibido con vítores y aplausos. De inmediato prohibió la publicación de su libro *Residencia en la Tierra*, por considerarlo pesimista. Según él, esos poemas no ayudan a vivir, sino a morir.

—No serían del gusto del matarife Stalin —elucubró Gabriela—. Sabrá que esos congresos son financiados generosamente por la Unión Soviética.

La razón de la visita de Alone era recoger material para un libro que el crítico escribía sobre ella. Le leyó el pasaje en que afirmaba que el suyo era un verso límpido, violento y deslumbrante como el rayo que lo oscurece todo en torno, que hiere medio a medio el pecho. Gabriela le explicó que en su poesía buscaba palabras primordiales y duras como los ejes de madera de espino de las carretas de Montegrande.

Al regreso de Doris recorrieron juntos la costa de Amalfi durante varios días. Las amigas lo disfrutaban, pero Alone no tanto. Echaba de menos Chile. Viajar no era lo suyo. El crítico seguía alojado en su casa cuando llegó una carta de Pablo Neruda contando que estaba en Capri pasando una temporada y le ofrecía visitarla. Gabriela lo dudó porque desconfiaba de él. No quería darle la oportunidad de husmear en su vida ni argumentos para intrigas, pero Alone sugirió que accediera.

Gilda lo llevó a la terraza, donde lo esperaba la dueña de casa. Neruda llegó con dos amigos, un hombre y una mujer, cuyos nombres no le interesaron. Su voz se oía más impostada que nunca. Era pura solemnidad. Gabriela fumó un cigarrillo tras otro con los ojos entrecerrados. Sospechó que su visita se avergonzaba de su voz natural, que era más bien alta, y por eso hablaba como arrastrando las palabras. Alone se ocupó de él. Ambos acapararon la conversación mientras ella intercambiaba miradas con una de sus gatas. Cuando fue interpelada, respondió con monosílabos.

Neruda regresó pocas semanas después, solo y sin previo aviso, cuando Alone se había marchado. En la terraza, segurísimo de sí mismo, pidió a Gabriela que aceptara el Premio Stalin de la Paz que otorgaba la Unión Soviética a los artistas destacados. Tuvo la delicadeza de no mencionar el monto, pero Gabriela sabía que el galardón implicaba una suma contundente en dinero. Negó con la cabeza recordando un verso de Rubén Darío en el poema «Yo soy aquel», que leía bajo el sauce de Los Andes. Las imágenes se cruzaron aceleradas. Pensó en citarlo, pero no lo hizo. Neruda le explicó que el premio sería entregado en el próximo Congreso Continental de la Cultura que él mismo estaba organizando en Santiago. Eso sería a principios de marzo de 1953. Ella podría abrir el evento. Sintió que el corazón se le quería salir. Preguntó, controlada, distante y clara:

—¿Por qué me lo ofrece a mí, si usted sabe que yo no soy internacionalista? Abogo por un socialismo americanista criollo y cristiano.

Neruda sonrió nervioso. Tamborileó con los dedos en el vidrio de la mesa, echó una mirada a la bahía y volvió a mirar a Gabriela. Su frustración era evidente. Ganar su apoyo le hubiera dado muchos puntos ante sus benefactores. La poeta no dijo nada más. Le comunicó con su silencio que quería que se marchara y él obedeció. Se despidió con una suerte de reverencia y mirándola firme a los ojos. Gilda, que fue testigo de la escena desde la sala, quiso saber qué había dicho Neruda.

—Me quería comprar con un premio.

—Pero ¡qué poco te conoce!

Dos semanas más tarde abordaría el tema de la independencia de los artistas en un homenaje a Alfonsina Storni organizado por la Embajada de Argentina en Roma y el Instituto de Cultura Ítalo-Argentino, donde tuvo la alegría de reencontrarse con Palma y su marido. Su charla fue una respuesta a Neruda y a todos quienes se dejaban cautivar por el poder. Poco después se enteraría de que Pablo Neruda puso su nombre en la convocatoria al congreso sin su autorización. Gabriela se quejó en una entrevista que

dio a un periodista norteamericano: «Los ausentes no podemos provocar ni dirigir actividad alguna, ni política ni
cultural». Supo que al evento había asistido la crema de los
intelectuales latinoamericanos. La Guerra Fría había llegado a América Latina y no se libraba con armas de fuego,
sino con poemas.

22

Projimista

En enero de 1953 regresaron a América después de dos años en Italia, haciendo una escala en La Habana. Doris siguió a Nueva York y Gabriela y Gilda se quedaron doce días en la casa de Dulce María Loynaz. Era la cuarta vez que visitaba la isla. La última fue quince años antes. Pero los cubanos no la olvidaban. La terraza de su anfitriona se transformó en una suerte de oficina en la que recibía a los periodistas y colegas escritores. Les contaba cosas para ellos inesperadas, como que aborrecía sus primeros poemas relacionados con el suicida, especialmente *Los sonetos de la muerte*, porque los encontraba cursis y dulzones.

Dulce María trató de convencerla de que se instalara en la isla, pero ella consideró que no era un buen momento para hacerlo. El ambiente político era difícil. En sus paseos con Gilda percibía el descontento popular con el dictador Fulgencio Batista, que había llegado al poder por medio de las armas, apoyado por Estados Unidos. El escritor y bió-grafo de Martí, Jorge Mañach, la llevó a visitar ingenios azucareros y empresas tabacaleras, donde Gabriela pudo conversar con campesinos y obreros. Su impresión fue que los cubanos sufrían. Algo se tejía bajo la superficie. El fuego estaba en las entrañas de la tierra.

Comenzó la charla en el Capitolio de La Habana por los cien años del nacimiento del poeta nacional cubano diciendo que la prueba fehaciente de una reputación literaria era que un autor llegara íntegro al siglo y siguiera obrando sobre cada década del siguiente. Comparó la lengua de Martí con la piedra-imán y el brasero criollo y subió la voz al afirmar: «¡Martí no debió morir!». Dijo que el poema que más la identificaba era «La niña de Guatemala». Leyó algunos versos: «*Se entró de tarde en el río, / la sacó muerta el doctor; / dicen que murió de frío, / yo sé que murió de amor*». Entre sus oyentes se encontraban dos buenos amigos de otros tiempos, a quienes les debía mucho y se habían distanciado, sin saber por qué: José Vasconcelos y Federico de Onís. No se le acercaron después de su intervención ni hubo ocasión de hablar con ellos. Sus anfitriones no la dejaban en ningún momento sola. Cada paso que daba la seguía una cofradía de admiradores.

Un mediodía, almorzando en la terraza, Dulce María sorprendió a Gabriela con preguntas sobre el padre de Yin Yin.

—¿Qué fue de él? ¿Se habrá enterado de la muerte de su hijo?

Gabriela ralentizó sus movimientos. Procuró cambiar de tema. Alabó el pescado que comían.

—Es pollo, querida.

Ni contestó la pregunta ni probó el postre de mangos. Después de la siesta le pidió que la llevara a una librería. Dulce María pensaba que Gabriela querría comprar libros de poesía o de literatura cubana en general, pero no. Compró uno de filosofía, otro de botánica y una monografía sobre los peces tropicales. Esa tarde, tomando un vaso de ron, le confesó que había tenido una aventura con treinta y tantos años de la que no había hablado nunca. No quiso dar más detalles. Solo dejar claro que la única persona que sabía quién era verdaderamente Gabriela Mistral era Lucila Godoy.

Esta vez se instalaron en la costa atlántica, en el barrio de Roslyn Harbor en Long Island, en una casa que compró Doris para poder compatibilizar la vida con Gabriela y su trabajo en la Universidad de Columbia. La nueva casa estaba rodeada de verde. Desde cada cuarto se podían ver los árboles añosos del jardín y más allá, el bosque. Doris la amuebló a su gusto, de modo que era la casa más elegante en que Gabriela había vivido. En el hall de entrada había un perro de porcelana. Una de las gatas siamesas que se llevaron de Italia solía echarse a dormir sobre él. En la sala puso un sofá verde y un sillón de cuero, que Gabriela convertía en escritorio con su tablita, varias mesas bajas y sobre ellas ceniceros de plata o cristal. En una pared colgaba un cuadro de Chagall y en el hall de entrada colocaron el busto de Gabriela que modeló Marina Núñez del Prado. La escultora boliviana pasó a verla a Nápoles en su gira europea.

Gabriela seguía concentrada en la escritura de su poema sobre Chile. Nunca lo comentaba, pero ese proyecto era para ella una carrera contra la muerte. Quería terminarlo antes de que ella misma se acabara. Doris lo entendía así y por eso la dejaba trabajar tranquila. Si Gabriela la llamaba para comentar algo, ella se acercaba encantada. Si no, le llevaba sus infusiones medicinales en silencio y le sonreía, porque a Gabriela no le gustaba verla seria. Cualquier señal la preocupaba y desconcentraba. Varias veces conversaron sobre las diferencias entre las dos Américas. Doris sostenía que la cultura americana había nacido bajo el signo de la crítica y la autocrítica. España, al sumergirse en el neotomismo y la Contrarreforma, se cerró al mundo moderno. Gabriela coincidía con ella en esto último. La Ilustración nunca terminó de llegar al Imperio español. Para Doris, el orden mundial liberal era el resultado del triunfo de Gran Bretaña y Estados Unidos sobre sus múltiples enemigos históricos: la España inquisitorial, la Francia absolutista, la Alemania nazi y, en el último tiempo, la Unión Soviética. Gabriela estaba de acuerdo, pero consideraba que a los norteamericanos les faltaba espiritualidad. No concebía la libertad sin espiritualidad. El calvinismo utilitario no era el mejor modelo para la humanidad. Lo que más se asemejaba a su sociedad ideal era el socialismo cristiano de los franciscanos.

Su vida social se fue reduciendo. Entre las pocas personas que Gabriela recibía con la venia de Doris estaba Marie-Lise Gazarian, una profesora de Literatura de la Universidad de Nueva York que escribía un libro sobre la poeta chilena. Llegaba los fines de semana a entrevistarla. Gabriela la llamaba la niña azul, por el color de sus ojos. Salían a caminar por los bosques circundantes porque en ese ambiente ella se soltaba. Motivó una mirada retrospectiva y sintética de su vida.

También se redujeron las apariciones en público. Muchas invitaciones ni siquiera las respondía porque ya no quería hacer más viajes largos. Aceptó participar como delegada de Chile en una Comisión de las Naciones Unidas sobre la condición jurídica y social de la mujer porque las reuniones tenían lugar en Nueva York. Pero cuando le llegó, en mayo de 1953, un telegrama de Eduardo Mallea con la noticia de que Victoria Ocampo había sido acusada de conspiración y apresada por el presidente, Juan Domingo Perón, movió todos sus contactos. Le escribió al mismo Perón, a Radomiro Tomic, a Aldous Huxley, a Alfonso Reyes, a Ernest Hemingway...

> ¿Qué hace Victoria Ocampo, la mujer argentina acostumbrada a defender la libertad, la cultura y la justicia [...] en la cárcel? La mujer que nos ha beneficiado con la creación de una revista única y una editorial dedicada a la tarea de expeler esa lectura mediocre, lacrimosa y frívola que teníamos en casi todas las naciones americanas...

Envió una copia a Associated Press en Nueva York para su distribución en todo el mundo. Perón accedió a liberarla porque, dijo, era una mujer del pueblo la que se lo pedía. Informó a la prensa que lo hacía por Mistral.

Poco después del *impasse,* Gilda llegó a pasar un tiempo con ellas. Eso fue días antes de que el correo llevara a Gabriela el telegrama con la invitación oficial del ministro de Educación a visitar Chile. Era una convocatoria en nombre del presidente de la República Carlos Ibáñez del Campo. Gabriela no podía creer ese cambio de actitud de su otrora enemigo. La vida se aceleró en Roslyn Harbor. Doris siempre soñó con conocer el país de su amiga. Le pidió que aceptara. Gabriela respondió al ministerio que iría solo si la acompañaban sus dos *niñas*: Doris Dana y Gilda Péndola. Se planteó la cuestión si viajar por el Pacífico o por el Atlántico. Esto último implicaba atravesar el canal de Panamá. Se inclinaron por esa alternativa. Una semana antes de partir, Gabriela pidió a Gilda:

—Chiquita, muéstreme lo que tenemos en mi ropero.

Eran pocas cosas. Tocaba comprar prendas nuevas. Esas cosas mundanas le significaban un gran esfuerzo. No creía en la moda. Aceptó ir a una tienda con la condición de que Doris eligiera por ella. Gilda recibió de regalo un abrigo rosado muy llamativo para intimidar a los chilenos.

23

Encantadora de masas

El programa de actividades de la Municipalidad de La Serena incluía una visita a la Escuela Normal de Preceptoras. Gabriela estuvo de acuerdo, a pesar de los malos momentos que pasó en el establecimiento. Por la mañana, al desayuno, comentó a sus amigas el episodio desagradable del rechazo de su solicitud de admisión por parte de la directora, sin darle razones. Recordó la desazón de Petita. Se había esforzado tanto por reunir el dinero y la ropa que exigían. Elucubró que la corpulenta profesora norteamericana estaría muerta, lo mismo que su inquisidor personal Manuel Munizaga. Nunca más supo de ellos. A todos los había perdonado a la mistraliana: absolver, pero no olvidar.

Al entrar al recién remodelado edificio se encontró con una escenografía tan inesperada como desagradable: un grupo de niñas arrodilladas que en el momento en que ella entró al edificio gritaron al unísono:

—Perdón, maestra Gabriela Mistral, por el agravio cometido.

Gabriela se detuvo en seco y exigió, molesta y autoritaria:

—¡No, por favor, levántense!

Se acercó a la profesora que había dirigido esa acción:

—¿Por qué humilla a estas niñas? ¿Qué tienen que ver ellas? ¡Qué torpeza más grande!

Doris trató de tranquilizarla. La llevó a un banco arrimado a una pared y le pidió que se sentara. Un profesor le acercó un vaso de agua, pero Gabriela no quiso beber. Cerró los ojos y se tranquilizó ella misma inspirando y espirando mientras se daba una orden urgente. Luego se puso de pie para cumplir con el protocolo. Recorrió el lugar seria y descontenta, sin hacer comentarios. La visita duró apenas quince minutos.

Al día siguiente al mediodía tuvo lugar su encuentro con los serenenses en el estadio La Portada, su última aparición en público en ese viaje de despedida. Comenzó diciendo con la voz más fuerte que pudo sacar: «Esta es mi región. Soy regionalista de mirada y entendimiento». Declaró que su poesía era un sedimento de su infancia y su juventud en esas tierras. Improvisó una arenga sobre la importancia de ser una persona servicial. Como cuando le decía a Ossandón que la humanidad era un grupo de autoayuda...

Toda la naturaleza es un anhelo de servicio. Sirve la nube. Sirve el viento. Sirve el surco. Donde haya un árbol que plantar, plántalo tú. Donde haya un esfuerzo que todos esquiven, acéptalo tú. Sé el que aparta la piedra del camino, el odio entre los corazones y la dificultad del problema.

Por último, se refirió a lo que deseaba para su país, esto era, ver cumplidos todos los sueños de Pedro Aguirre Cerda: que los niños se puedan educar, aunque sus padres fueran pobres, que no tengan necesidad de trabajar, que gocen del milagro del libro y el placer de la palabra... Sus últimas palabras fueron una petición a los maestros: «Espiritualicemos el mundo, apreciando a todo individuo por su valor real, el de su alma, y desdeñemos la riqueza insolente, cuando se desentiende del mundo que se la dio».

Después de las ovaciones, que duraron varios minutos, se acercó al micrófono una niña de ocho años, alumna de la Escuela de Aplicación de la ciudad, a leer un poema escrito por ella para Gabriela Mistral. La poeta la escuchó con atención y se interesó por conocerla. Terminado el encuentro le pidió a Doris que le pasara una tarjeta en la que decía que la esperaba a las cinco de la tarde en el hotel Turismo. Cuando se retiró y su auto recorrió la pista del estadio, los niños bajaron corriendo a despedirla. El vehículo no se veía de tantos chicos, avanzaba a paso de tortuga.

Cuando la niña acudió a la hora indicada se encontró con una puerta delantera bloqueada por gente que quería respirar el mismo aire de la semidiosa. Se acercó a un portero que estaba avisado y él la hizo pasar. Gilda la acompañó a la suite de Gabriela. Ella la abrazó y le pidió perdón porque no se sentía muy bien y por eso debía recibirla recostada en su cama. La invitó a sentarse junto a ella, tomó su mano y le preguntó por qué escribía, cuándo escribía, qué era lo que más la motivaba. La niña, sorprendida de esa cercanía, respondió con toda la sinceridad de la que era capaz. Por último, Gabriela le pidió que le recitara alguna de sus poesías y la escuchó con atención evocando a Lucila en

Montegrande cuando probaba sus primeros versos. Le aconsejó perseverar y seguir escribiendo.

—Deberías andar siempre con un cuadernito para anotar las ideas en cuanto aparezcan, para no olvidarlas. Después las puedes corregir, si tú quieres.

—No tengo un cuadernito —confesó la niña.

—Te voy a pasar una hoja con una recomendación para que se la lleves a tu mamá. Se levantó a buscar un papel y anotó:

> Comprar un cuaderno y un libro de métrica para esta poetisa en ciernes. Saludos. Gabriela Mistral.

Le regaló dos fotos suyas indicando que una era para ella y la otra para su curso. En la foto personal le escribió su dirección en Roslyn Harbor y le pidió que se mantuvieran en contacto.

Así terminaba su última visita al valle de su corazón. Al otro día temprano partieron al Palacio de Cerro Castillo en Viña del Mar, donde las tres mujeres iban a esperar que zarpara el barco que las llevaría de regreso a Estados Unidos. Antes de volver a Roslyn Harbor pasarían por California, en cuya universidad Gabriela iba a recibir un doctorado *honoris causa*.

Llegaron a la Ciudad Jardín justo a tiempo para acudir al almuerzo oficial de despedida organizado por el edecán militar de la presidencia, Santiago Polanco, en nombre del presidente Ibáñez. En esa ocasión, el alcalde de Viña del Mar, un alemán llamado Wladimir Huber, le entregó las llaves de la ciudad. Gabriela expresó algo que ya había dicho a su llegada a Valparaíso: que no descartaba volver a pasar sus últimos años en esa bahía. Luego, en su habitación, meditó sobre la atracción que ejercía sobre las multitudes, algo que nunca buscó. Sintió gratitud y pena, una inmensa pena por no comprender. Dejó que las lágrimas y los suspiros vinieran y se fueran solos. Llorar era otra forma de comunicarse con las fuerzas que la protegían. Esta vez lo hacía por gratitud. Agradeció el don de la poesía. Escribir fue su modo de mantener a la indómita Lucila bajo control. Fue el regalo mayor.

Antes de subirse al vapor Santa Isabel escribió un telegrama de agradecimiento a Ibáñez y a su ministro de Educación: «Profundamente agradecida por las delicadas atenciones recibidas de vuestro gobierno».

24

Inmortal

En los próximos dos años y dos meses su vida se redujo a recibir honores y a escribir su *Poema de Chile* y otros poemas que serían reunidos en el libro *Lagar II*, después de su partida. Cuando Gilda regresó a Italia a preparar su matrimonio a comienzos de 1955, la salud de Gabriela aún estaba estable, pero se deterioró en el transcurso del año. La diabetes avanzaba y su corazón estaba cada vez más frágil. Salía de su casa solo en ocasiones extraordinarias, como el séptimo aniversario de la Declaración Universal de los Derechos Humanos Básicos en la sede de las Naciones Unidas el 10 de diciembre de 1955. Como no tuvo fuerzas para leer su discurso, el representante de Chile en la asamblea, José Maza, lo hizo en su nombre.

Dos meses más tarde volvió a salir para asistir a un acto realizado en Nueva York por la Asociación Panamericana de Mujeres en el que fue la invitada de honor. Expresó que sus congéneres habían vivido siempre relegadas, aunque su aporte en la sociedad había sido tanto o más importante que el de los hombres. A pesar de que apenas le quedaba fuerza en la voz, habló con convencimiento. Fue un secreto homenaje a las mujeres de su familia. Leyó el poema «La huella» y luego anunció a los presentes que esa era la última vez que hablaba en público.

En noviembre de 1956 vomitó sangre. Doris la llevó al hospital de Hempstead, en Long Island, donde le diagnosticaron un cáncer de páncreas. Su amiga no se lo contó de inmediato, pero ella lo intuyó. Sabía que la muerte estaba cerca y no le importó. Su cabeza no le respondía tan bien como antes. Había tardes en que no sabía dónde estaba. Además, la vista era cada vez más brumosa. Las veces que Doris aceptó alguna visita, no reconocía a sus amigos. Una de las pocas amistades que pasaron el cerco de Doris fue Victoria Ocampo. La recibió en cama con su camisón de franela rosada. La argentina describió ese encuentro con palabras crueles. Expresó:

> Todo lo indio se le ha acentuado con la enfermedad; el color, la lentitud de los movimientos... Es triste que acabe así, un poco en la línea de sonambulismo de toda su vida, como una siniestra caricatura de sí misma.

La antigua aliada argentina se sumó a los enemigos del alma de Gabriela, haciendo leña del árbol caído. Cuando ella estuvo en la situación —siempre decadente— de despedirse de la vida, con cáncer en la boca, sin paladar y el rostro desfigurado, no quiso que nadie la visitara.

Una nueva recaída la impulsó a escribir su testamento. Designó heredera universal y albacea a Doris Dana. Estableció que el dinero que generara la venta de sus obras en América del Sur sería para los niños de Montegrande. El pago debía realizarse a la Orden de San Francisco, institución que asumió la administración de los derechos de autor a través del Fondo Franciscano Hermana Gabriela Mistral. En la cláusula novena pidió ser enterrada en su amado pueblo de Montegrande.

Cuando reingresó al hospital de Hempstead se fue caminando, recitando en su mente versos suyos escritos como para ese momento: «*Viajera y en país sin nombre / me voy forrada de noche*». Le asignaron una habitación con vistas al bosque circundante. Al entrar le sorprendió una muñeca sentada en una silla cerca de su cama, regalo de una enfermera cubana que la había escuchado en El Ateneo de La Habana años antes. Fue un guiño del universo. La mulata se desvivía por ella. La visitaba varias veces al día para preguntar si necesitaba algo. Cuando la encontraba deprimida le recitaba poemas de José Martí. Entre los pliegues de la memoria apareció un texto que escribió cuando tenía quince años titulado «En el campo santo», que creó después de un paseo por el cementerio de La Serena. Se lo recitó a Doris:

> *Seguid allí descansando,*
> *vosotros que pasasteis por el mundo,*
> *que fuisteis viajeros de la vida [...],*
> *seguid allí en el silencio profundo*
> *contemplando el placer mentido y vano*
> *del bullicioso mundo que os olvida...*

—Eso no te ocurrirá a ti, querida. Lo sabes. Tú eres inmortal.

—Ya me llama el que es mi dueño.

Le pidió que hiciera lo posible porque Yin Yin fuera trasladado a Montegrande para que yacieran juntos. Doris prometió que así lo haría.

En el trance de la muerte apareció la niña de ocho años que cayó al río y se sujetó con firmeza de una rama para que no se la llevara la corriente. La enfermera informó a Doris que la poeta se estaba despidiendo. Doris le apretó su mano, Lucila soltó la rama y regaló a su amiga una última sonrisa.

Epílogo

Alguien comentó en septiembre de 1954 que la última visita de Gabriela Mistral a Chile fue un ensayo general de su funeral. Tal vez hubo algo de eso. Cuando llegó la noticia, el presidente Ibáñez declaró duelo oficial de tres días y ordenó un funeral de Estado. Su ataúd fue trasladado al país y velado en la Casa Central de la Universidad de Chile. Medio millón de personas llegaron a despedirse de ella. Las alumnas del Liceo 6 de Barrancas, el último liceo en el que trabajó en su país, hicieron guardia. Fue enterrada de manera temporal en el Cementerio General en Santiago, mientras se preparaba su tumba en Montegrande. Luis Oyarzún la despidió en representación de los intelectuales chilenos asegurando que la pasión de Mistral de elevar la vida y de servir la habían puesto en comunicación apasionada como de madre al hijo con la tierra americana.

El traslado a su Valle de Elqui tuvo lugar el 22 de marzo de 1960. Primero hubo una misa en la capilla de Vicuña. Desde allí salió una romería de unas diez mil personas, a pie, a caballo, en carreta, automóvil, bus o camión hasta Montegrande. Todo el valle se hizo presente. Los hombres y mujeres humildes le devolvían su amor con esa efervescencia.

Diez años después, en 1967, Doris Dana publicó el *Poema de Chile*. Ella misma reunió las hojas sueltas y le dio el orden que, a su juicio, su amiga le hubiera dado. El traslado de Yin Yin a Montegrande tuvo que esperar. No fue posible durante la dictadura militar porque la Junta incumplió la disposición testamentaria que estipulaba que el dinero recaudado con la venta de los libros en América del Sur debía destinarse a los niños pobres de Montegrande. Por medio del decreto número 2160, le quitó a Doris Dana la facultad de albacea de Gabriela Mistral en la repartición de estos derechos y se los entregó a las editoriales. El decreto fue derogado durante el gobierno de Ricardo Lagos. Nada más reanudarse las relaciones entre el Estado de Chile y la albacea de Gabriela Mistral pudieron hacerse los trámites y acciones necesarias para que madre e hijo descansaran juntos. El reencuentro tuvo lugar en octubre de 2005.

Agradecimientos

Muchas personas me apoyaron en este proyecto de abordar el último viaje de Gabriela Mistral a Chile en una novela. Agradezco a Lucía Bolados por haberme recibido en La Serena y haberme presentado a sus amigas mistralianas. Una de ellas, Teresa Hormazábal, me llevó a la casa de la señora Edith Miranda, de noventa y cuatro años. En la cocina de la residencia más hermosa de Pisco Elqui, una construcción de principios del siglo xx, Edith compartió sus recuerdos de Lucila conmigo. ¡Qué memoria privilegiada! Tenía veinticinco años en 1954, cuando ella llegó a su valle a despedirse.

La amabilidad de Cecilia Pizarro por orientarme en el Valle de Elqui, ese lugar mágico que ella ha adoptado como su patria chica, fue de gran ayuda. A Keka Morales y Mariano Fernández, amigos queridos que siempre alientan todos mis proyectos y se alegran tanto como yo de las resonancias, muchas gracias por ponerme en contacto con Cecilia. Keka fue la única persona que leyó este manuscrito y aportó con sus comentarios antes de que lo tomara mi editor Javier Rodríguez. A él también mil gracias por la motivación y el apoyo.

A la directora del Museo Gabriela Mistral de Vicuña, Leslie Azócar, mi gratitud por haberme abierto la biblioteca del museo y las colecciones de libros que pertenecieron a Mistral, en parte subrayados por ella misma. En la oportunidad que me brindaron de conversar con los mistralianos de Coquimbo pude compartir por primera vez las reflexiones que llevan el hilo de esta novela.

A Gilda Péndola agradezco sus amables confidencias telefónicas y a Gloria Garafulich-Grabois, presidenta de Gabriela Mistral Foundation, por su constante apoyo en este y en todos mis proyectos y por facilitar el contacto con la propia Gilda.

A la familia Peralta de la Casa Mirador del Valle, agradezco el haberme recibido durante febrero de 2023. El escenario que me ofrecieron, entre árboles frutales y parrones, con el cerro Gabriela Mistral en frente, no podía ser más inspirador.

A Catalina Rengifo por llevarme a Los Andes y a Marcelo Mella Jara por mostrarme la casa en la que Gabriela Mistral escribió los sonetos que la harían famosa. A Edgardo Bravo, director del Centro Cultural Pedro Aguirre Cerda, por llevarme a la casa del gran aliado de Mistral en Pocuro. De todas esas visitas absorbí impresiones que fluyeron en la novela.

Si disfruté la escritura de *Lucila* fue en gran parte gracias a todos ellos.

Índice